IMPERFEITOS

CHRISTINA LAUREN

Tradução de Carlos Szlak

IMPERFEITOS

***THE UNHONEYMOONERS* COPYRIGHT 2019 BY CHRISTINA HOBBS AND LAUREN BILLINGS ALL RIGHTS RESERVED. PUBLISHED BY ARRANGEMENT WITH THE ORIGINAL PUBLISHER, GALLERY BOOKS, A DIVISION OF SIMON & SCHUSTER, INC.**

COPYRIGHT © FARO EDITORIAL, 2022

Todos os direitos reservados.
Nenhuma parte deste livro pode ser reproduzida sob quaisquer meios existentes sem autorização por escrito do editor.

Diretor editorial **PEDRO ALMEIDA**
Coordenação editorial **CARLA SACRATO**
Preparação **GABRIELA DE AVILA**
Revisão **BÁRBARA PARENTE** e **CÉLIA REGINA DE ARRUDA**
Ilustração de capa e miolo **FREEPIK**
Adaptação de capa **VANESSA S. MARINE**
Diagramação **VANESSA S. MARINE**

```
        Dados Internacionais de Catalogação na Publicação (CIP)
                  Jéssica de Oliveira Molinari CRB-8/9852

        Lauren, Christina
           Imperfeitos / Christina Lauren ; tradução de Carlos
        Szlak. -- São Paulo : Faro Editorial, 2022.
           256 p.

           ISBN 978-65-5957-128-4
           Título original: The Unhoneymooners

           1. Ficção norte-americana 2. Ficção romântica I. Título II.
        Szlak, Carlos
        22-0869                                              CDD 813
```

Índices para catálogo sistemático:

1. Ficção norte-americana

1ª edição brasileira: 2022
Direitos de edição em língua portuguesa, para o Brasil, adquiridos por FARO EDITORIAL
Avenida Andrômeda, 885 - Sala 310
Alphaville — Barueri — SP — Brasil
CEP: 06473-000
www.faroeditorial.com.br

Para Hugues de Saint Vincent.
Trabalhe como um capitão, divirta-se como um pirata.

CAPÍTULO 1

Na calmaria antes da tempestade — neste caso, o sossego antes da suíte nupcial ser invadida pelos convidados da festa de casamento —, minha irmã gêmea encara a unha recém-pintada de rosa-claro.

— Aposto que você está se sentindo aliviada por eu não ser uma noiva neurótica — ela diz, olhando para mim do outro lado do quarto e sorrindo. — Aposto que você esperava que eu fosse *insuportável*.

Compartilho um olhar cúmplice com nossa prima Julieta, que está retocando as unhas dos pés de Ami e aponto para o corpete do vestido de noiva que estou me certificando de que cada lantejoula está arrumada.

— Defina noiva neurótica.

Ami volta a encontrar meus olhos, desta vez com uma expressão sem ânimo. Ela está maquiada e com um véu fofinho preso em seus cabelos escuros penteados para cima. É chocante. Quero dizer, estamos acostumadas a parecer idênticas, apesar de sabermos que somos pessoas completamente diferentes, mas isto é algo totalmente estranho: Ami é o retrato de uma noiva. De repente, sua vida não se parece em nada com a minha.

— Eu não sou uma noiva neurótica — ela se defende. — Sou uma noiva perfeccionista.

Encontro minha lista e a seguro no alto, agitando-a para chamar a atenção dela. É um papel com o título "Lista de Tarefas de Olive — Edição do Dia do Casamento" que inclui setenta e quatro (*setenta e quatro*) itens, abrangendo desde "Verificar a simetria das lantejoulas no vestido de noiva" até "Remover todas as pétalas murchas dos arranjos de mesa".

Todas as damas de honra possuem suas próprias listas, talvez não tão longas quanto a minha de madrinha, mas igualmente caprichadas.

— Algumas pessoas considerariam estas listas um pouco exageradas — afirmo.

— Essas são as mesmas "algumas pessoas" que pagam os olhos da cara por um casamento que não chega nem aos pés do meu — minha irmã responde.

Com certeza você sabe o que dizem a respeito de profecias que se cumprem sozinhas. Vencer faz você se sentir um vencedor, e então, de alguma forma, você continua vencendo. Deve ser verdade, porque Ami ganha sempre. Em uma feira de rua, ela jogou seu nome na tigela de uma rifa e voltou para casa com um par de ingressos para uma peça de teatro. Em um bar, pôs seu cartão de visita em um copo e ganhou cervejas grátis por um ano. Ela ganhou tratamentos de beleza, livros, ingressos para estreias de filmes, um cortador de grama, uma infinidade de camisetas e até um carro.

Tudo isso para dizer que, assim que Dane Thomas a pediu em casamento, Ami viu como um desafio poupar nossos pais das despesas da festa. Na realidade, nossos pais podiam se dar ao luxo de contribuir — eles são complicados sob vários aspectos, mas o financeiro não é um deles —, mas, para Ami, dar um jeito de não ter que pagar por nada é o melhor tipo de jogo. Se a Ami antes do noivado considerava concursos como um esporte competitivo, a *noiva* Ami os encarava como as Olímpiadas.

Então, ninguém em nossa enorme família ficou surpreso quando ela planejou com sucesso uma cerimônia de casamento chique com duzentos convidados, um bufê de frutos do mar, uma fonte de chocolate e rosas multicoloridas transbordando de cada jarro, vaso e taça — e desembolsou, no máximo, mil dólares. Minha irmã rala muito para encontrar as melhores promoções e reposta todos os sorteios de Twitter, Instagram e Facebook.

Finalmente convencida de que não há lantejoulas fora do lugar, tiro o cabide de um gancho de metal preso à parede, com a intenção de levar o vestido de noiva para Ami. Porém, assim que toco nele, minha irmã e minha prima soltam um grito.

— Deixe isso aí, Ollie — ela diz. — Eu pego. Com sua sorte, você vai tropeçar, cair na vela, e o vestido vai se transformar em uma bola de fogo com lantejoulas derretidas.

Eu não discuto: ela não está errada.

Ao passo que Ami é um trevo de quatro folhas, eu sempre fui azarada. Não digo isso para ser dramática ou porque pareço azarada quando comparada a ela; é um fato. Pesquise no Google "Olive Torres, Minnesota" e você vai encontrar dezenas de artigos e uma sequência de comentários dedicados à ocasião em que escalei por dentro de uma daquelas máquinas de pegar bichinhos e fiquei presa. Eu tinha 6 anos e, quando o ursinho de pelúcia que tinha capturado não caiu, decidi entrar lá e pegá-lo.

Passei duas horas dentro da máquina, cercada por um monte de ursinhos duros, com pelo áspero e cheirando a produtos químicos. Lembro-me de olhar através do acrílico manchado com marcas de mãos e ver um desfile de rostos frenéticos gritando ordens abafadas uns para os outros. Aparentemente, quando os donos da loja explicaram aos meus pais que não eram os donos da máquina e, portanto, não tinham a chave para abri-la, o corpo de bombeiros foi chamado, seguido rapidamente por uma equipe do telejornal local, que documentou meu resgate.

Vinte e seis anos depois e — obrigado, YouTube — ainda há um vídeo circulando. Até o momento, quase quinhentas mil pessoas assistiram e descobriram que fui teimosa o bastante para escalar para dentro da máquina e azarada o bastante para prender o passador do cinto na saída e deixar minha calça para trás com os ursinhos.

Esta é apenas uma história de muitas. Então, sim, Ami e eu somos gêmeas idênticas — nós duas temos um metro e sessenta e quatro de altura, cabelos escuros, olhos castanho-escuros, nariz arrebitado e sardas —, mas é aí que as semelhanças terminam.

Nossa mãe sempre procurou abraçar as nossas diferenças para que nos sentíssemos como indivíduos e não como um conjuntinho. Sei que suas intenções eram boas, mas, desde que me lembro, nossos papéis estavam definidos: Ami é a otimista em busca da luz no horizonte, enquanto eu tendo a presumir que o céu vai desabar. Quando tínhamos três anos, mamãe até nos fantasiou de Ursinhos Carinhosos para o Halloween: Ami era o Ursinho Raio de Sol. Eu era o Ursinho Zangadinho.

E minha sorte nunca melhorou. Nunca ganhei um concurso, um bolão de escritório, um prêmio de loteria, nem mesmo uma brincadeira de prender o rabo no burro. No entanto, quebrei uma perna quando uma pessoa caiu para trás na escada e me derrubou (ela escapou ilesa); fui consistentemente sorteada para fazer a limpeza do banheiro durante todas as férias em família por um período de cinco anos seguidos; um cachorro fez xixi em mim enquanto eu tomava sol na Flórida; vários pássaros fizeram cocô em mim ao longo dos anos; e, aos 16 anos, fui atingida por um raio — sim, é sério — e sobrevivi para contar a história (mas tive que ir ao reforço escolar no verão porque perdi duas semanas de aulas no fim do ano).

Ami gosta de me lembrar de que uma vez adivinhei o número correto de doses restantes em uma garrafa de tequila pela metade. Porém, depois de beber a maioria das doses e jorrar tudo para fora, aquilo não pareceu exatamente uma vitória.

AMI TIRA O VESTIDO DO CABIDE e começa a vesti-lo no exato momento em que nossa mãe entra no quarto. Ela fica tão tensa quando vê Ami no vestido que tenho certeza de que minha irmã e eu compartilhamos o mesmo pensamento: "De alguma forma, Olive conseguiu manchar o vestido de noiva".

Eu o inspeciono para ter certeza de que não.

Com tudo limpo, Ami gesticula para que eu feche seu zíper.

— *Mami*, você nos assustou para caramba — Ami diz.

— Ah, *mijita*, você está linda — ela diz.

Ami olha para ela, sorri e, então, parece se lembrar da lista que deixou do outro lado da suíte.

— Mãe, você entregou o *pen drive* com as músicas para o DJ? — pergunta.

— *Sí*, Amelia. Eu entreguei aquela bugiganga para aquele branquelo de trancinhas com o terno horrível.

Usando um vestido magenta impecável, mamãe cruza as pernas bronzeadas e aceita outra taça de champanhe oferecida pela atendente da suíte nupcial.

— Ele tem um dente de ouro — mamãe acrescenta. — Mas tenho certeza de que ele é muito bom no que faz.

Ami ignora o comentário e risca o quadradinho da lista. Na realidade, ela não se importa se o DJ não está de acordo com os padrões de nossa mãe ou mesmo com os dela própria. O cara é novo na cidade, e Ami ganhou seus serviços em uma rifa no hospital onde ela trabalha como enfermeira. Gratuito supera qualificado.

— Ollie — Ami diz, sem nunca desviar os olhos da lista à sua frente. — Você também precisa se vestir. Seu vestido está pendurado atrás da porta do banheiro.

— Sim, senhora.

Se há uma pergunta que nos fazem mais do que qualquer outra, é qual de nós duas é a mais velha. Acho que a resposta é bastante óbvia, porque, embora Ami seja apenas quatro minutos mais velha do que eu, ela é, sem dúvida, a líder. Enquanto crescíamos, brincávamos do que ela queria brincar, íamos aonde ela queria ir e, embora eu possa ter reclamado, na maioria das vezes eu a seguia alegremente. Ela consegue me convencer de praticamente qualquer coisa.

E é assim que acabei nesse vestido.

— Ami — chamo e abro a porta do banheiro, chocada com o que acabei de ver no pequeno espelho do banheiro. *Talvez seja a luz*, penso, levantando a monstruosidade verde brilhante e me encaminhando na direção de um dos maiores espelhos da suíte.

Credo. Definitivamente não é a luz.

— Olive — minha irmã responde.

— Pareço uma lata gigante de refrigerante.

— É isso aí, garota! — Jules cantarola. — Talvez alguém finalmente abra essa coisa.

Mamãe tosse.

Eu fuzilo minha irmã com os olhos.

— Você realmente escolheu esse vestido? — pergunto e aponto para o decote. — Isso foi intencional?

Ami inclina a cabeça.

— Quer dizer, intencional no sentido de que ganhei a rifa da igreja batista! *Todos* os vestidos da madrinha e das damas de honra de uma só vez. Pense só no dinheiro que fiz você economizar.

— Nós somos *católicas*, Ami!

Dou-me conta do meu principal erro: não ter visto esse vestido até hoje. Mas minha irmã sempre teve um gosto impecável. No dia da prova das roupas, eu estava no escritório do meu chefe, implorando, em vão, para não ser uma entre os quatrocentos cientistas que a empresa estava demitindo. Sei que estava distraída quando Ami me enviou uma foto do vestido, mas não me lembro de ele parecer tão ruim.

Viro-me para vê-lo de outro ângulo e parece ainda pior pelas costas.

Jules surge atrás de mim, pequena e com os músculos bem delineados em seu próprio modelito verde brilhante.

— Você está gostosa nele. Confie em mim.

— *Mami*, esse decote não exibe a clavícula da Ollie? — Ami pergunta.

— E seus *chichis* também — mamãe responde, com sua taça novamente reabastecida. Em seguida, ela toma lentamente outro longo gole.

As demais damas de honra entram na suíte e, de imediato, surge um alvoroço diante da beleza de Ami em seu vestido. Essa reação é típica da família Torres. Percebo que isso pode soar como uma observação de uma irmã amarga, mas juro que não é. Ami sempre gostou de chamar atenção e eu, não. Minha irmã praticamente brilha sob os holofotes, enquanto eu me sinto mais que feliz em ajudar a direcionar os holofotes para ela.

Ouve-se uma batida na porta da suíte. Jules a abre e vê nosso primo Diego parado diante dela. Vinte e oito anos, gay e mais bem-arrumado que eu jamais conseguiria, Diego acusou Ami de sexismo quando ela lhe disse que ele não poderia participar da turma da noiva e teria que ficar com os padrinhos do noivo. A expressão dele ao ver meu vestido indica algo...

— Eu sei — digo, desistindo e me afastando do espelho. — Está um pouco...

—Justo? — ele tenta.

— Não...

— Brilhante?

— Não... — respondo e o encaro.

— Vadia?

— Eu ia dizer *verde*.

Diego inclina a cabeça enquanto circula ao meu redor, captando o vestido de todos os ângulos.

— Eu ia me oferecer para fazer sua maquiagem, mas seria uma perda de tempo — ele diz e abana a mão. — Ninguém vai olhar para o seu rosto hoje.

— Nada de julgar, Diego — minha mãe diz, e reparo que ela não discordou da avaliação dele, apenas disse que não me julgasse.

Desisto de me preocupar com o vestido — e com quanto meus peitos ficarão à mostra. Ami volta sua atenção para a lista.

— Olive, você falou com o papai? Ele já chegou?

— Ele estava no salão da recepção quando eu cheguei aqui.

— Ótimo. — Ami risca outro quadradinho.

Pode parecer estranho que a tarefa de falar com nosso pai tenha ficado comigo e não com sua mulher — a nossa mãe —, que está sentada *bem aqui*, mas é assim que funciona em nossa família. Nossos pais não interagem diretamente; não desde que papai traiu a mamãe e ela o expulsou de casa, mas depois se recusou a se divorciar dele. Claro que ficamos do lado dela, mas já se passaram dez anos e o drama ainda é tão atual quanto no dia em que ela descobriu a traição. Não consigo pensar em uma única conversa que eles tiveram que não tenha sido filtrada por mim, Ami ou um de seus irmãos desde que papai foi embora. Percebemos desde o início que é mais fácil para todo mundo dessa maneira, mas a sensação que isso tudo me deixa é de que o amor é exaustivo.

Ami tenta alcançar minha lista, e eu me esforço para pegá-la antes; minha falta de riscos nos quadradinhos a deixariam em pânico.

— Vou até a cozinha para ter certeza de que estão preparando uma refeição especial para mim — digo.

O bufê gratuito veio com um banquete de frutos do mar que me mandaria para o necrotério.

— Tomara que o Dane também tenha pedido frango para o Ethan. — Ami faz uma careta. — Meu Deus, assim espero. Você pode perguntar?

Mudo meu humor ao ouvir o nome do irmão mais velho de Dane.

Embora Dane seja decididamente razoável, apesar de um pouco molecão para o meu gosto — pense em alguém que grita com a TV durante um jogo, que é vaidoso a respeito dos músculos e que faz um verdadeiro esforço para combinar todo o traje de malhação —, ele faz Ami feliz. Isso é o bastante para mim.

Ethan, por outro lado, é um censor babaca.

— Por quê? Ele também é alérgico?

Por alguma razão, a ideia de ter algo em comum com Ethan Thomas, o cara mais grosseiro do mundo, me deixa furiosa.

— Não — Ami responde. — Ele só é chato em relação a bufês.

Isso me faz deixar escapar uma risada.

— Em relação a *bufês*. O.k.

Pelo que já vi, Ethan é chato em relação a literalmente tudo.

Por exemplo, no churrasco do Quatro de Julho do Dane e da Ami, ele não tocou em nenhuma das comidas que passei metade do dia preparando. No Dia de Ação de Graças, ele trocou de cadeira com seu pai, Doug, só para não ter que se sentar ao meu lado. E, ontem à noite, no jantar de ensaio, toda vez que eu dava uma mordida no bolo, ou que Jules e Diego me faziam rir, Ethan esfregava as têmporas na demonstração mais dramática de sofrimento que já vi. Finalmente, desisti do bolo e fui cantar no caraoquê com papai e tio Omar. Talvez eu ainda esteja furiosa por ter desistido das três garfadas que restavam de um bolo *muito bom* por causa de Ethan Thomas.

Ami fecha a cara. Ela também não é a maior fã de Ethan, mas deve estar cansada de ter essa conversa.

— Olive, você mal o conhece.

— Conheço ele o suficiente. — Olho para ela e digo duas palavras simples. — Bolinha de queijo.

Minha irmã suspira e balança negativamente a cabeça.

— Meu Deus, você nunca vai deixar isso pra lá.

— Porque, se eu como, rio ou respiro, estou ferindo a sensibilidade delicada dele. Sabe, estive perto dele pelo menos cinquenta vezes. E ele ainda faz aquela cara como se não me reconhecesse? Você e eu somos *gêmeas*.

Natalia se manifesta enquanto penteia a parte de trás do seu cabelo. Como pode ser justo que os peitões *dela* consigam caber dentro do vestido?

— Agora é sua chance de ficar amiga dele, Olive. *Hum*, ele é tão bonito — ela diz.

Ofereço-lhe em resposta um franzir de sobrancelhas.

— Você vai ter que ir procurá-lo de qualquer maneira — Ami afirma e minha atenção retorna rapidamente para ela.

— Espere. Por quê?

Diante de minha expressão de perplexidade, Ami aponta para a minha lista:

— Número set…

Imediatamente, o pânico toma conta de mim diante da sugestão de que preciso procurar Ethan, então levanto minha mão para que Ami pare de falar. Certamente, ao olhar para minha lista, no item setenta e três — porque Ami sabia que eu não me daria ao trabalho de ler a lista inteira com antecedência —, está a pior tarefa de todas: "Faça com que Ethan lhe mostre o discurso de padrinho dele. Não deixe que ele diga algo terrível".

Se não posso culpar a sorte por esse fardo, posso culpar a minha irmã, com toda a certeza.

CAPÍTULO 2

Assim que saio para o corredor está tudo maravilhosamente silencioso.

É o casamento da minha irmã gêmea e realmente estou feliz por ela. Porém, ainda sinto dificuldade em me manter para cima, sobretudo nesses momentos sozinha e quieta. Os últimos dois meses foram realmente um saco: minha colega de quarto se mandou e, por isso, tive de me mudar para um apartamento minúsculo. Mesmo assim, extrapolei o que achei que poderia pagar sozinha e fui despedida da empresa farmacêutica em que trabalhei por seis anos. Nas últimas semanas, fiz entrevista em nada menos que sete empresas e não tive resposta de nenhuma delas. E, agora, aqui estou eu, prestes a ficar cara a cara com meu adversário, Ethan Thomas.

É difícil acreditar que houve um tempo em que eu mal podia esperar para conhecer Ethan. As coisas entre minha irmã e seu namorado estavam começando a ficar sérias, e Ami queria me apresentar à família do Dane. No estacionamento da Feira Estadual de Minnesota, Ethan saiu do seu carro, com pernas incrivelmente longas e olhos tão azuis que consegui vê-los a dois carros de distância. Ele piscou de modo lento e convencido. Em seguida, olhou diretamente nos meus olhos, apertou minha mão e deu um sorriso torto e perigoso.

Mas então, ao que tudo indica, cometi o pecado capital de ser uma garota que comprou uma porção de bolinhas de queijo. Tínhamos parado logo depois da entrada da feira para bolar um plano para o nosso dia, e eu dei uma escapulida para buscar algo para comer. Quando voltei, Ethan olhou para mim, depois para minha deliciosa cestinha de queijo frito,

19

então fez uma careta e se virou, resmungando alguma desculpa sobre precisar encontrar a competição de cerveja artesanal. Não pensei muito naquilo na hora, mas também não o vi mais pelo resto da tarde.

Daquele dia em diante, Ethan foi sempre desdenhoso e irritadiço comigo. O que devo pensar? Que ele passou do sorriso à aversão em dez minutos por alguma outra razão? Evidentemente, minha opinião a respeito de Ethan é a seguinte: ele pode ir se ferrar.

Vozes surgem do outro lado da porta da suíte do noivo. Ergo o punho e bato na porta. Ela se abre de maneira tão imediata que recuo com susto, prendendo o salto na bainha do vestido e quase caindo.

Ethan estende as mãos e facilmente me apanha pela cintura. Enquanto ele me devolve o equilíbrio, posso observar uma leve repulsa tomar conta dele enquanto afasta as mãos e as enfia nos bolsos. Imagino que ele pegará um lenço desinfetante assim que tiver chance.

O movimento chama minha atenção para o que ele está vestindo — um terno preto, é óbvio. Seu cabelo castanho está primorosamente penteado para fora da testa. Digo a mim mesma que suas sobrancelhas grossas e escuras são um exagero, mas elas ficam ótimas em seu rosto.

Realmente não gosto dele.

Sempre soube que Ethan era bonitão — não sou cega —, mas vê-lo vestido assim é confirmação demais para o meu gosto.

Ele faz o mesmo escaneamento em mim. Começa pelo meu cabelo — talvez esteja me julgando por usá-lo preso para trás de maneira tão simples —, então olha para minha maquiagem básica — provavelmente ele namora modelos de tutoriais de maquiagem do Instagram — até, por fim, examinar lenta e metodicamente meu vestido. Respiro fundo para resistir à vontade de cruzar os braços sobre meu peito.

Ethan ergue o queixo.

— Suponho que isso tenha sido de graça.

E *eu* suponho que acertar a virilha dele com meu joelho direito seria fantástico.

— Bela cor, você não acha?

— Você está parecendo uma jujuba.

— Ah, Ethan!

O canto de seus lábios se torce em um pequeno sorriso.

— Poucas pessoas ficam bem nessa cor, Olívia.

Pelo seu tom, percebo que não estou incluída nesse grupo.

— É Olive.

— Certo, certo — ele diz, balançando-se nos calcanhares.

— Tudo bem, isso é divertido, mas preciso ver seu discurso.

— Meu *brinde*?

— Você está corrigindo minha escolha de palavras? — agito minha mão, estendendo-a. — Deixe-me ver.

Ethan apoia o ombro casualmente contra o batente da porta.

— Não.

— É para sua segurança. Ami vai assassiná-lo com as próprias mãos se você falar alguma babaquice. Você sabe disso.

Ethan inclina a cabeça e me mede de cima a baixo. Ele tem um metro e noventa e cinco, e Ami e eu... não temos. Sua mensagem é muito clara, sem a necessidade de palavras: "Quero vê-la tentar".

Dane aparece atrás de Ethan e sua expressão murcha assim que me vê.

— Ah, oi, Ollie. Tudo bem?

Sorrio com todos os dentes.

— Tudo ótimo. Ethan estava se preparando para me mostrar o discurso dele.

— O brinde dele?

— É.

Dane acena para voltarem para dentro.

— É sua vez — ele diz, olha para mim e explica. — Estamos jogando. Meu irmão mais velho está prestes a ser *humilhado*.

— Só um minuto. — Ethan sorri para o irmão, que se afasta, para, em seguida, virar-se para mim. Nós dois deixamos os sorrisos de lado e reassumimos nossas caras sérias.

— Você pelo menos escreveu alguma coisa? — pergunto. — Você não vai tentar improvisar, vai? Isso nunca acaba bem. Ninguém é tão engraçado de repente quanto acha que é, especialmente você.

— *Especialmente* eu?

Embora Ethan seja o retrato do carisma perto de quase todos os outros seres humanos, comigo ele é um robô.

— Bom, só se certifique de que seu *brinde* não seja um saco — digo, olho para o corredor e me lembro do outro assunto que tinha para tratar com ele. — E suponho que você já tenha conferido com a cozinha que não vai ter de comer os pratos do bufê? Caso contrário, posso fazer isso quando estiver lá embaixo.

Ethan abandona o sorriso sarcástico e o substitui por algo parecido com surpresa.

— Isso é bastante gentil de sua parte. Não, eu não pedi uma alternativa.

— A ideia não foi minha, foi da Ami — esclareço. — Ela é quem se preocupa com sua aversão a compartilhar comida.

— Não tenho problema em *compartilhar comida* — ele explica. — É que os bufês são fossas de bactérias.

— Eu realmente espero que você traga esse nível de poesia e percepção para o seu discurso.

Ethan dá um passo para trás, alcançando a porta.

— Diga a Ami que meu *brinde* é hilário e nem um pouco babaca.

Quero dizer algo atrevido, mas só aceno superficialmente com a cabeça e me viro para o corredor.

Tudo o que posso fazer é não ajustar o vestido enquanto caminho. Talvez esteja paranoica, mas acho que sinto o olhar crítico de Ethan no cintilar justo do meu vestido durante todo o caminho até os elevadores.

Os CONVIDADOS ESTÃO agitados. Diego está espiando o salão do banquete e relatando a localização dos convidados masculinos mais gostosos. Jules está tentando corajosamente conseguir o número de telefone de um dos padrinhos; e mamãe está ocupada dizendo para Cami dizer para papai para ele se certificar de que seu zíper não esteja aberto. Estamos todos esperando que a cerimonialista dê o sinal e mande as daminhas de honra entrarem pelo corredor.

Meu vestido parece estar ficando mais apertado a cada segundo.

Finalmente, Ethan assume seu lugar ao meu lado. Quando ele prende a respiração e depois solta o ar em um fluxo lento e controlado, isso soa como um suspiro de resignação. Sem olhar para mim, ele oferece o braço.

Embora sinta vontade de fingir que não percebo, eu aceito sua oferta e ignoro a sensação de seu bíceps curvado passando sob minha mão, ignoro a maneira como ele o flexiona só um pouco, prendendo meu braço ao seu lado.

— Ainda vendendo drogas?

— Você sabe que não é isso que eu faço.

Ethan olha para trás e depois se vira de volta. Eu o ouço tomar fôlego para falar, porém ele fica calado. Mas sei que *algo* o está incomodando.

— Seja o que for, diga logo.

— Tem a ver com a fila de damas de honra vestidas de jujuba, não é? — pergunto.

Mesmo Ethan tem que reconhecer que há alguns corpos fantásticos na fila de damas de honra, mas, ainda assim, nenhuma de nós fica bem de cetim verde-hortelã.

— Olive Torres, a leitora de pensamentos.

Meu sorriso sarcástico se equipara ao dele.

— Celebremos este momento, senhoras e senhores. Ethan Thomas lembrou-se do meu nome três anos depois de nos conhecermos.

Ele vira o rosto para a frente, suavizando suas feições. Independentemente de como Ethan parece determinado a nunca se lembrar de nada que eu lhe diga — como meu trabalho ou meu *nome* —, detesto saber como ele exerce uma influência terrível sobre Dane, arrastando-o para todo tipo de coisa, desde fins de semana selvagens na Califórnia até aventuras cheias de adrenalina no outro lado do mundo. Claro que essas viagens coincidiam com eventos muito estimados por caçadoras de concursos como minha irmã: aniversários, datas comemorativas, Dia dos Namorados. Em fevereiro passado, por exemplo, quando Ethan puxou Dane para Las Vegas para um fim de semana dos rapazes, Ami acabou me levando para um jantar romântico (e gratuito) numa churrascaria.

Sempre achei que a base para a frieza de Ethan em relação a mim fosse o fato de eu ser curvilínea e fisicamente repulsiva, e ele ser um lixo de pessoa, mas me ocorre que talvez não seja *essa* a razão de ele ser um bundão: Ethan se ressente por Ami ter se apropriado de grande parte da vida do seu irmão, mas não pode mostrar isso na cara dela sem se indispor com Dane. Então, em vez disso, ele desconta em mim.

A epifania me traz clareza.

— Ela faz muito bem para ele — digo agora, ouvindo a força protetora em minha voz.

Sinto-o virar-se para olhar para mim.

— O quê?

— Ami — esclareço. — Ela faz muito bem ao Dane. Sei que você me acha completamente desagradável, mas, qualquer que seja o seu problema com *ela*, saiba apenas isso, o.k.? Ami é uma boa pessoa.

Antes que Ethan possa responder, a cerimonialista finalmente dá um passo à frente, acena para os músicos e a cerimônia começa.

Tudo acontece como esperava que acontecesse: Ami está deslumbrante. Dane parece basicamente sóbrio e sincero. As alianças são trocadas, os votos são ditos e há um beijo desconfortavelmente safado no final. Esse definitivamente não foi um beijo para igreja, mesmo que isso não seja uma igreja. Mamãe chora e papai finge que não chora. E, durante toda a cerimônia, enquanto seguro o enorme buquê de rosas de Ami, Ethan fica lá, parecendo um recorte de papelão silencioso de si mesmo, movendo-se apenas quando tem que enfiar uma mão no bolso do paletó para exibir as alianças.

Ethan volta a oferecer o braço para mim enquanto saímos pelo corredor. Ele está ainda mais rígido agora, como se eu estivesse coberta por uma gosma que ele receia que suje seu terno. Então, faço questão de me inclinar para perto dele e, em seguida, mostro-lhe mentalmente o dedo do meio quando deixamos o corredor e quebramos o contato para ir em direções opostas.

Temos dez minutos até precisarmos nos encontrar para tirar as fotos. Vou usar esse tempo para remover as pétalas murchas dos arranjos de flores das mesas de jantar.

— O que foi aquilo?

Olho por cima do meu ombro e vejo Ethan.

— O que foi o quê? — pergunto.

Ele acena com a cabeça na direção do corredor do casamento.

— Ali atrás. Agora mesmo.

— Ah. — Eu me viro, oferecendo-lhe um sorriso reconfortante. — Fico feliz que, quando você está confuso, se sinta à vontade para pedir ajuda. Bem, foi um casamento, uma cerimônia importante, se não obrigatória, em nossa cultura. Seu irmão e minha...

— Antes da cerimônia — ele diz, as sobrancelhas escuras puxadas para baixo e as mãos enfiadas fundo nos bolsos da calça. — Quando você disse que acho você desagradável? Que eu tenho um problema com a Ami?

— Sério? — digo, boquiaberta.

Ethan olha em volta, como se precisasse de uma testemunha para corroborar minha estupidez.

— Sim. É sério.

Por um instante, fico muda. A última coisa que eu esperava era que Ethan precisasse de algum tipo de esclarecimento a respeito de nossa onda constante de comentários sarcásticos.

— Sabe... — digo e faço um gesto vago com a mão. Sob o foco de Ethan, e longe da cerimônia e da energia do recinto cheio, sinto-me de repente menos confiante em relação à minha teoria anterior. — Acho que você se ressente por Ami ter afastado Dane de você. Mas você não pode, tipo, descontar *nela* sem que seu irmão fique chateado. Então, você resolveu ser um babaca comigo.

Depois que ele fica simplesmente piscando para mim, eu prossigo:

— Você *nunca* gostou de mim, mas, só para você saber, Ami é ótima para ele — digo e me inclino, para enfatizar. — *Ótima!*

24

Ethan deixa escapar um único riso incrédulo e então o abafa com a mão.

— É apenas uma teoria — digo.

— Uma teoria.

— A respeito de por que você claramente não gosta de mim.

Ethan enruga a testa.

— Por que eu não gosto de você?

— Você só vai ficar repetindo tudo o que eu digo? — eu puxo a lista que havia enrolado em meu pequeno buquê e a agito para ele. — Porque eu ainda tenho muitas coisas para fazer.

— Olive, você parece realmente louca — ele finalmente diz.

No momento de os brindes rolarem, parece um desafio conseguir o silêncio de metade do salão. Depois de bater levemente um garfo contra uma taça algumas vezes e não conseguir nada em termos de controle de ruído, Ethan finalmente inicia seu brinde, com as pessoas ouvindo ou não.

— Com certeza a maioria de vocês terá que fazer xixi daqui a pouco. Então, vou ser breve — ele começa falando em um microfone gigante.

Por fim, o público se acalma e ele continua.

— Na verdade, não acho que Dane quer mesmo que eu fale hoje, mas, considerando que sou não apenas seu irmão mais velho, mas também seu único amigo, aqui estamos.

Chocando a mim mesma, solto uma gargalhada ensurdecedora. Ethan faz uma pausa e olha para mim, com um sorriso surpreso.

— Eu sou Ethan — ele prossegue e, depois de pegar um controle remoto perto do seu prato, aciona uma apresentação de fotos dele e de Dane quando crianças em uma tela atrás de nós. — Melhor irmão, melhor filho. Sinto-me emocionado de podermos partilhar deste dia rodeados não só de tantos amigos e familiares, mas também de álcool. Sério, vocês já deram uma olhada naquele bar? Alguém fique de olho na irmã da Ami porque, se ela tomar taças de champanhe demais, não há como esse vestido ficar no lugar — ele diz e sorri maldosamente para mim. — Você se lembra da festa de noivado, Olívia? Bem, se você não se lembra, eu me lembro.

Natalia agarra meu pulso antes que eu possa pegar uma faca.

— Cara! — Dane dá um grito de bêbado e então ri disso de modo irritante.

(A propósito, eu não tirei *realmente* meu vestido na festa de noivado. Só usei a bainha para enxugar a testa uma ou duas vezes. A noite estava quente e a tequila me faz suar.)

— Se vocês observarem algumas dessas fotos de família — Ethan diz, gesticulando para trás, onde os irmãos adolescentes estão esquiando, surfando e parecendo imbecis geneticamente dotados —, vão perceber que eu era o típico irmão mais velho. Fui para o acampamento primeiro, dirigi primeiro, perdi a virgindade primeiro. Desculpem, não há fotos disso.

Ele pisca para o público e uma onda de risadinhas percorre o salão.

— Mas Dane encontrou o amor primeiro — Ethan prossegue.

Os convidados deixam escapar interjeições de ternura.

— Espero ter a sorte de encontrar alguém tão espetacular quanto Ami algum dia. Não a deixe escapar, Dane, porque nenhum de nós tem ideia do que ela viu em você — ele diz, pega seu uísque e quase duzentos outros braços se juntam ao seu para levantar o copo em um brinde. — Parabéns a vocês dois. Vamos beber!

Ethan volta a se sentar e olha para mim.

— Isso foi bom para você?

— Foi *semiencantador* — digo e olho por cima do ombro dele. — Ainda é dia lá fora. Seu monstro interior deve estar dormindo.

— Qual é? Você riu — ele diz.

— Foi uma surpresa para nós dois, fique sabendo.

— Bem, é a sua vez de discursar — Ethan afirma, gesticulando para que eu me levante. — É pedir muito, mas tente não passar vergonha.

Pego meu celular, onde meu discurso está salvo, e procuro ocultar a atitude defensiva da minha voz quando digo:

— Fica quieto, Ethan.

Boa, Olive.

Ethan ri e, em seguida, inclina-se para dar uma mordida em seu frango.

Ouço um punhado de aplausos quando me levanto e encaro os convidados.

— Olá, pessoal — digo, e todo o salão se espanta quando o microfone emite um chiado estridente. Afastando o bocal, e com um sorriso trêmulo, aponto para minha irmã e meu novo cunhado. — Eles conseguiram!

Todos aplaudem quando Dane e Ami se juntam para trocar um beijo fofo.

Lágrimas atormentam meus olhos quando dou um toque no aplicativo de notas do celular e abro meu discurso.

— Para aqueles que não me conhecem, deixem-me tranquilizá-los: não, vocês ainda não estão embriagados. Eu sou a irmã gêmea da noiva. Meu nome é Olive, e não Olívia — eu digo, fuzilando Ethan com os olhos. — Irmã favorita, cunhado favorito. Quando Ami conheceu Dane…

Faço uma pausa quando uma mensagem de Natalia surge de repente na minha tela, ocultando meu discurso.

> Para sua informação, seus peitos estão incríveis.

Da plateia, ela me faz um sinal de positivo com o polegar, e eu deslizo a mensagem dela para fora da tela.

— ... ela falou sobre ele de uma maneira que eu nunca...

> Qual é o tamanho do sutiã que você está usando agora?

Outra mensagem de Natalia.

Eu a descarto e rapidamente tento achar em que ponto parei. Sério, qual família fica enviando mensagens de texto para uma pessoa que está lendo um discurso *em um celular*? A minha, é claro.

Pigarreio.

— ... ela falou sobre ele de uma maneira que eu nunca tinha ouvido antes. Havia algo na voz dela...

> Você sabe se o primo do Dane está solteiro? Ou poderia ficar...

Lanço um olhar de advertência para Diego e volto agressivamente para a minha tela.

— ... algo na voz dela me dizia que ela sabia que aquilo era diferente, que ela se sentia diferente. E eu...

> Pare de fazer essa cara. Parece que você está com dor de barriga.

Minha mãe. É claro.

Descarto a mensagem e continuo. Ao meu lado, Ethan entrelaça presunçosamente as mãos atrás da cabeça e posso sentir seu sorriso satisfeito sem sequer precisar olhar para ele. Eu continuo, porque ele não pode ganhar este *round*, mas estou apenas duas palavras adiante em meu discurso quando sou interrompida pelo som de um gemido agudo de dor.

A atenção de todo o salão se volta para Dane, encolhido, segurando o estômago. Ami só tem tempo de colocar uma mão reconfortante sobre seu ombro e se virar, preocupada, antes de ele cobrir a boca e, então, começar a vomitar por entre os dedos, em cima da minha irmã e do seu lindo vestido.

CAPÍTULO 3

A súbita indisposição de Dane não pode ser por causa da ingestão de álcool, porque, depois que Ami revida e vomita em cima de Dane, a pequena Catalina, uma das filhas de apenas 7 anos de uma dama de honra, também devolve seu jantar. A partir desse momento, a náusea começa a se espalhar rapidamente pelo salão do banquete.

Ethan se levanta e escapa para junto de uma das paredes. Faço o mesmo, pensando que provavelmente seja melhor observar o caos mais afastada. Se isto estivesse acontecendo em um filme, seria comicamente nojento. Acontecendo com pessoas que conhecemos é assustador.

Vai de Catalina para o administrador do hospital em que Ami trabalha, para Jules e Cami, para algumas pessoas ao fundo, para mamãe, para a avó de Dane, as damas de honra, papai, Diego…

Depois disso, não consigo rastrear o surto, porque é uma bola de neve. Um estrondo de porcelana quebrando irrompe no salão quando um convidado expele tudo sobre um garçom azarado. Algumas pessoas tentam fugir, com as mãos sobre a barriga e gemendo em busca de um banheiro. Seja o que for, parece querer sair do corpo por qualquer caminho disponível. Não sei se devo rir ou gritar. Mesmo aqueles que ainda não estão vomitando ou correndo para os banheiros já estão ficando verdes.

— Seu discurso não foi assim *tão* ruim — Ethan afirma.

Se não estivesse com receio de que pudesse fazê-lo vomitar em mim, eu o teria empurrado para fora de nossa pequena zona de segurança.

Com o som de ânsia de vômito ao nosso redor, uma compreensão pesada toma conta de nosso espaço tranquilo, e lentamente nos viramos um para o outro, com os olhos arregalados. Ethan examina atentamente meu rosto, então também examino atentamente o dele. Ele está notavelmente com a cor normal, nem um pouco verde.

— *Você* está enjoada? — Ethan me pergunta, baixinho.

— Fora a visão disso? Ou de você? Não.

— Diarreia iminente?

Eu o encaro. E, em vez de se sentir aliviado por não estar indisposto, ele relaxa sua expressão com o sorriso mais metido que já vi.

— Então eu tinha razão a respeito de bufês e bactérias.

— Foi rápido demais para ser intoxicação alimentar.

— Não necessariamente — ele afirma e aponta para as bandejas com gelo em que estavam os camarões e cerca de dez outras variedades chiques de peixes. — Aposto com você... — ele prossegue, erguendo um dedo como se estivesse conferindo o ar. — Aposto com você que isso é uma ciguatera.

— Não faço ideia do que seja isso.

Ethan respira fundo, como se estivesse absorvendo o esplendor do momento e não conseguisse sentir o azedo vindo do banheiro no final do corredor.

— Nunca na minha vida fiquei tão orgulhoso de ser o eterno desmancha-prazeres dos bufês.

— Acho que você quer dizer "Obrigado por conseguir meu prato de frango assado, Olive".

— Obrigado por conseguir meu prato de frango assado, Olive.

Por mais aliviada que eu esteja por não estar vomitando, também estou horrorizada. Este era o dia dos sonhos de Ami. Ela passou a maior parte dos últimos seis meses planejando esse dia, que virou o equivalente a um caminho cheio de zumbis em chamas, avançando.

Assim, faço a única coisa que posso pensar em fazer: caminho até Ami, estendo a mão para colocar um dos braços dela sobre meus ombros, e a ajudo a se levantar. Ninguém precisa ver a noiva em um estado como este: coberta de vômito — dela e de Dane — e com as mãos na barriga como se também pudesse perder o controle pela outra extremidade.

Cambaleamos mais do que caminhamos; na verdade, meio que a estou arrastando. Então, estamos na metade do caminho para a saída, quando sinto a parte de trás do meu vestido se rasgar.

Por mais que me doa admitir, Ethan tinha razão: a festa de casamento foi destruída por algo conhecido como ciguatera, que acontece quando se come peixe contaminado com certas toxinas. Aparentemente, o fornecedor do serviço de bufê está isento de culpa, porque não é uma questão de preparação dos alimentos. Mesmo se você cozinhar uma posta de peixe contaminado, ela vai continuar sendo tóxica. Saio do Google quando leio que os sintomas normalmente duram de semanas a meses. É uma catástrofe.

Por motivos óbvios, cancelamos a enorme festa pós-casamento que aconteceria na casa de tia Sylvia até altas horas da noite. Alguns convidados foram levados para o hospital, mas a maioria acabou se refugiando em suas casas ou em seus quartos do hotel para sofrer em isolamento. Dane está na suíte do noivo; mamãe está na porta ao lado, na suíte da sogra, curvada sobre o vaso sanitário, e mandou o papai para um dos banheiros do saguão do hotel. Ela me enviou uma mensagem para lembrá-lo de dar uma gorjeta ao encarregado pelo banheiro.

A suíte nupcial se tornou uma espécie de unidade de triagem. Diego está no chão da sala de estar, segurando uma lata de lixo junto ao peito. Natalia e Jules têm um balde cada uma — cortesia do hotel — e ambas estão em posição fetal, em extremidades opostas do sofá da sala de estar. Ami choraminga em agonia e tenta se livrar do vestido completamente encharcado. Eu a ajudo e decido imediatamente que tudo bem ela ficar só de *lingerie* durante um tempo. Pelo menos, ela está fora do banheiro. Serei sincera, os ruídos vindos de dentro dele não eram apropriados para uma noite de núpcias.

Tendo o cuidado de observar onde piso enquanto me desloco pela suíte, umedeço toalhas de rosto, tento esfregar as costas e esvaziar baldes conforme necessário, agradecendo ao universo por minha alergia a frutos do mar.

Quando saio do banheiro com luvas de borracha puxadas até os cotovelos, minha irmã está gemendo junto a um balde de gelo.

— Você tem que ir na minha viagem — ela balbucia.

— Que viagem?

— A de lua de mel.

A sugestão é tão excessivamente sem sentido que eu a ignoro e pego um travesseiro para colocar sob sua cabeça.

— Aproveite, Olive.

— Nem pensar, Ami.

A lua de mel de minha irmã é uma viagem de dez dias com tudo incluído para Maui, no Havaí, que ela ganhou preenchendo mais de mil formulários de inscrição. Eu sei disso porque a ajudei a colar os selos em pelo menos metade dos envelopes.

— Não é restituível. Deveríamos partir amanhã e... — Ami diz, mas precisa fazer uma pausa por causa da ânsia de vômito. — Não tem jeito.

— Vou ligar para eles. Tenho certeza de que vão encontrar uma solução para essa situação.

Ami faz um gesto negativo com a cabeça e depois vomita a água que eu dei a ela para beber.

— Não vão. Eles não se importam com doenças nem lesões. Está no contrato — ela diz, deita-se no chão e fica olhando para o teto.

— Por que você está preocupada com isso agora? — pergunto, ainda que na realidade eu saiba a resposta. Eu adoro minha irmã, mas nem mesmo uma indisposição violenta vai se interpor entre ela e o resgate de um prêmio ganho de forma justa.

— Você pode usar minha identidade para fazer o *check-in* — ela diz. — Faça de conta que você sou eu.

— Ami Torres, isso é ilegal!

Depois de girar a cabeça para conseguir me ver, Ami me lança um olhar tão comicamente vazio que tenho que reprimir uma risada.

— O.k., já vi que essa não é sua prioridade agora — digo.

— Mas é — ela responde e se esforça para se sentar. — Vou ficar estressada demais com isso se você não aceitar.

Fico olhando para Ami e o conflito faz com que minhas palavras saiam confusas.

— Não quero deixar você. E também não quero ser presa por fraude.

Posso dizer que Ami não vai deixar isso para lá. Então desisto.

— Tudo bem. Vou ligar para eles e ver o que consigo — digo.

Vinte minutos depois, fico sabendo que Ami tem razão: o representante da agência de viagens não dá a mínima para o estômago da minha irmã. De acordo com o Google e com um médico que o hotel chamou, e que está percorrendo lentamente cada um dos quartos, Ami dificilmente se recuperará até a próxima semana, que dirá amanhã.

Se ela ou seu acompanhante não fizerem a viagem na data marcada, já era.

— Sinto muito, Ami. Isso parece bastante injusto — afirmo.

— Considere este o momento em que sua sorte muda. Estou falando sério. Você deveria ir, Ollie. *Você* não passou mal. Precisa celebrar isso.

Algo dentro de mim, um pequenino raio de sol, surge como que por detrás de uma nuvem e, em seguida, volta a desaparecer.

— Gosto mais da ideia de boa sorte quando não é à custa de outra pessoa — digo a Ami.

— Infelizmente, você não escolhe as circunstâncias. Esta é a questão com a sorte: acontece quando e onde tem de acontecer.

Pego outro copo de água e uma toalha para ela e, em seguida, agacho--me ao seu lado.

— Vou pensar no assunto — digo.

Mas, na verdade, quando olho para ela assim — verde, pegajosa e impotente —, sei que não vou sair do lado dela.

SAIO PARA O CORREDOR E me lembro de que meu vestido está com um rasgo enorme nas costas. Meu traseiro está literalmente à mostra. Pelo lado positivo, de repente o vestido está folgado o suficiente para que eu possa cobrir meus seios. Ao regressar para a suíte nupcial, passo o cartão-chave no leitor da porta, mas a fechadura pisca uma luz vermelha.

Quando vou tentar novamente, ouço uma voz atrás de mim:

— Não é assim. Vou mostrar para você.

Não há nada no mundo que eu queira menos nesse momento do que encontrar com Ethan, pronto para me ensinar como passar um cartão magnético.

Ele pega o cartão-chave da minha mão e o segura junto ao círculo preto na porta. Incrédula, fico olhando para ele, enquanto ouço a fechadura se abrir e começo a agradecer-lhe sarcasticamente.

— Seu vestido está rasgado — Ethan diz, solicitamente.

— Você está com espinafre nos dentes.

Não é verdade, mas, pelo menos, o distrai tempo suficiente para que eu possa escapar de volta para a suíte e fechar a porta na cara dele.

Infelizmente, ele bate na porta.

— Só um segundo, preciso colocar uma roupa.

— Por que agora? — ele pergunta, arrastando as palavras.

Sabendo que ninguém na suíte está minimamente interessado em me ver trocando de roupa, jogo meu vestido e o modelador corporal no sofá e pego uma calcinha e um *jeans* na minha bolsa, vestindo as duas peças num piscar de olhos. Em seguida, enfio uma camiseta, vou até a porta e só a entreabro para que Ethan não possa ver Ami lá dentro, em posição fetal, usando apenas sua *lingerie* rendada nupcial.

— O que você quer?

Emburrado, ele franze a testa.

— Preciso falar com Ami rapidinho.

— Sério?

— Sério.

— Bem, você vai ter de falar comigo, porque minha irmã está quase inconsciente.

— Por que você saiu do lado dela?

— Para seu conhecimento, eu estava descendo para procurar por um Gatorade — respondo. — Por que você não está com Dane?

— Porque ele não sai do banheiro há duas horas.

Nojento.

— O que você quer?

— Preciso de informações a respeito da lua de mel. Dane me disse para ligar para a agência e ver se a viagem pode ser remarcada.

— Não, não pode — respondo. — Já liguei para lá.

— Tudo bem — Ethan diz, e passa a mão pelo cabelo sem nenhum motivo. — Nesse caso, eu disse a ele que iria.

Dou uma risada.

— Nossa! Isso é muito generoso da sua parte.

— O quê? Ele me ofereceu.

Endireito-me mostrando superioridade.

— Infelizmente, você não é o acompanhante designado por Ami. Dane é.

— Ela só tinha de dar o sobrenome dele. Que, por sinal, é igual ao meu.

Droga.

— Bem… Ami também ofereceu para mim — digo.

Não estou planejando fazer a viagem, mas raios me partam se Ethan a fizer.

Ele pisca para mim. Vi Ethan Thomas usar aqueles cílios e aquele sorriso torto e perigoso para bajular tia María. Eu sei que ele é capaz de usar aquilo para enfeitiçar alguém quando quer. Mas, sem dúvida, esse não é o objetivo agora, porque seu tom de voz é monótono:

— Olive, tenho férias vencidas que preciso tirar.

E, agora, o sangue começa a ferver em mim. Por que *ele* acha que merece isso? Ele tinha uma lista de tarefas para o casamento com setenta e quatro itens em papel de carta chique? Não, não tinha. E, pensando bem, aquele *discurso* dele foi bem morno.

— Bem, estou desempregada contra a minha vontade, então, acho que provavelmente preciso de férias mais do que você — afirmo.

Ele fica mais emburrado.

— Isso não faz sentido — Ethan diz e faz uma pausa. — Espere, você foi despedida?

É a minha vez de ficar emburrada.

— Não que seja da sua conta, mas, sim, fui despedida. Faz dois meses. Tenho certeza de que isso lhe dá um barato imenso.

— Um pouco.

— Você é o próprio Voldemort.

Desdenhoso, Ethan dá de ombros; em seguida, ergue uma mão e coça o queixo.

— Acho que nós dois poderíamos ir.

Em dúvida, semicerro os olhos e espero não estar dando a impressão de que estudo mentalmente a frase dele, ainda que esteja. Parece que Ethan sugeriu que fôssemos...

— Na lua de mel deles? — pergunto, incrédula.

Ele concorda.

— *Juntos*?

Ele torna a concordar.

— Você está chapado?

— Neste momento, não.

— Ethan, mal conseguimos ficar sentados um ao lado do outro durante uma refeição de uma hora.

— Pelo que sei, eles ganharam uma suíte — ele afirma. — Deve ser enorme. Nós nem mesmo teremos de nos ver. Essas férias incluem um pacote completo: tirolesa, mergulho, caminhadas, surfe. Vamos lá!

Do interior da suíte nupcial, Ami geme com a voz baixa e rouca:

— Vai, Olive.

Eu me viro para ela.

— Mas... é com o Ethan.

— Droga — Diego resmunga. — Se eu puder levar esta lata de lixo comigo, eu vou.

Com minha visão periférica, vejo Ami erguer um braço pálido e balançá-lo sem firmeza.

— Ethan não é tão ruim assim.

Olho para Ethan, avaliando-o. Muito alto, muito em forma, muito classicamente bonito. Nunca amigável, nunca confiável, nunca divertido. Ele dá um sorriso inocente. Inocente na superfície: dentes muito brancos, uma covinha, mas, em seus olhos, só vejo uma alma sombria.

Então, penso em Maui: ondas quebrando, abacaxis, coquetéis e sol. Ah, o sol. Um olhar de relance pela janela mostra apenas o céu escuro, mas sei o frio que está fazendo lá fora. Conheço os dias tão frios que fariam meu cabelo úmido congelar se eu não o secasse completamente antes de sair do apartamento.

— Quer você venha, quer não, estou indo para Maui. E vou me divertir de verdade.

Olho para Ami, que me encoraja com um gesto de cabeça lento e afirmativo. Uma raiva toma conta de mim só de pensar em estar aqui, cercada pela neve, pelo cheiro de vômito e pela paisagem desoladora do desemprego enquanto Ethan está deitado ao lado de uma piscina com um drinque na mão.

— Tudo bem — digo e, em seguida, inclino-me para pressionar um dedo em seu peito. — Eu vou no lugar de Ami, mas você fica no seu espaço, e eu vou ficar no meu.

Ele bate continência para mim.

— Eu não faria de outra maneira — diz.

CAPÍTULO 4

Então eu me dispus a fazer a lua de mel dos sonhos da minha irmã adoentada, mas tenho que impor um limite à fraude relativa à companhia aérea. Como estou basicamente falida, encontrar um voo de última hora requer alguma criatividade. Ethan não ajuda nem um pouco, provavelmente porque ele é um daqueles caras de trinta e poucos anos muito evoluídos que têm uma poupança de verdade e nunca precisam escavar o cinzeiro do carro em busca de moedas. Deve ser legal ser assim.

Mas concordamos que precisamos viajar no mesmo voo. Por mais que eu queira me livrar dele o mais rápido possível, a agência de viagens deixou bem claro que, se houver alguma fraude em andamento, será cobrado o saldo total do pacote de férias. Não sei se pela proximidade a um provável vômito ou pela proximidade a mim, mas Ethan já está na metade do corredor em direção ao seu quarto quando murmura "Apenas me diga quanto lhe devo", antes de eu poder informá-lo exatamente quão pouco aquilo seria.

Felizmente, minha irmã me ensinou muito bem e, por fim, consegui duas passagens (tão baratas que saíram quase de graça) para o Havaí. Não sei por que são tão baratas, mas procuro não pensar muito a respeito. Um avião é um avião, e *chegar* a Maui é tudo o que realmente importa, não é?

Vai dar tudo certo.

Talvez a companhia aérea não seja das melhores, mas não é assim tão ruim e certamente não justifica a inquietação constante e a torrente de suspiros do cara sentado ao meu lado.

— Você sabe que eu consigo ouvi-lo, não sabe?

Por um momento, Ethan fica quieto. Então, ele vira outra página da revista que está lendo e volta os olhos para mim em um silencioso "Não acredito que deixei você no comando".

Eu reprimo a vontade de estender a mão e dar um peteleco na orelha dele. Devemos passar por recém-casados nesta viagem; podemos muito bem começar a tentar fingir agora.

— Então, só para fechar o ciclo dessa discussão estúpida: se era para você ter uma opinião tão forte a respeito do nosso voo, não devia ter me pedido para cuidar disso — afirmo.

— Se eu soubesse que você iria reservar nosso voo em um ônibus com asas, não teria pedido mesmo — ele diz, levantando os olhos e olhando em volta, horrorizado e surpreso. — Nem sabia que existia essa parte do aeroporto.

Aborrecida, olho em volta e encontro o olhar da mulher sentada à nossa frente, que está obviamente nos espiando. Falando baixo, inclino-me e exibo um sorriso meloso.

— Se soubesse que você seria tão implicante, eu lhe teria dito para se virar e arranjar a própria passagem.

— Implicante? Você já viu o nosso avião? Ficarei surpreso se não nos pedirem para ajudar a abastecê-lo.

— Ninguém está forçando você a fazer uma viagem dos sonhos grátis para Maui — digo. — E, só para lembrar, nem todos podem comprar passagens de avião em cima da hora que custem uma fortuna. Eu disse que estava com o orçamento limitado.

— Não sabia a que tipo de orçamento você se referia. Se soubesse, teria emprestado dinheiro.

— E tirar dinheiro do seu fundo de acompanhante sexual? — digo e pressiono, horrorizada, uma mão contra o peito. — Eu não me atreveria.

— Olha, Olívia. Estou aqui sentado, lendo. Se você quiser discutir, vá até o portão e peça ao pessoal do embarque para mudar nossos assentos para a primeira classe.

Eu me ajeito para perguntar como é possível que ele esteja indo para Maui e, mesmo assim, seja *ainda mais desagradável do que o habitual*. Então, meu celular toca dentro do bolso.

— Me avise se tivermos que embarcar — digo, segurando o celular e ficando de pé.

— Alô?

— Olive Torres?

— Sim, sou eu.

— Meu nome é Kasey Hugh. Trabalho no departamento de recursos humanos da Hamilton Biosciences. Tudo bem com você?

Meu coração dispara enquanto repasso mentalmente as diversas entrevistas dos últimos dois meses. A da Hamilton estava no topo da minha lista por causa do foco da empresa na vacina contra a gripe. Minha formação é em virologia e não ter que aprender um sistema biológico totalmente novo em questão de semanas é sempre um bônus.

Mas, para ser sincera, neste momento estou pronta para me candidatar a um emprego como garçonete se isso for o necessário para pagar o aluguel. Com o celular bem junto ao ouvido, dirijo-me para um lado mais silencioso do terminal e procuro não soar tão desesperada quanto estou me sentindo.

— Tudo bem — respondo. — Obrigada por perguntar.

— Estou ligando porque, depois de analisar todas as solicitações de emprego, o senhor Hamilton gostaria de lhe oferecer o cargo. Você ainda está interessada?

— Meu Deus, sim! Com certeza! — exclamo.

Um salário! Uma renda constante! Ser capaz de dormir à noite sem o medo de me tornar uma sem-teto!

— Você tem ideia de quando pode começar? — ela pergunta. — Tenho um memorando aqui do senhor Hamilton que diz: "Quanto antes, melhor".

— Começar? Logo! Agora. Quer dizer, não *agora*, agora. Só daqui a uma semana. Dez dias, na verdade. Posso começar em dez dias. Tenho…

Um aviso é dado por meio dos alto-falantes e vejo Ethan se levantar. Emburrado, ele aponta para onde as pessoas estão começando a formar uma fila. Meu cérebro entra em estado de caos e excitação.

— Acabo de ter um problema familiar e preciso cuidar de um parente doente, e…

— Tudo bem, Olive — ela diz com tranquilidade, interrompendo-me misericordiosamente. — Todo mundo aqui ainda está enlouquecido depois dos feriados de fim de ano. Vou marcar uma data de início provisória para a segunda-feira de 21 de janeiro. Tudo bem para você? — ela prossegue.

Solto o ar dos pulmões pelo que parece ser a primeira vez desde que atendi ao telefonema.

— Seria perfeito.

— Ótimo — Kasey diz. — Você vai receber um e-mail em breve com uma carta de oferta de emprego, junto com alguns papéis que vamos precisar que você assine o mais rápido possível, se decidir aceitar oficialmente. Uma assinatura digital ou escaneada é suficiente. Bem-vinda e parabéns, Olive.

Caminho de volta até Ethan.

— Finalmente — ele diz, com sua bagagem de mão pendurada em um dos ombros e a minha no outro. — Somos o último grupo a embarcar. Achei que eu ia...

Ethan para de falar e comprime os olhos enquanto analisa minha expressão facial.

— Você está bem? Parece que está sorrindo — ele afirma.

O telefonema ainda está ressoando em meus ouvidos. Quero conferir meu histórico de chamadas e ligar novamente, só para ter certeza de que Kasey entrou em contato com a Olive Torres certa. Escapei de uma terrível intoxicação alimentar, consegui férias quase de graça *e* recebi uma oferta de emprego em um período de 24 horas? Esse tipo de sorte não rola para mim. *O que está acontecendo?*

Ethan estala os dedos.

— Tudo bem aí? Mudança de planos ou...?

— Consegui um emprego.

Parece que leva um momento para que minhas palavras sejam assimiladas.

— *Agora*?

— Fiz a entrevista há algumas semanas. Começo depois que voltar do Havaí.

Pressuponho que ele vá parecer visivelmente desapontado pelo fato de eu não estar desistindo da viagem. Em vez disso, ele diz com tranquilidade:

— Que bom, Olive. Parabéns. — E, então, ele me conduz para a fila de embarque.

— Ah, obrigada.

Rapidamente, mando uma mensagem de texto para Diego, Ami e meus pais — separadamente, é claro — para avisá-los das boas-novas. A seguir, estamos na entrada da passarela, entregando nossos cartões de embarque.

A PASSARELA DE EMBARQUE é pouco mais que uma ponte bamba. A fila se move lentamente enquanto os passageiros à nossa frente tentam enfiar suas malas enormes nos minúsculos bagageiros superiores. Com Ami, eu me viraria e perguntaria por que as pessoas simplesmente não despacham suas bagagens para que possamos entrar e sair na hora, mas Ethan conseguiu passar cinco minutos inteiros sem encontrar algo do que reclamar. Não vou lhe dar um motivo.

Nós nos encaixamos em nossos assentos. O avião é tão estreito que há apenas dois assentos de cada lado do corredor. Porém, estão tão juntos que são, basicamente, um único banco com um apoio de braço frágil no meio. Ethan está colado ao meu lado. Tenho que pedir para ele se apoiar em apenas uma nádega para que eu consiga achar a outra metade do meu cinto de segurança. Ethan se endireita e registramos simultaneamente que estamos nos tocando do ombro até a coxa, separados apenas por um apoio de braço duro e imóvel.

Ele olha por cima da cabeça das pessoas à nossa frente.

— Eu não confio neste avião — ele diz e olha de volta para o corredor. — Ou na tripulação. Será que o piloto está usando um paraquedas?

Ethan é, irritantemente, o típico cara frio, calmo e controlado, mas, agora que estou prestando atenção, percebo que seus ombros estão tensos e seu rosto empalideceu. Acho que ele está suando. *Ele está com medo.*

Enquanto observo, Ethan tira uma moeda do bolso e passa o polegar sobre ela.

— O que é isso? — pergunto.

— Uma moeda de um centavo.

— Como uma moeda da sorte?

Emburrado, Ethan me ignora e recoloca a moeda no bolso.

— Nunca pensei que eu tivesse sorte — digo. — Mas, veja, minha alergia me impediu de comer os pratos do bufê, estou indo para Maui e consegui um emprego — prossigo, dou uma risada e me viro para ele. — Não seria engraçado ter tido uma onda de sorte pela primeira vez na vida e acabar morrendo em um acidente de avião?

A julgar pela expressão facial dele, Ethan não percebe a piada. Quando uma comissária de bordo se aproxima de nossa fileira, ele pergunta:

— Com licença, você pode me dizer quantos quilômetros esse avião já voou?

A comissária sorri.

— A vida de um avião não se mede por quilômetros voados, mas por horas de voo.

Vejo Ethan engolindo sua impaciência.

— Tudo bem, quantas horas de voo tem esse avião? — ele pergunta.

Ela inclina a cabeça, compreensivelmente perplexa com a pergunta dele.

— Eu teria de perguntar ao comandante, senhor.

— E o que você acha do comandante? Competente? Confiável? — ele pergunta, piscando.

Percebo que não está menos ansioso do que um minuto atrás, mas está enfrentando sua ansiedade por meio da paquera.

— Bem-disposto? — ele prossegue.

— O comandante Blake é um ótimo piloto — ela responde, inclinando a cabeça e sorrindo.

Olho de um lado para o outro entre os dois e mexo nervosa e dramaticamente na aliança de ouro que peguei emprestada de tia Sylvia. Ninguém percebe.

— Claro — ele diz. — Quer dizer, o comandante Blake nunca caiu com um avião ou algo assim, certo?

— Só uma vez — ela responde, antes de se endireitar, dar uma piscadela e continuar caminhando pelo corredor.

Durante a hora seguinte, Ethan quase não se move, como se uma respiração mais forte ou um gesto mais abrupto fosse fazer o avião cair. Pego meu iPad e logo me dou conta de que não há Wi-Fi a bordo. Abro um livro, mas não consigo me concentrar.

— Um voo de oito horas e sem nenhum filme — digo para mim mesma, olhando para a parte de trás do encosto, sem tela, do assento à minha frente.

— Talvez estejam esperando que sua vida passando diante dos seus olhos seja uma boa distração.

— Olha só! Será que falar não vai afetar a pressão barométrica da cabine ou algo assim?

Enfiando a mão no bolso, ele volta a tirar a moedinha.

— Eu não descartei isso.

Não passamos muito tempo juntos, mas, pelas histórias que ouvi de Dane e Ami, sinto que construí uma imagem mental bastante precisa de Ethan. Destemido, caçador de aventuras, ambicioso, implacável…

O homem agarrado ao apoio de braço como se sua vida dependesse disso não corresponde a essa imagem.

Respirando fundo, Ethan faz uma careta. Tenho um metro e sessenta e dois de altura e me sinto um tanto desconfortável. As pernas dele devem ter alguns centímetros a mais que as minhas, não consigo imaginar como é para ele. Depois que Ethan abriu a boca, foi como se o feitiço da quietude tivesse se quebrado: seu joelho estala nervosamente, seus dedos batucam a mesinha diante do seu assento, fazendo com que até mesmo a simpática velhinha sentada na fileira à nossa frente olhe feio para ele. Ethan sorri se desculpando.

— Fale-me a respeito da sua moeda da sorte — digo, apontando para o centavo ainda preso na palma de sua mão. — Por que você acha que dá sorte?

Interiormente, Ethan parece avaliar o risco de interagir comigo em relação ao possível alívio da distração.

— Realmente não quero encorajar a conversa — ele afirma. — Mas o que você está vendo? — ele pergunta, abrindo a palma da mão.

— É de 1955 — respondo.

— O que mais?

Observo com mais atenção.

— Ah... A inscrição está duplicada?

Ethan se inclina, apontando.

— Você consegue ver isso bem aqui, acima da cabeça de Lincoln?

Sem dúvida, a inscrição "IN GOD WE TRUST" foi estampada duas vezes.

— Nunca vi nada assim antes — admito.

— Existem apenas alguns exemplares por aí — ele informa, esfrega a superfície com o polegar e recoloca a moeda no bolso.

— Tem algum valor? — pergunto.

— Vale mais ou menos uns mil dólares.

— Puta merda! — exclamo.

Passamos por uma leve turbulência, e os olhos de Ethan percorrem loucamente a cabine do avião, como se as máscaras de oxigênio pudessem cair a qualquer momento.

Na esperança de distraí-lo novamente, pergunto:

— Onde você conseguiu a moeda?

— Comprei uma banana pouco antes de uma entrevista de emprego, e ela foi parte do meu troco.

— E?

— Não só consegui o emprego, mas, quando fui usar algumas moedas em uma máquina de vendas, ela recusou esta porque achou que fosse falsa. Desde então, eu a carrego comigo.

— Você não se preocupa em deixá-la cair?

— Essa é a questão da sorte, não é? — ele afirma com os dentes cerrados. — Você tem de confiar que ela não é efêmera.

— Você está confiando nisso agora?

Ethan procura relaxar, abanando as mãos. Se estou lendo sua expressão corretamente, ele está se arrependendo de me dizer qualquer coisa. Mas a turbulência aumenta e todos os seus quase dois metros voltam a ficar tensos.

— Sabe, você não dá a impressão de ser alguém que tem medo de avião — afirmo.

Ethan respira fundo algumas vezes.

— Não tenho.

Sem dúvida, isso não requer nenhum tipo de refutação. A maneira como tenho de arrancar seus dedos do meu lado do apoio do braço já comunica isso claramente.

— Não é a coisa de que eu mais gosto — ele diz, cedendo finalmente.

Lembro-me dos fins de semana que passei com Ami porque Dane estava em alguma aventura selvagem com o irmão, e de todas as discussões que essas viagens causaram.

— Sempre achei que você gostasse de aventuras. A viagem para a Nova Zelândia. O surfe na Nicarágua. As descidas por corredeiras de rios. Você viaja de avião o tempo todo em busca de diversão — digo.

Ethan apoia a cabeça no encosto e volta a fechar os olhos, ignorando-me.

Quando ouve as rodinhas rangentes do carrinho de bebidas abrindo caminho pelo corredor, ele volta a se debruçar sobre mim, acenando para a aeromoça.

— Pode ser uma dose de uísque? — pergunta, olha para mim e corrige seu pedido. — Duas, na verdade.

— Eu não gosto de uísque.

— Eu *sei* — ele diz e pisca.

— De fato, não servimos uísque — a aeromoça informa.

— Gim-tônica, então?

Ela faz um gesto negativo com a cabeça.

— Uma cerveja? — Ethan pergunta, decepcionado.

— Pode ser — ela diz, enfia uma mão na gaveta e lhe entrega duas latas de cerveja de aparência genérica. — São 22 dólares.

— Vinte e dois dólares americanos? — ele exclama, devolvendo as latas.

— Também temos refrigerantes. São gratuitos — ela diz. — Mas se você quiser com gelo, são 2 dólares.

— Espere — digo e pego minha bolsa.

— Você não vai comprar cerveja para mim, Olive. Vai?

— Você tem razão. Não vou — respondo, tirando dois cupons da minha bolsa e entregando-os à aeromoça. — Ami vai.

— É claro.

A aeromoça se afasta, empurrando o carrinho pelo corredor.

— Um pouco de respeito, por favor — digo. — A necessidade obsessiva de minha irmã de conseguir as coisas de graça é o motivo de estarmos aqui.

— E o motivo de duzentos de nossos amigos e familiares irem parar no pronto-socorro.

Sinto uma comichão de defender minha irmã.

— A polícia já disse que ela não foi a responsável pelo que aconteceu no casamento.

Ethan abre sua lata de cerveja com satisfação.

— *E o noticiário das seis também...*

Quero fuzilá-lo com os olhos, mas fico momentaneamente distraída pela maneira com que seu pomo de adão se move enquanto ele bebe. E bebe. E bebe.

— Tudo bem.

— Não sei por que estou surpreso — Ethan afirma. — O casamento estava condenado de qualquer maneira.

Tenho um acesso de raiva.

— Ei, Ethan, é o seu irmão e a sua cunhada...

— Relaxe, Olive. Eu não estou me referindo a *eles* — ele diz e toma outro gole.

Eu fico olhando.

— Referia-me a casamentos em geral — ele prossegue e treme. — *Histórias de amor* — ele conclui, com certo tom de repulsa.

Ah, ele é um desses.

Admito que o meu modelo parental careceu de histórias de amor, mas tio Omar e tia Sylvia estão casados há 45 anos; e tio Hugo e tia María estão casados há quase trinta. Tenho exemplos de relacionamentos duradouros ao meu redor. Assim, sei que existem, mesmo que suspeite que talvez não existam para mim. Quero crer que Ami não começou algo condenado, que ela pode ser realmente feliz com Dane.

Ethan toma pelo menos metade da primeira cerveja em um longo gole. Eu procuro juntar as peças do meu conhecimento a seu respeito. Ele tem 34 anos, ou seja, é dois anos mais velho do que eu, minha irmã e Dane. Trabalha com algo ligado à matemática, o que explica por que ele é tão "agradável" e "divertido". Sempre carrega pelo menos algum tipo de desinfetante pessoal e não come em bufês. Era solteiro quando nos conhecemos, mas pouco depois se envolveu em um relacionamento que pareceu parcialmente sério. Acho que seu irmão não gostava da garota, porque me lembro claramente de Dane reclamando certa noite a respeito da merda que seria se Ethan a pedisse em casamento.

Meu Deus, estou indo para Maui com o noivo de alguém?

— Você não está namorando ninguém agora, certo? — pergunto. — Qual era o nome dela... Sierra, Simba ou algo assim?

— Simba? — ele diz e quase abre um sorriso. Quase.

— Sem dúvida, você fica chocado quando alguém não acompanha de perto sua vida amorosa.

Ethan fecha a cara.

— Não iria para uma lua de mel, mesmo que fajuta, com você se eu tivesse uma namorada — ele diz, recosta-se na poltrona e volta a fechar os olhos. — Chega de conversa. Você tem razão; isso abala o avião.

Com colares havaianos em torno do pescoço e o ar fazendo nossas roupas grudarem na pele, pegamos um táxi do lado de fora do aeroporto. Passo a maior parte do trajeto com o rosto achatado contra a janela, observando o céu azul brilhante e vislumbres do mar por entre as árvores. Já consigo sentir meu cabelo encrespando por causa da umidade, mas vale a pena. Maui é deslumbrante. Ethan está quieto ao meu lado, observando a vista e digitando ocasionalmente algo em seu celular. Não querendo perturbar a paz, tiro algumas fotos borradas enquanto seguimos pela rodovia de duas pistas e as mando para Ami. Ela responde com um único *emoji*.

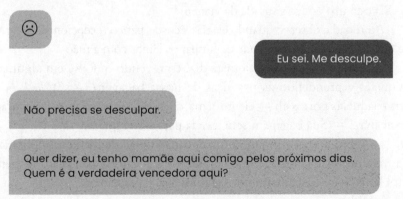

> Divirta-se ou acabo com você.

Minha pobre irmã. É verdade que eu preferiria estar aqui com Ami... ou com qualquer outra pessoa, mas estamos aqui e estou determinada a aproveitar ao máximo. Tenho dez lindos dias ensolarados pela frente.

Quando o táxi reduz a velocidade e faz a curva final à direita, os jardins do hotel se estendem à nossa frente. O prédio é imponente: uma estrutura alta em camadas de vidro, varandas e vegetação por toda parte.

Se isso é tão lindo durante o dia, não consigo imaginar a visão quando o sol se põe. Uma música ressoa através dos alto-falantes escondidos na folhagem espessa e, ao meu lado, até Ethan está com os olhos apontados para os jardins enquanto passamos.

Paramos, e dois recepcionistas do hotel aparecem. Nós desembarcamos, tropeçando um pouco enquanto olhamos ao redor, com nossos olhos se encontrando, tenho certeza de que Ethan e eu alcançamos nosso primeiro e empolgado consenso: "Puta merda. Esse lugar é demais".

Estou tão distraída que me assusto quando um dos recepcionistas pega um punhado de etiquetas de bagagem e pergunta meu nome.

— Meu nome?

O recepcionista sorri.

— Para a bagagem.

— A bagagem. Claro. Meu nome. *Meu* nome é... Bem, é uma história engraçada...

Ethan contorna o carro e imediatamente pega minha mão.

— Torres. Ami Torres, em breve Thomas, e marido — ele diz, inclina-se e dá um beijo tenso ao lado da minha cabeça em busca de realismo. — Ela está um pouco cansada da viagem.

Atordoada, observo quando ele dá as costas para o recepcionista e parece que está resistindo à vontade de limpar os lábios com a mão.

— Perfeito — o recepcionista diz, escrevendo o nome em algumas etiquetas e prendendo-as nas alças de nossa bagagem. — O *check-in* é feito naquelas portas ali — ele informa, sorri e aponta para uma recepção ao ar livre. — Sua bagagem será levada para o seu quarto.

— Obrigado. — Ethan enfia algumas notas de dinheiro dobradas na mão do recepcionista e me conduz na direção da recepção. — Sem problemas — ele diz assim que estamos a certa distância.

— Ethan, sou uma péssima mentirosa.

— Sério? Você escondeu tão bem.

— Nunca foi meu ponto forte, o.k.?

— Agora me dê as duas identidades, a sua e a de Ami, para não entregar acidentalmente a errada na recepção. Vou registrar meu cartão de crédito para as despesas extras. Acertamos as contas depois.

Pego minha carteira na bolsa e retiro as duas identidades.

— Mas guarde-as no cofre quando estivermos no quarto.

Ethan as coloca em sua carteira ao lado da dele.

— Deixe que eu falo na recepção. Pelo que Dane me disse, as regras dessas férias são bastante rígidas, e, só de olhar para você, percebo que está mentindo a respeito de alguma coisa.

Somos recebidos quase imediatamente na recepção. Meu estômago revira e meu sorriso é bastante radiante quando uma bela mulher polinésia pega a identidade de Ami e o cartão de crédito de Ethan.

Ela digita os nomes e sorri.

— Parabéns por ganhar o sorteio.

— Eu adoro sorteios! — digo, muito vivamente, e Ethan me dá uma cotovelada.

Então os olhos dela se fixam na foto de Ami, e logo ela pisca lentamente para mim.

— Ganhei um pouco de peso — deixo escapar.

Como não há uma boa resposta para isso, ela me dá um sorriso gentil e começa a digitar as informações.

Não sei por que me sinto compelida a continuar, mas continuo:

— Perdi meu emprego no outono, e passei por uma entrevista após a outra — digo, e posso sentir Ethan ficar tenso ao meu lado, com sua mão na parte inferior das minhas costas agarrando minha camiseta. — Costumo fazer bolos quando estou estressada. É por isso que pareço um pouco diferente na foto. A minha foto. Mas eu consegui um emprego. Hoje, na verdade, por incrível que pareça. Não que seja inacreditável ou algo assim. O emprego ou o casamento.

Quando finalmente paro para tomar fôlego, a mulher e Ethan estão apenas olhando fixamente para mim.

Dando um sorriso amarelo, ela desliza uma pasta com vários mapas e itinerários pelo balcão.

— Parece que vocês vão ficar na suíte de lua de mel. No pacote romântico, está tudo incluído — ela continua. — E vocês podem escolher entre uma série de comodidades, como jantares à luz de velas no jardim, uma massagem para casal na varanda do *spa* ao pôr do sol, serviço de quarto com pétalas de rosa e champanhe...

Ethan e eu nos entreolhamos rapidamente.

— Na verdade, nós somos mais do tipo que gosta de atividades ao ar livre — eu interrompo. — Existem atividades disponíveis que sejam um pouco mais brutas e muito menos... despidas?

Exemplo de pausa estranha.

A recepcionista pigarreia.

— Vocês podem encontrar uma lista mais completa na suíte. Deem uma olhada e podemos programar o que vocês quiserem.

Agradeço e espio na direção de Ethan, que agora está me encarando amorosamente, o que significa que ele está planejando um cardápio sem bufê para a recepção do meu funeral, depois que ele me matar e esconder meu corpo.

Após ativar os cartões magnéticos da porta do nosso quarto, ela os entrega a Ethan e sorri calorosamente.

— Vocês estão no último andar. Os elevadores ficam daquele lado ali. Vou enviar a bagagem de vocês imediatamente.

— Obrigado — ele diz.

Mas fico satisfeita em vê-lo vacilar em seus passos firmes quando a recepcionista grita atrás de nós:

— Parabéns, senhor e senhora Thomas. Aproveitem sua lua de mel.

CAPÍTULO 5

A fechadura soa e as portas duplas se abrem. Perco o fôlego. Nunca em minha vida fiquei em uma suíte, muito menos em uma tão bonita. Era a lua de mel dos sonhos de Ami, e procuro não me sentir grata por ela estar sofrendo para que eu possa estar aqui. Mas é difícil, pois isso acabou muito bem para mim.

Bem, quase. Olho para Ethan, que gesticula para mim para que entremos. Diante de nós, há uma sala de estar absurdamente espaçosa, com um sofá imenso, um sofá menor, duas poltronas e uma mesa de vidro ao centro sobre um tapete branco felpudo. Na mesa está uma bela orquídea violeta em um cesto trançado, um controle remoto complicado, que parece provavelmente acionar uma camareira biônica, e um balde com uma garrafa de champanhe e duas taças com as inscrições "senhor" e "senhora".

Logo à esquerda da sala de estar há uma salinha de jantar com uma mesa, dois castiçais de bronze e um carrinho de bebidas coberto com todos os tipos de copo de coquetel ornamentado.

No entanto, na outra extremidade, está a verdadeira beleza da suíte: uma parede de portas de vidro que se abrem para uma varanda com vista para as ondas de Maui a se quebrar. Suspiro, deslizando as portas para os lados e saindo para a brisa quente de janeiro. A temperatura me impacta e me traz uma consciência surreal: estou em Maui, em uma suíte dos sonhos, em uma viagem com tudo incluído. Eu nunca estive no Havaí. Nunca fiz nada parecido com um sonho. Ponto. Começo a dançar, mas só percebo que estou fazendo isso quando Ethan aparece na varanda e despeja um enorme balde de água fria na minha alegria, pigarreando para tirar o muco da garganta e olhando as ondas com os olhos semicerrados.

Ele parece que está pensando: "Já vi paisagens melhores".

— Esta vista é *incrível* — digo, quase buscando o confronto.

— Assim como a sua propensão para compartilhar demais as coisas — ele afirma, piscando.

— Já disse que não sou uma boa mentirosa. Fiquei nervosa quando ela ficou olhando para a identidade de Ami, o.k.?

Ethan levanta as mãos em uma rendição sarcástica. Com uma careta, escapo do senhor Desmancha-Prazeres e volto para o quarto. Imediatamente à direita, há uma pequena cozinha, que ignorei completamente a caminho da varanda. Depois da cozinha, há um corredor que leva a um banheiro pequeno e, logo depois, ao suntuoso quarto principal. Entro e vejo que existe um banheiro enorme ali, com uma banheira muito grande — suficiente para duas pessoas. Viro-me para encarar a cama gigantesca. Quero rolar nela. Quero tirar minhas roupas e me deitar nos lençóis de seda...

Mas... *como*? Como chegamos até aqui sem discutir a logística dos arranjos para dormir? Será que nós dois realmente presumimos que a suíte de lua de mel teria dois quartos? Sem dúvida, ambos morreríamos felizes se não compartilhássemos a cama; mas como vamos decidir quem fica com o único quarto? Evidentemente, acho que deveria ser eu, mas, conhecendo Ethan, ele provavelmente pensa que vai ficar com a cama.

Saio do quarto no exato momento em que Ethan está fechando as grandes portas duplas, e, então, ficamos presos neste estranho momento de coabitação sem preparação. Nós nos viramos para encarar nossas malas.

— Uau.

— É.

— Muito legal.

Ethan tosse. Um relógio faz tique-taque em algum lugar da suíte, alto demais em meio ao silêncio incômodo.

— É, sim — ele concorda, estende a mão e coça a nuca. As ondas do mar se quebram ao fundo. — Você deve ficar com o quarto por ser a mulher.

Algumas dessas palavras são as que quero ouvir, e outras são simplesmente terríveis. Inclino minha cabeça, fazendo cara feia.

— Não vou ficar com o quarto porque sou *mulher*. Vou ficar com o quarto porque minha irmã ganhou a hospedagem.

Desdenhoso, Ethan dá de ombros e diz:

— Quer dizer, se formos seguir essa lógica, então eu deveria ficar com o quarto, pois Ami, em parte, conseguiu a hospedagem usando os pontos que Dane acumulou por sempre se hospedar na rede Hilton.

— Ami ainda conseguiu organizar tudo — digo. — Se dependesse do Dane, eles ficariam hospedados em um Hilton qualquer.

— Você se deu conta de que está discutindo comigo apenas pelo prazer de discutir? Já disse que você pode ficar com o quarto.

— O que você está fazendo agora não é discutir? — pergunto, apontando para ele.

Ethan bufa como se eu fosse a pessoa mais irritante do mundo.

— Fique com o quarto. Vou dormir no sofá — ele diz e olha para o móvel. Parece macio e agradável, sem dúvida, mas ainda é um sofá, e ficaremos aqui por dez noites. — Ficarei numa boa — ele acrescenta com uma boa dose de martírio no tom de voz.

— Se você for agir como se eu lhe devesse um favor, então não quero isso.

Ethan caminha até sua mala, levantando-a e carregando-a para o quarto.

— Espere! — exclamo. — Retiro o que eu disse. Eu quero o quarto.

Ethan para, sem se virar para olhar para mim.

— Só vou colocar algumas coisas nas gavetas. Não vou viver com a minha mala na sala por dez dias — ele afirma e me olha por cima do ombro. — Algum problema?

Ele se equilibra tão cuidadosamente entre ser generoso e ser passivo-agressivo que fico totalmente confusa a respeito de quão babaca ele realmente é. Torna-se impossível medir a dose correta de sarcasmo.

— Tudo bem — respondo. — Use todo espaço que você quiser.

A conclusão é que não nos damos bem. Mas a outra conclusão é que realmente não precisamos nos dar bem! A esperança toma conta de mim. Ethan e eu podemos circular por aí sem termos de interagir e podemos fazer o que quisermos para tornar estas as férias dos sonhos de cada um.

Para mim, esse pedacinho do paraíso vai incluir *spa*, tirolesa, mergulho, todos os tipos de aventura que puder encontrar e, é claro, as aventuras alcoólicas. Se a ideia de Ethan de férias perfeitas é ficar se remoendo, reclamando e suspirando de modo exasperado, ele certamente pode fazer isso em qualquer lugar que quiser, mas eu não tenho de aturar.

Rapidamente, checo meus e-mails e vejo um novo da Hamilton. A proposta é... Bem, basta dizer que não preciso examinar mais nada para saber que vou aceitar. Poderiam dizer que minha mesa vai estar junto à cratera de um vulcão e eu aceitaria sem pestanejar por essa quantia de dinheiro.

Pegando meu iPad, assino tudo digitalmente e envio.

Quase vibrando, folheio a lista de atividades do hotel e decido que a primeira coisa a fazer é uma esfoliação facial e corporal comemorativa no *spa*. Sozinha. Não acho que Ethan seja do tipo que goste de *spas*, mas a pior coisa seria se ele levantasse uma fatia de pepino refrescante da minha pálpebra para me encarar enquanto estou deitada de roupão.

— Ethan, o que você vai fazer esta tarde? — pergunto, quase gritando na direção do quarto.

No silêncio da resposta, sinto seu pânico de que eu possa estar pedindo a ele para me acompanhar.

— Não estou perguntando porque quero companhia — acrescento.

Outra vez ele hesita e, ao finalmente responder, sua voz chega abafada, como se ele realmente tivesse entrado no armário.

— Graças a Deus.

Bem...

— Acho que vou até o *spa* — informo.

— Faça o que quiser. Só não use todos os créditos da massagem — ele responde.

Faço uma careta, ainda que ele não possa me ver.

— Quantas vezes você acha que vou ser esfregada em uma única tarde?

— Prefiro não pensar nisso.

Mostro o dedo do meio em direção ao quarto. Consulto a lista para confirmar se o *spa* possui chuveiros que eu possa usar; pego meu cartão-chave e deixo o mal-humorado Ethan desfazendo sua mala.

EU ME SINTO UM POUCO culpada enquanto estou sendo mimada por quase três horas usando o nome de Ami. Meu rosto é esfoliado, massageado e hidratado. Meu corpo é coberto com lama, friccionado até ficar vermelho e formigando, e então envolto em toalhas quentes com eucalipto.

Faço uma promessa silenciosa de poupar algum dinheiro de cada salário durante certo tempo para poder mandar minha irmã a um *spa* de luxo na nossa cidade quando ela não se sentir mais "como um cadáver recém-reanimado". Pode não ser em Maui, mas, qualquer pouquinho que eu conseguir para lhe retribuir por isto, estou decidida a fazer. Tudo o que devo nestes dez dias é dar gorjetas ao pessoal do hotel; isso parece muito absurdo. Esse tipo de experiência de *spa* transcendente e bem-aventurado não é para mim

Olho para Kelly, minha massagista.

— Isso foi incrível. Se eu ganhar na loteria algum dia, vou me mudar para cá e pagá-la para fazer isso todos os dias.

Provavelmente ela ouve isso diariamente, mas ri como se eu fosse muito inteligente.

— Fico feliz que você tenha gostado.

Gostado é pouco para dizer. Não apenas foi como um sonho, foram três horas completas longe de Ethan.

Sou levada de volta ao saguão do *spa*, onde me dizem para ficar o tempo que quiser. Afundada em um sofá macio, tiro meu celular do bolso do roupão. Não me surpreendo ao ver mensagens de minha mãe ("Diga ao seu pai para nos trazer papel higiênico e Gatorade"), da minha irmã ("Pelo amor de Deus, diga à mamãe para ir para casa"), de Diego ("Isto é um castigo por tirar sarro da descoloração horrível da Natalia? Eu pediria desculpas, mas já vi esfregões com menos pontas duplas") e de Jules ("Importa-se se eu ficar na sua casa enquanto você estiver fora? Esta coisa é como uma praga, e talvez eu tenha que queimar meu apartamento").

Muito cansada e em êxtase para lidar com qualquer coisa agora, pego um exemplar já bastante folheado de uma revista. Mas nem mesmo as fofocas de celebridades conseguem me manter acordada. Sinto minhas pálpebras se fechando sob o peso de uma exaustão feliz.

— Senhora Torres?

— Hum? — sussurro, grogue.

— Senhora Torres? É você?

Com os olhos semiabertos, quase viro a água de pepino que tenho precariamente pousada em meu peito. Ao me sentar, levanto os olhos e quase tudo o que vejo é um imenso bigode branco.

E — *ah* — eu conheço esse bigode. Conheci esse bigode pela primeira vez em uma entrevista muito importante. Na época, lembro-me de ter pensado: "Nossa, o sósia de Sam Elliott é o CEO aqui da Hamilton Biosciences! Quem diria?".

Abro meus olhos. Sim, o sósia de Sam Elliott — Charles Hamilton, o chefe do meu novo chefe — está bem na minha frente no *spa*, em Maui.

Espere... O quê?

— Senhor Hamilton! Oi!

— *Achei* mesmo que fosse você — ele diz.

Ele parece mais bronzeado do que quando o vi há algumas semanas, com seu cabelo branco um pouco mais comprido. Ele está usando um roupão branco felpudo e chinelos.

Ele atravessa o recinto com os braços estendidos para um abraço.

Ah, o.k. Vamos fazer isso. Fico de pé e ele percebe minha expressão de desconforto — porque geralmente não abraço meus chefes, principalmente quando estou nua sob um roupão — c, então, vejo o momento em que ele registra que seu cérebro está de férias e que também não abraça seus funcionários. No entanto, agora assumimos o compromisso e nos juntamos em um abraço lateral desajeitado que assegura que nossos roupões não se abram muito.

— Como o mundo é pequeno — ele diz assim que se afasta. — Recarregando as baterias antes de começar sua nova aventura na Hamilton? Isso é exatamente o que gosto de ver. Não se pode cuidar dos outros se não cuidar de si mesmo primeiro.

— Isso mesmo — respondo.

Meus nervos despejam baldes de adrenalina em minhas veias. Ir de "zen" para "alerta: novo chefe" é chocante. Aperto um pouco mais o nó do cinto do meu roupão.

— E quero agradecer novamente a oportunidade. Estou mais do que animada por me juntar à equipe.

O senhor Hamilton acena para mim.

— No momento em que falamos, soube que você se encaixaria muito bem. Sempre digo que a Hamilton não é nada sem as boas pessoas que trabalham lá. Honestidade, integridade e lealdade são os nossos princípios.

Concordo com um gesto de cabeça. Eu gosto do senhor Hamilton — ele tem uma reputação impecável no campo das biociências e é conhecido por ser um CEO bastante envolvido e prático. Mas não posso deixar de notar que sua última frase é uma réplica quase exata da que ele me disse quando apertamos as mãos no final da entrevista. Agora que já menti para cerca de vinte pessoas da equipe do hotel, ouvir isso aqui parece mais sinistro do que inspirador.

O som de passos apressados é ouvido do outro lado da porta. Então, uma Kelly em pânico irrompe.

— Senhora Thomas!

Sinto o estômago embrulhar.

— Ah, graças a Deus que você ainda está aqui. Deixou sua aliança de casamento na sala de tratamento — ela diz e me entrega o anel.

Deixo escapar um grito mudo e perturbado dentro do meu crânio e, ao mesmo tempo, consigo balbuciar um agradecimento a Kelly.

— "Senhora Thomas"? — Hamilton pergunta.

A massagista olha para nós, obviamente confusa.

— Você quer dizer Torres — ele afirma.

— Não... — Kelly responde, olhando para sua prancheta e depois de volta para nós. — Esta é a senhora Thomas. A menos que tenha havido algum engano.

Dou-me conta de que há duas opções aqui.

1. Posso admitir que tive de aproveitar a lua de mel de minha irmã porque ela ficou doente e estou fingindo ser casada com um cara chamado Ethan Thomas para que possamos desfrutar esse maravilhoso pacote; ou

2. Posso mentir descaradamente e dizer a eles que acabei de me casar e — tolice a minha — ainda não estou acostumada com meu novo nome.

Em ambos os casos, sou uma mentirosa. A primeira opção me deixa com minha integridade. No entanto, em relação à segunda opção, não desapontarei meu novo chefe (principalmente considerando que metade da minha entrevista se concentrou na construção de uma força de trabalho com "uma sólida bússola moral" e com pessoas que "colocam a honestidade e a integridade acima de tudo") e não acabarei dormindo na praia, faminta e desempregada, com apenas um *spa* enorme e uma conta de hotel para usar como abrigo.

Sei que há uma escolha correta e óbvia aqui, mas não a escolho.

— Ah, sim. Acabei de me casar — afirmo.

Meu Deus! Por quê? Por que minha boca faz isso? Essa foi honestamente a *pior* escolha. Porque agora, quando voltarmos para casa, terei de fingir que sou casada sempre que encontrar o senhor Hamilton — o que pode ser diariamente — ou dizer que me divorciei logo depois do casamento.

O sorriso dele é tão amplo que levanta o bigode. A massagista fica aliviada com o fim do estranho momento de tensão e se desculpa com um sorriso. Ainda radiante, o senhor Hamilton estende o braço e aperta minha mão.

— Bem, essa é uma notícia maravilhosa. Onde foi o casamento?

Pelo menos aqui posso ser sincera.

— No Hilton, no centro de Saint Paul.

— Minha nossa — ele diz, balançando a cabeça. — Acabando de começar. É uma grande bênção — prossegue, inclina-se e pisca. — Minha Molly e eu estamos aqui comemorando nosso trigésimo aniversário de casamento. Dá para acreditar?

Arregalo os olhos, como se fosse *fantástico* que esse homem de cabelos brancos estivesse casado há tanto tempo, e me atrapalho com alguns ruídos a respeito de isso ser "incrível", "emocionante" e "vocês devem ser… muito felizes".

E então ele ergue uma bigorna metafórica e me derruba no chão:

— Por que vocês não jantam conosco?

Eu e Ethan, sentados um ao lado do outro à mesa, tendo de… nos tocar, sorrir e fazer de conta que nos amamos? Reprimo uma risada.

— Ah, não queremos abusar. Você dois provavelmente nunca ficam sozinhos um com o outro — digo.

— Claro que ficamos! As crianças já não moram conosco. Somos só nós dois o tempo todo. Vamos. É a nossa última noite, e tenho certeza de que minha mulher está cansada de mim, para ser sincero! — ele diz e solta uma risada calorosa. — Não seria nenhum abuso.

Se há uma saída para essa situação, não a estou encontrando rápido o suficiente. Tenho de fazer um sacrifício.

Sorrindo e esperando parecer muito menos apavorada do que me sinto, eu desisto. Preciso desse emprego e estou morrendo de vontade de cair nas boas graças do senhor Hamilton. Vou ter de pedir a Ethan um grande favor. Vou ficar com uma dívida tão grande com ele que me dá vontade de vomitar.

— Claro, senhor Hamilton. Ethan e eu adoraríamos isso.

Ele estende a mão e aperta meu ombro.

— Pode me chamar de Charlie.

O CORREDOR ZIGUEZAGUEIA E se alonga diante de mim. Eu gostaria que não fosse apenas uma ilusão nascida do medo e que realmente fossem oito quilômetros até a nossa suíte. Mas não são, e, antes do que gostaria, estou junto à porta do quarto, meio que rezando para que Ethan esteja fazendo algo incrível até amanhã, meio que rezando para que ele esteja aqui para podermos ir ao jantar com os Hamilton.

Assim que entro, vejo Ethan sentado na varanda. Por que ele está passando o tempo no quarto do hotel em Maui?

Pelo menos, Ethan vestiu uma bermuda e uma camiseta, e está com os pés descalços apoiados na grade. O vento desmancha seu cabelo escuro. Fico imaginando-o olhar com criticidade para o mar, dizendo silenciosamente às ondas que poderiam se sair melhor.

Ao me aproximar, vejo que ele está segurando um coquetel em um copo alto. Seus braços desnudos são bronzeados e tonificados; suas pernas são surpreendentemente musculosas e parecem não ter fim. Por algum motivo, esperava que, de bermuda e camiseta, ele fosse um magricela com membros desajeitados dobrados em ângulos estranhos. Talvez esperasse isso porque ele é muito alto. Ou talvez fosse mais fácil dizer a mim mesma que apenas seu rosto é bonito, e que ele era deformado e desengonçado por baixo das roupas.

Para ser sincera, ele é fisicamente tão bem modelado que é até um pouco injusto.

Abro a porta de vidro o mais silenciosamente possível. Ethan parece bem relaxado. Tenho certeza de que ele está pensando em afogar cachorrinhos, mas não estou aqui para julgar. Pelo menos não até que ele jante com meu chefe.

Dou-me conta de que preciso cativá-lo. Então, abro um sorriso.

— E aí?

Ethan se vira e seus olhos azuis se estreitam.

— Olívia.

Caramba, estou ficando cansada desse joguinho idiota com o meu nome.

— O que você está fazendo, Elijah?

— Só estou curtindo a vista.

Bem, isso é… legal.

— Não sabia que você fazia isso.

Ethan volta a olhar para o mar.

— Fazia o quê?

— Curtia coisas.

Incrédulo, ele ri. Ocorre-me que eu poderia aguentar um pouco mais o joguinho de conversa mole.

— Como foi a massagem? — ele pergunta.

— Fantástica — respondo e procuro por mais palavras que não sejam de pânico e rastejantes. — Super-relaxante.

Ethan volta a olhar para mim.

— É assim que você fica quando está *relaxada*? Uau.

Quando não digo mais nada, ele pergunta:

— O que deu em você? Você está mais estranha do que o normal.

— Nunca vi você de bermuda antes — admito. Suas pernas, especificamente os músculos nelas, são uma surpresa bastante interessante. Rapidamente, trabalho para remover o indício de admiração da minha voz.

— Estranho.

— Quer dizer, não é como colocar o decote em exibição numa bandeja — Ethan afirma, acenando casualmente. — Mas me disseram que bermudas ainda são apropriadas para a ilha.

Tenho certeza de que essa é outra alfinetada a respeito do meu vestido de madrinha, mas sinceramente não posso me incomodar em replicar.

— Então, engraçado — digo, puxando uma cadeira ao lado dele e me sentando. — Você sabe que, no aeroporto, me ofereceram o emprego na Hamilton, não sabe?

Ethan parece entediado.

— Bem, adivinha quem está aqui — digo, tentando demonstrar entusiasmo. — O próprio senhor Hamilton!

Ethan vira a cabeça rapidamente em minha direção. E, sem dúvida, noto o medo em seus olhos: nossa capacidade de ser completamente anônimos acaba de ser eliminada.

— Aqui, *aqui*? No *resort*?

— Eu o encontrei no *spa* — digo e acrescento, desnecessariamente — de roupão. Ele me abraçou. Foi muito esquisito. Enfim, então, ele nos convidou para jantar hoje à noite. Com sua mulher.

Ethan ri uma vez.

— Estou fora.

Fecho a mão para não dar um tapa na cara dele. Porém, um soco deixaria uma marca. Assim, volto a abrir a mão e me sento sobre ela.

— A massagista me chamou de senhora Thomas, *na frente do senhor Hamilton* — digo e faço uma pausa para ver se ele entendeu. Diante da falta de reação por parte de Ethan, acrescento: — Está entendendo o que estou dizendo? Meu novo chefe acha que *eu me casei*.

Muito lentamente, Ethan pisca, e depois volta a piscar.

— Você podia ter dito a ele que estamos só fingindo.

— Na frente do pessoal do hotel? Nem pensar. Além disso, ele tem tudo a ver com integridade e confiança! Naquele momento, pareceu-me que continuar a mentir era a melhor opção, mas agora estamos totalmente ferrados porque ele acha que eu me casei.

— Ele acha isso porque você literalmente disse a ele que você se casou.

— Cale-se, Eric, deixe-me pensar — digo, inclino-me, roo uma unha e reflito. — Pode ficar tudo bem, sabe? Quer dizer, posso dizer que você foi abusivo e que eu consegui uma anulação rápida do casamento depois dessa viagem. Ele nunca saberá que eu estava sendo desonesta — prossigo e tenho outra ideia. — Ah! Posso dizer a ele que você morreu!

Ethan apenas me encara.

— Fomos mergulhar — digo, franzindo a testa agora. — Infelizmente, você nunca voltou para o barco.

Ele pisca.

— E aí? — pergunto. — Você não vai voltar a vê-lo depois desta noite. Você não precisa que ele goste de você. Ou que ele saiba que você continua existindo.

— Você parece ter certeza de que eu vou a esse jantar.

Assumo minha expressão mais fofa. Cruzo minhas pernas e, em seguida, as descruzo. Inclino-me para a frente, abro e fecho os olhos diversas vezes e sorrio.

— Por favor, Ethan? Eu sei que é um megafavor.

Ele se inclina para trás.

— Você tem algo em seu olho?

Em desalento, meus ombros afundam e eu gemo. Não acredito que vou dizer isto.

— Você pode ficar com o quarto se for hoje à noite e representar o papel.

Pensativo, Ethan morde o lábio.

— Então temos de fingir que somos casados? Tipo, tocante e quente?

— Significaria tudo para mim — digo. Acho que consegui. Arrasto minha cadeira para um pouco mais perto dele. — Prometo que serei a melhor esposa de mentira que você já teve.

Ethan termina de beber seu drinque. Definitivamente, não reparo como sua garganta fica longa e definida enquanto ele engole.

— Tudo bem. Eu vou.

Sinto um grande alívio.

— Nossa, muito obrigada.

— Mas eu fico com o quarto.

CAPÍTULO 6

> SOCORRO

> AMI

> O SENHOR HAMILTON ESTÁ AQUI E EU DISSE A ELE QUE SOU CASADA. SEI LÁ POR QUÊ. AGORA TENHO DE FINGIR QUE SOU CASADA COM ETHAN DURANTE TODO O JANTAR E PROVAVELMENTE SEREI DESPEDIDA E TEREI DE DORMIR NA SUA BANHEIRA PORQUE SOU UMA PÉSSIMA MENTIROSA.

> AMI, É UMA EMERGÊNCIA

PARE

Eu não tenho mais fluidos no meu corpo.

Estou com a mamãe há mais de 36 horas direto.

Se eu não morrer disso, talvez precise de alguém para me matar. Ou matá-la.

DESACELERE

> Desculpe, desculpe.

> MAS EU ESTOU PIRANDO

Seu novo chefe está no resort? Em Maui?

> Ele está aqui para o aniversário de casamento dele.

> Alguém me chamou de senhora Thomas e eu, pelo visto, perdi a cabeça.

As pessoas vão chamá-la de senhora Thomas o tempo todo.

É melhor você se acostumar. E se acalme. Você consegue.

> Você me conhece? Eu não consigo fazer isso de jeito nenhum.

Não dê respostas complicadas.

Quando você fica nervosa, parece culpada.

> Nossa, foi exatamente o que Ethan disse.

Quem diria que Ethan era tão esperto.

Agora, se você me dá licença, tenho de vomitar pela quinquagésima vez hoje.

Não desperdice minha viagem.

Fico olhando para o meu celular, desejando que minha irmã estivesse aqui. Sabia que isso era bom demais para ser verdade. Digito outra mensagem breve, dizendo a ela para entrar em contato comigo hoje à noite e me dizer como está se sentindo. Em seguida, envio uma mensagem para Diego.

> Me ensine a mentir.

Quem é?

> CARAMBA, DIEGO

O.K. Para quem estamos mentindo?

> Meu novo chefe.

Em Maui?

> Por favor, não pergunte.

Apenas me diga como você conseguiu namorar aqueles gêmeos sem nenhum deles descobrir.

> Ensine-me, Yoda.

Em primeiro lugar, minta só quando precisar e não complique as coisas.

Você sempre explica demais e isso é embaraçoso.

> CONTINUE

Conheça sua história desde o início.

Não tente inventar na hora. Você é péssima nisso.

> Não fique nervosa e não toque no seu rosto. Você também faz isso. Fique calma.

> Ah, e se você conseguir, toque no cara.

> Isso cria uma sensação de intimidade e faz com que ele queira tirar as calças em vez de fazer perguntas para você.

> Credo, o cara é meu chefe!

> Só estou dizendo que não vai prejudicar.

> Diego

> Você é uma cientista. Pesquise.

Desvio os olhos da minha pesquisa no Google ao ouvir o som de uma batida na porta.

— Sem querer cair no clichê chato, bem ao estilo marido, e incomodá-la por estar atrasada...

Há uma pausa e posso virtualmente ver Ethan carrancudo olhando para seu relógio do outro lado da porta.

— ... mas são quase seis horas — ele prossegue.

— Eu sei.

Consigo manter a versão gritada da minha resposta dentro da minha cabeça. Depois que Ethan concordou em jantar, corri para o quarto para experimentar cada peça de roupa que trouxe antes de escrever para minha irmã e para Diego, em pânico. O quarto está um desastre e não tenho certeza se estou mais pronta para fazer isso agora do que estava uma hora atrás. Estou confusa demais.

A voz de Ethan volta a atravessar a porta, mais perto desta vez.

— "Eu sei" do tipo "estou quase pronta" ou "eu sei" do tipo "sei olhar as horas, por favor, caia fora"?

Ambos, para sermos sinceros.

— O primeiro — respondo.

Ethan bate mais uma vez na porta.

— Tudo bem se eu entrar no meu quarto?

Meu quarto. Abro a porta e o deixo entrar, sentindo-me radiante com a bagunça que estou deixando ali.

Ethan entra. Ele está prestes a encontrar o meu chefe e passar as próximas horas mentindo, e está usando um *jeans* preto e uma camisa de uma cervejaria. Parece que está saindo para jantar em uma hamburgueria qualquer e não em um restaurante com o novo chefe de sua mulher. Sua aparência tranquila só amplifica meu pânico, porque, é claro, ele não está preocupado. Ele não tem nada a perder. Com medo, sinto o meu estômago embrulhar.

Ethan varre o quarto com os olhos e passa uma mão irritada pelo cabelo, que, é claro, consegue cair de volta perfeitamente ao lugar.

— Tudo isso estava em uma mala?

— Estou totalmente perdida aqui.

— Essa tem sido minha impressão geral até agora. Seja mais específica.

Caio na cama, chutando para o lado um sutiã rosa-choque e resmungando quando ele fica preso no salto do meu sapato.

— Sempre que conto uma mentira, sou pega. Certa vez, disse ao meu professor que tinha de faltar à aula para cuidar da minha colega de quarto doente. Então, ele ergueu os olhos exatamente quando minha colega de quarto passou por nós no corredor. Ele a conhecia de suas aulas de terça e quinta.

— Seu erro foi ter ido à aula. Basta enviar um e-mail, como qualquer mentiroso normal.

— Teve uma vez, no ensino médio, em que meu primo Miguel ligou dizendo que estava doente e fingindo ser meu pai, mas a secretaria ligou para a minha mãe para confirmar, porque meu pai nunca tinha ligado antes para a escola.

— Bem, isso foi apenas mau planejamento da sua parte. Por que estamos falando sobre isso agora?

— Porque estou tentando parecer uma esposa e estive pesquisando como mentir.

Alcançando minha perna, Ethan envolve a mão quente em torno da minha panturrilha e desprende o sutiã do meu sapato.

— Tudo bem. Uma esposa tem alguma aparência específica?

Pego o sutiã, que agora está pendendo na ponta do dedo dele.

— Não sei. Como a Ami?

Sua risada grave ecoa pelo quarto.

— Isso não vai acontecer.

— Ei, nós somos gêmeas.

— Isso não é uma questão de aparência — Ethan afirma, e o colchão afunda sob seu peso quando ele se senta ao meu lado. — Ami tem uma confiança incrível. É como ela se comporta. Não importa o que aconteça, ela se recompõe suficientemente por vocês duas.

Fico confusa entre sentir orgulho de minha irmã — porque, sim, ela faz as pessoas se sentirem assim — e vaidosamente curiosa acerca do que Ethan pensa de mim. A vaidade e o meu lado briguento prevalecem.

— Que impressão eu passo?

Ethan olha para meu celular, e tenho certeza de que vê as palavras "como mentir de maneira convincente" na barra de pesquisa. Com uma risada, ele balança a cabeça.

— Como se você fosse colocar a cabeça entre as pernas e rezar.

Estou prestes a empurrá-lo para fora da cama quando ele se levanta, olha significativamente para seu relógio e depois para mim.

Noto a insinuação passiva-agressiva. De pé, dou uma última olhada no espelho e pego minha bolsa.

— Vamos acabar logo com isso.

ENQUANTO NOS ENCAMINHAMOS para o elevador, lembro-me do supremo desequilíbrio do universo. Mesmo sob uma luz de teto nada lisonjeira, Ethan ainda consegue estar bonito. De alguma forma, as sombras melhoram suas feições, em vez de exagerá-las de maneira nada atraente. Em frente às portas espelhadas do elevador, noto que o resultado não é o mesmo para mim.

Como se estivesse lendo minha mente, Ethan toca seu quadril no meu.

— Pare com isso. Você está ótima.

Ótima, penso. *Como uma mulher que adora bolinha de queijo. Como uma mulher cujos peitos saltam do vestido de madrinha. Como uma mulher que merece seu desdém porque não é perfeita.*

— Posso ouvir você pensando a respeito da palavra *ótima* e a analisando mais do que eu gostaria. Você está incrível. — E, ao entrarmos no elevador, ele aperta o botão para o saguão e acrescenta: — Você sempre está.

Essas três últimas palavras se enrolam em volta do meu crânio antes de serem absorvidas. Sempre estou incrível? Para quem? Para Ethan?

O elevador conta os andares em ordem decrescente e parece estar prendendo a respiração junto comigo. Vejo meu reflexo nas portas espelhadas e olho para Ethan.

"Você sempre está."

As maçãs do rosto dele ganham cor, e Ethan parece que ficaria feliz se os cabos se rompessem e a morte nos engolisse por inteiro.

Pigarreio.

— Em um estudo de 1990, pesquisadores mostraram que é mais fácil descobrir a mentira de alguém na primeira vez que a pessoa a conta. Devemos saber o que vamos dizer.

— Você precisou que o Google dissesse isso a você?

— Eu me saio melhor quando estou preparada. Sabe, a prática leva à perfeição.

— Certo. — Ele faz uma pausa e pensa. — Nós nos conhecemos por meio de amigos, o que, tecnicamente, não é uma mentira, então será mais difícil para você ferrar tudo. Nós nos casamos na semana passada. Sou o homem mais sortudo do mundo, etc., etc.

Concordo com um aceno de cabeça.

— Os amigos nos apresentaram, namoramos por um tempo e, meu Deus, fiquei muito surpresa quando você me implorou para casar com você.

Ethan faz uma expressão de zombaria.

— Eu me ajoelhei enquanto acampávamos no Lago Moose. Fiz o pedido com um pirulito em forma de anel.

— Detalhes são bons! Ficamos com cheiro de fogueira de acampamento durante todo o dia seguinte — afirmo. — Mas não nos importamos, porque ficamos muito felizes e transamos muito na barraca para comemorar.

Um silêncio sepulcral toma conta do elevador. Sinto uma estranha combinação de horror e alegria por ter conseguido deixá-lo emudecido com a visão de transar comigo.

— Certo. Com certeza podemos omitir esse detalhe do seu chefe.

— E lembre-se, não mencionei você nem o fato de estar noiva na entrevista — afirmo, adorando o desconforto de Ethan. — Então, precisamos parecer um pouco atordoados com tudo isto.

O elevador apita, e as portas se abrem para o saguão.

— Acho que não teremos problemas para fazer isso.

— E seja charmoso — peço. — Mas não um charmoso *adorável*. Um charmoso razoável. Eles não devem ir embora querendo passar mais tempo com você. Mesmo porque você provavelmente vai morrer ou se revelar terrível no final.

Percebo sua irritação enquanto atravessa o saguão e não posso deixar de acrescentar uma alfinetada.

— Basicamente, seja você mesmo.

— Cara, vou dormir muito bem esta noite — ele diz e se alonga, como que se preparando para se estirar na cama enorme do quarto. — Para sua informação, o lado esquerdo do sofá não está muito legal. Fiquei lá hoje mais cedo, lendo, e percebi que há uma mola que alfineta um pouco.

Uma música suave ressoa pelo saguão enquanto nos dirigimos para a saída. O restaurante fica junto à praia; o que é conveniente porque, quando a coisa toda der errado para mim, será apenas uma caminhada curta para me afogar no mar.

Ethan abre a porta para o pátio amplo e faz um gesto para que eu siga à frente pelo caminho iluminado.

— Qual é o nome da empresa mesmo? — ele pergunta.

— Hamilton Biosciences. É uma das empresas de fabricação terceirizada de produtos biológicos mais conhecidas do país. Na área de pesquisa, acaba de desenvolver uma nova vacina contra a gripe. De todos os artigos que li, ela parece revolucionária. Eu queria muito esse emprego, então talvez você possa mencionar como estamos felizes por eu ter sido contratada e que é só disso que tenho falado desde então.

— É para estarmos em nossa lua de mel, e você quer que eu diga que você não para de falar a respeito da vacina contra a gripe deles?

— Sim, quero.

— Qual é o seu trabalho mesmo? Servente?

— Basicamente, converso com médicos a respeito dos nossos produtos de um ponto de vista mais técnico do que a equipe de vendas. — Lanço um olhar em direção a ele enquanto caminhamos. Ethan está com cara de quem faz um intensivão para uma prova. — Ele e sua mulher estão aqui para comemorar o trigésimo aniversário de casamento. Se tivermos sorte, podemos simplesmente perguntar a eles um monte de coisas sobre a vida deles e não ter de falar nada a nosso respeito.

— Para alguém que diz ser azarada, você está botando muita fé na sua maré de sorte — ele diz e me olha uma segunda vez ao identificar que isso me atingiu como um tapa da verdade. Paramos diante de uma fonte cintilante, e Ethan pega uma moeda de um centavo (mas não *aquela* moeda) do bolso e a joga dentro da água. — Sério, acalme-se. Vai dar tudo certo.

Eu tento. Seguimos até uma construção com telhado de palha e nos aproximamos da anfitriã.

— Acho que a reserva está em nome de Hamilton — Ethan diz.

Vestida toda de branco, a anfitriã examina uma tela diante dela e ergue os olhos com um sorriso amplo.

— Acompanhem-me.

Ethan se encosta ao meu lado, com uma mão pressionada contra a parte inferior das minhas costas. Ele me olha com olhos azuis carinhosos e um sorriso meigo. Com a mão que não está, no momento, se deslocando para baixo, ele faz um gesto para que eu siga à frente. A transformação é… incrível. Meu estômago dá alguns nós e meu coração se prende à minha garganta.

O restaurante fica sobre palafitas, em cima de uma lagoa, e nossa mesa se situa perto de uma grade com vista para a água. O interior é elegante, mas aconchegante, com castiçais de vidro e lanternas que fazem o espaço brilhar.

O senhor Hamilton se levanta quando nos vê. O roupão branco felpudo foi, felizmente, substituído por uma camisa com estampa floral. O bigode está mais robusto do que nunca.

— Aí estão eles! — ele grita de alegria, acenando com a cabeça para mim e estendendo o braço para apertar a mão de Ethan. — Querida, esta é Olive, a nova integrante da equipe de quem eu lhe falei, e o marido dela…

— Ethan — ele complementa. — Ethan Thomas.

— Prazer em conhecê-lo, Ethan. Esta é a minha esposa, Molly.

Charles Hamilton aponta para a morena ao seu lado, cujas bochechas rosadas e covinha profunda a fazem parecer jovem demais para uma mulher que está comemorando três décadas de casamento.

Todos nós trocamos apertos de mão, e Ethan puxa a cadeira para que eu me sente. Sorrio e me sento, tomando o maior cuidado. A parte racional do meu cérebro sabe que não, mas outro lado espera que ele vá tirar a cadeira de debaixo de mim.

— Muito obrigado por nos convidar — Ethan diz, com um sorriso largo. Ele coloca um braço no espaldar da minha cadeira e se inclina na minha direção. — Olive está muito empolgada para trabalhar na Hamilton. Ela não consegue parar de falar nisso.

Dou uma risada e, com cuidado, piso no pé de Ethan por debaixo da mesa.

— Estou feliz que ela ainda não tinha sido fisgada — diz o senhor Hamilton. — Temos sorte em tê-la. E que surpresa descobrir que vocês dois acabaram de se casar!

— Aconteceu meio rápido — digo e me inclino para Ethan, procurando parecer natural.

— Chegou de surpresa, quase como uma emboscada! — Ethan geme quando o salto do meu sapato afunda mais no dorso de seu pé. — E quanto a vocês dois? Estou sabendo que devo lhes dar os parabéns. Trinta anos é simplesmente incrível.

Molly sorri para o marido.

— Trinta anos maravilhosos, mas, mesmo assim, existem momentos em que não acredito que ainda não nos matamos.

Ethan ri baixinho, dando-me um olhar adorável.

— Ah, bem, você pode imaginar trinta anos disso?

— Claro que não! — respondo, e todos riem, achando, é claro, que estou brincando. Estendo a mão para tirar o cabelo da testa e me lembro de que não devo ficar inquieta. Então, cruzo os braços sobre o peito e me lembro de que a internet diz para também não fazer isso.

Caramba.

— Quando Charlie me disse que encontrou você aqui, eu simplesmente não acreditei. E em sua lua de mel! — diz Molly.

Bato palmas sem convicção.

— Sim! É tão... divertido.

A garçonete aparece e Ethan finge se inclinar e beijar minha nuca. Sua respiração está quente atrás da minha orelha.

— Puta merda — ele sussurra. — *Relaxe.*

Voltando a se endireitar, Ethan sorri para a garçonete enquanto ela lê as especialidades da casa. Depois de algumas perguntas, pedimos uma garrafa de vinho para a mesa e nossos pratos.

Qualquer esperança que eu tinha de dirigir a conversa para longe de nós morre assim que a garçonete se afasta.

— Então, como vocês se conheceram? — Molly pergunta.

Uma pausa. "Não complique as coisas, Olive."

— Um amigo nos apresentou — respondo e recebo sorrisos educados enquanto Molly e Charlie esperam pela parte da história que era mesmo uma história. Eu me mexo na cadeira e cruzo as pernas novamente. — E, bem, Ethan me convidou para sair...

— Tínhamos amigos em comum que tinham acabado de começar a namorar — Ethan interpela, e a atenção deles (felizmente) se volta para ele. — Eles planejaram uma festinha na esperança de que todos se conhecessem. Eu a notei imediatamente.

— Amor à primeira vista — Molly suspira.

— Algo assim — Ethan diz com o canto da boca se retorcendo para cima. — Ela estava usando uma camiseta que dizia "Colisões de partículas me dão reações fortes", e pensei que uma mulher que entendia um trocadilho de física era alguém que eu precisava conhecer.

O senhor Hamilton solta uma gargalhada e dá um tapa na mesa. Sinceramente, mal consigo evitar que meu queixo caia. A história que Ethan está contando não aconteceu quando nos conhecemos, mas talvez na terceira ou quarta vez em que nos vimos. Na verdade, foi na noite em que decidi que não me esforçaria nem um pouco em relação a ele, porque, sempre que eu tentava ser amigável, ele dava o fora para outro cômodo. E aqui está ele, tagarelando sobre o que eu estava vestindo. Mal consigo me lembrar do que usei ontem, quanto mais do que outra pessoa usou há dois anos e meio.

— E acho que o resto é história? — diz o senhor Hamilton.

— Mais ou menos. Na verdade, não nos demos bem de início — Ethan diz. — Mas aqui estamos nós. — Ele pisca para os Hamilton. — E quanto a vocês dois?

Charlie e Molly nos contam como se conheceram em um baile de solteiros de igrejas vizinhas e que, quando Charlie não chamou Molly para dançar, ela mesma se aproximou dele e o convidou. Faço o possível para prestar atenção, mas é quase impossível com Ethan tão perto. Seu braço ainda está no espaldar de minha cadeira e, se eu me recostar apenas o suficiente, seus dedos esbarram na curva do meu ombro e na minha nuca. A sensação é de lambidinhas de fogo cada vez que ele faz contato.

Definitivamente, não me reclino mais do que duas vezes.

Assim que nossas entradas chegam, atacamos. Com o vinho fluindo e Ethan encantando a todos, o jantar se converte em uma refeição não apenas tolerável mas prazerosa. Não consigo decidir se quero lhe agradecer ou estrangulá-lo.

— Vocês sabiam que, quando Olive era criança, ela ficou presa em uma daquelas máquinas de pegar bichinhos? — Ethan pergunta, recontando minha história de que menos gosto, mas, admito, a mais engraçada. — Vocês podem procurar no YouTube e assistir ao resgate. É uma tremenda comédia.

Molly e Charlie parecem mortificados pela pequena Olive, mas posso garantir que vão assistir ao vídeo mais tarde um montão de vezes.

— Como você descobriu sobre isso? — pergunto a Ethan, sinceramente curiosa. Com certeza, nunca lhe contei, mas não consigo imaginá-lo se envolvendo em uma conversa a meu respeito com outra pessoa, tampouco — o que seria ainda mais inacreditável — *pesquisando* sobre mim no Google. De fato, a ideia me faz ter de reprimir uma risada.

Ethan pega minha mão, entrelaçando seus dedos nos meus. Eles são quentes, fortes e me seguram com firmeza. Odeio que a sensação seja ótima assim.

— Sua irmã me contou — ele afirma. — Acredito que as palavras exatas dela foram "o pior prêmio de todos os tempos".

A mesa toda irrompe em um ataque histérico. O senhor Hamilton está rindo tanto que seu rosto assume um tom chocante de vermelho, que é agravado pelo contraste prateado de seu bigode.

— Lembre-me de agradecê-la quando voltarmos para casa — digo, puxando minha mão de volta e esvaziando o resto do meu vinho.

Ainda rindo, Molly enxuga os olhos cuidadosamente com um guardanapo.

— Quantos irmãos e irmãs você tem, Olive? — ela pergunta.

Aceito o conselho que Ethan me deu antes e não complico as coisas.

— Apenas uma irmã.

— Na verdade, ela é gêmea — Ethan diz voluntariamente.

Molly fica curiosa.

— Vocês são idênticas?

— Somos.

— Elas são *exatamente* iguais — Ethan lhe responde. — Mas suas personalidades estão em polos opostos. Como noite e dia. Uma tem tudo resolvido, e a outra é minha esposa.

Charlie e Molly tornam a perder o controle. Pego a mão de Ethan, dando-lhe um sorriso doce de "ah, eu amo você", enquanto tento quebrar seus dedos. Ele tosse e seus olhos lacrimejam.

Molly interpreta errado a expressão vidrada de Ethan e nos olha com carinho.

— Ah, isso foi tão divertido. Que maneira adorável de terminar esta viagem.

Claramente, ela não podia estar mais impressionada com meu marido falso; inclina-se para a frente, com a covinha em pleno vigor.

— Ethan, Olive comentou que temos um grupo de casais na empresa?

— Com certeza, não — ele responde.

Ela já está esfregando as mãos.

— Nós nos reunimos uma vez por mês. São principalmente as esposas que conseguem comparecer, mas, Ethan, você é simplesmente adorável. Posso lhe dizer que todos vão *amar* você.

— Somos um grupo muito unido — diz o senhor Hamilton. — E, mais do que colegas de trabalho, gostamos de pensar em todos como uma família. Vocês dois vão se encaixar perfeitamente. Olive, Ethan, estou tão animado por recebê-los na Hamilton.

— Não acredito que você contou a história da máquina de pegar bichinhos — digo enquanto percorremos o caminho ao ar livre, voltando para o quarto. — Você sabe que eles vão procurar no Google, o que significa que o senhor Hamilton vai me ver de calcinha.

Dito isso, o jantar foi um sucesso inegável e, por mais feliz que eu esteja por não ter estragado tudo e ainda ter um emprego, estou irritada com o fato de que Ethan seja sempre tão bom em tudo. Não faço ideia de como faz isso; ele não tem charme em 99% do tempo, mas, então — bum —, ele se transforma no senhor Simpatia.

— É uma história engraçada, Olive — ele afirma e, então, para tão inesperadamente que me choco contra suas costas.

— Você está tendo um derrame?

Ele pressiona a testa com a mão, virando a cabeça para que possa olhar freneticamente para o caminho atrás de nós, por onde viemos.

— Isto não pode estar acontecendo.

Eu me mexo para seguir seu olhar, mas Ethan me puxa para trás de um enorme vaso de palmeira, onde nos escondemos.

— Ethan?

Uma voz chama, seguida pelo estalido de saltos altos no caminho de pedra.

— Eu *juro* que acabei de ver Ethan! — a voz prossegue, ofegante.

Ele vira o rosto para mim.

— Preciso de um grande favor seu: quero que você me acompanhe.

Estamos tão perto um do outro que posso sentir sua respiração em meus lábios. Sinto o cheiro do chocolate que ele comeu de sobremesa e uma pitada do seu desodorante de pinho.

Tento odiar isso.

— Você precisa da minha ajuda? — pergunto e, se soo um pouco ofegante, é porque comi muito no jantar e me sinto meio sem fôlego com a caminhada.

— Sim.

Meu sorriso se abre.

— Vai custar caro.

Ele fica chateado por cerca de dois segundos e, então, o pânico varre a chateação.

— O quarto é seu.

Os passos se aproximam, até que uma cabeça loira invade meu espaço.

— Meu Deus, é você! — ela diz, ignorando-me completamente e abraçando Ethan.

— Sophie? — ele diz, fingindo surpresa. — Eu... O que você está fazendo aqui?

Desembaraçando-se do abraço, Ethan arregala os olhos para mim.

Ela se vira para acenar para o homem parado bem ao lado dela e aproveito a oportunidade para cochichar:

— *Essa é a Simba!?*

Ethan concorda, claramente arrasado.

Puta merda! Isso é muito pior do que cruzar com seu novo chefe que está pelado debaixo de um roupão!

— Billy — Sophie diz com orgulho, puxando o cara para a frente, e eu acho ele meio nojento com um estilo meio ensebado. — Este é Ethan, o cara de quem lhe falei. Ethan, este é Billy, meu noivo.

Mesmo no escuro, vejo a maneira como Ethan empalidece.

— Noivo — ele repete. A palavra cai com um baque pesado, e é infinitamente mais estranho com Ethan descrito apenas como o "cara de quem lhe falei". Ethan e Sophie não ficaram juntos por alguns anos?

Não é preciso ser um gênio para juntar as peças: a reação dele ao vê-la, a maneira pela qual se fechou no avião quando perguntei a respeito de uma namorada. Uma recente separação, e ela já está comprometida? *Ai, essa doeu.*

Mas é como se alguém tivesse apertado um botão em algum lugar das suas costas, porque o robô Ethan está de volta e subitamente em movimento, dando um passo à frente para oferecer a Billy uma mão confiante.

— Prazer em conhecê-lo.

Movendo-me para o lado de Ethan, enlaço meu braço no dele.

— Oi, eu sou Olive.

— Certo, desculpe — Ethan diz. — Olive, esta é Sophie Sharp. Sophie, esta é Olive Torres.

Ele faz uma pausa e tudo fica tenso entre nós na expectativa do que vem a seguir. Tenho a sensação de estar na garupa de uma motocicleta, observando por cima da borda de um desfiladeiro, não sabendo se o piloto vai acelerar e nos deixar cair.

— Minha esposa — ele diz.

As narinas de Sophie se dilatam e, por uma fração de segundo, ela parece absolutamente homicida. Mas, então, a expressão desaparece, e ela dá a ele um sorriso fácil.

— Uau! Esposa! Incrível!

O problema de mentir acerca de relacionamentos é que os seres humanos são criaturas volúveis. Até onde sei, pode ter sido Sophie quem terminou o que eles tinham, mas ver que Ethan não está mais no mercado o fará parecer proibido e, portanto, mais atraente. Não faço ideia do que aconteceu para o fim do relacionamento deles — nem sei se ele a quer de volta —, mas, se Ethan quiser, me pergunto se ele percebe a ironia de que ser casado apenas tornou mais provável que Sophie também o queira de volta.

Ela olha para mim e depois para ele.

— Quando foi que isso aconteceu?

Tenho certeza de que todos nós podemos perceber como é um esforço para Sophie evitar que sua voz fique afiada como uma navalha, o que a deixa ainda mais desagradável.

— Ontem! — respondo e mostro meu dedo anelar, fazendo com que a aliança de ouro simples cintile à luz das tochas.

Sophie olha para Ethan.

— Não acredito que não ouvi nada a respeito!

— Quer dizer, nós não nos falamos, Soph — Ethan afirma e ri alto.

Tensão... Isso é muitíssimo estranho (e interessante). Minha curiosidade está oficialmente aguçada.

Sophie faz um beicinho tímido.

— Mesmo assim! Você não me contou. Nossa! Ethan... Casado.

É impossível não notar a maneira como a boca de Ethan enrijece e seu queixo se flexiona.

— Sim, foi tudo muito rápido — ele informa.

— Parece que foi momentos atrás que decidimos realmente fazer isso! — concordo, dando-lhe um sorriso largo.

Ethan dá um beijo rápido e estalado em minha bochecha, e me forço a não recuar.

— E você está noiva — ele diz, levantando os polegares mais rígidos do mundo. — Olhe para nós... Seguindo em frente.

Sophie é pequena, magra e está usando uma linda regata de seda, um *skinny jeans* e sapatos de salto bem alto. Seu bronzeado é artificial e acho que a cor do seu cabelo vem de uma tintura, mas isso é realmente tudo que posso achar de errado com ela. Procuro imaginá-la daqui a vinte anos — pele vagamente com consistência de couro e longas unhas vermelhas em torno de uma lata de refrigerante dietético —, mas, por enquanto, ela ainda é bonita de uma maneira quase inatingível, o que me faz sentir mal em comparação. É fácil imaginá-la com Ethan, lado a lado em um cartão de Natal, usando cardigãs e encostados em uma grande lareira de pedra.

— Talvez possamos ir jantar ou algo assim — Sophie diz.

É um convite tão desanimado que, na verdade, solto uma risada antes de Ethan pegar minha mão e apertá-la.

— Sim — digo, tentando disfarçar. — Jantar. Fazemos isso todos os dias.

Ethan olha para mim, e percebo que ele não está me fuzilando com os olhos. Ele está lutando contra uma risada.

Billy interrompe com uma mudança de assunto, igualmente desanimado com a ideia do jantar.

— Por quanto tempo vocês vão ficar aqui?

Com certeza, não tenho estômago para outro jantar falso. Então, vou para o tudo ou nada. Depois que Ethan responde dez dias, eu passo os braços em torno da cintura dele e olho para seu rosto com o que espero ser uma cara *sexy*.

— Na verdade, docinho, eu me sentiria péssima se combinássemos algo e déssemos o cano. Você sabe que mal conseguimos sair do quarto hoje — digo e passeio alguns dedos insinuantes pelo peito de Ethan, brincando com os botões da camisa dele. Uau, há um autêntico paredão de músculos ali embaixo. — Eu já compartilhei você esta noite. Não posso prometer nada para amanhã.

Chocado, Ethan levanta uma sobrancelha, e eu me pergunto se a tensão em sua expressão é porque ele não consegue se imaginar transando comigo uma vez sequer, muito menos ininterruptamente durante uma tarde inteira. Saindo do inferno mental, ele dá um beijo rápido na ponta do meu nariz.

— Você tem razão — ele diz para mim e se vira para Sophie. — Vamos deixar rolar.

— Sem dúvida. Você ainda tem meu número?

— Acredito que sim — ele afirma.

Sophie dá alguns passos para trás e seus saltos dourados estalam.

— O.k., bem... Parabéns e espero voltar a vê-lo!

Ela puxa Billy e eles recomeçam a seguir o caminho para o hotel.

— Foi um prazer conhecê-los — grito e logo me volto para Ethan. — Posso ser uma esposa terrível um dia, mas pelo menos agora sabemos que sou capaz de fingir.

— Acho que todo mundo precisa de um objetivo.

Depois de tirar minhas mãos do corpo dele, eu as sacudo.

— Credo, por que você beijou meu nariz? Nós não discutimos isso.

— Devo ter achado que você não se importava, já que você começou a me apalpar.

Tiro sarro disso, ficando novamente a uma distância aceitável atrás dele no caminho para o hotel.

— Eu livrei a gente de outro jantar. Se não fosse por mim, você passaria a noite toda de amanhã diante da sua ex.

— Seu chefe vai embora e agora minha ex-namorada está aqui? — Ethan diz, aliviando sua frustração por meio de passadas tão longas que tenho de correr para não ficar para trás. — Ganhamos um lugar no oitavo círculo do inferno? Agora temos de manter essa encenação estúpida o tempo todo.

— Preciso admitir que me sinto parcialmente responsável. Se algo está indo bem e eu estou por perto, *cuidado*. Ganhou uma viagem grátis? O chefe aparece. O chefe volta para casa? A ex-namorada do cúmplice aparece do nada. Sou um gato preto — eu o lembro. — Um espelho quebrado.

— Não seja ridícula — Ethan diz e pega outra moeda de um centavo — de novo, não *aquela* — e a joga com o polegar na água que está esguichando. — A sorte não funciona assim.

— Por favor, me explique como a sorte *realmente* funciona, Ethan — falo arrastadamente, com minha atenção seguindo enfaticamente a trajetória da moeda.

Ele ignora meu pedido.

— De qualquer forma, este *resort* é enorme — digo. — Tem cerca de quinze hectares e *nove* piscinas. Aposto que não voltaremos a ver Simba e Daryl.

— Você tem razão — Ethan afirma, deixando escapar um sorrisinho relutante.

— Claro que tenho. Mas também estou exausta — digo, atravessando o saguão e apertando o botão para chamar o elevador. — Vamos dormir e começar do zero pela manhã.

As portas do elevador se abrem e entramos, lado a lado, mas bem distantes.

Aperto o botão para o último andar.

— E, graças à senhorita Sophie, tenho uma cama gigante esperando por mim.

A expressão de Ethan refletida nas portas espelhadas é muito menos presunçosa do que a de algumas horas atrás.

CAPÍTULO 7

Uma vez dentro da suíte, percebo que ela parece ter a metade do tamanho que tinha quando chegamos. Tenho certeza de que isso se deve à bagunça que deixei das roupas.

Ethan joga sua carteira e o cartão-chave na bancada.

— O que foi? — ele pergunta em reação ao meu susto dramático.

— Nada, não. Apenas… — respondo, apontando para as coisas dele.

— *Nossa.*

Ele me encara por algum tempo antes de parecer decidir que, independentemente do que eu esteja falando, não vale a pena perguntar. Então, ele se vira para descalçar seus sapatos perto da porta.

E se eu tiver de ir ao banheiro? Ligo o chuveiro para abafar os sons? E se ele soltar um pum durante o sono e eu ouvir?

E se eu soltar um pum?

Meu Deus.

Ethan se dirige em silêncio para uma cômoda e eu me dirijo para a outra. É a rotina silenciosa de um casal à vontade, que fica *muito esquisita* por causa da tensão.

— Não sei se você reparou, mas temos apenas um chuveiro — Ethan informa.

— Reparei, sim.

O banheiro do quarto é suntuoso. O boxe do chuveiro é tão grande quanto a minha cozinha em Minneapolis, e a banheira deveria vir com um trampolim.

Eu vasculho minha gaveta, rezando para que, na correria maluca da arrumação da mala no pós-apocalipse matrimonial, eu tenha me lembrado do pijama. Na realidade, não tinha percebido até agora quanto tempo passo sem nada além da minha roupa íntima em casa.

— Você costuma fazer isso à noite? — ele pergunta.

Eu me viro.

— Fazer o quê?

Ethan deixa escapar um suspiro grave e sofredor.

— Tomar banho.

— Ah — digo e aperto o pijama junto ao meu peito. — Sim. Eu tomo banho à noite.

— Você quer tomar primeiro?

— Já que eu tenho o quarto, por que você não vai primeiro? — pergunto e, para que isso não pareça generoso demais, acrescento: — Depois, você pode cair fora do meu espaço.

— Que fofa você é.

Ethan passa por mim e entra no banheiro, trancando a porta atrás dele. Mesmo com as portas da varanda do quarto fechadas, posso ouvir o som da maré subindo, com as ondas quebrando junto à praia. Mas não é tão alto que eu também não ouça o farfalhar do tecido enquanto Ethan se despe e joga suas roupas no chão do banheiro, seus passos enquanto caminha descalço pelos ladrilhos, ou o gemido que faz quando entra debaixo do jato de água quente do chuveiro.

Incomodada, alcanço rapidamente a porta da varanda e saio até que ele termine.

Tenho certeza de que Ethan adoraria ouvir que foi uma longa noite para mim e que eu quase não dormi, mas minha cama é incrível. Desculpe pelo sofá, cara.

Na verdade, estou tão descansada e rejuvenescida que acordo convencida de que essa coisa de topar com pessoas da nossa vida real não é uma catástrofe. Está tudo bem! Estamos bem. Sophie e Billy não querem nos ver tanto quanto nós não queremos vê-los, e provavelmente vão ficar o tempo todo do outro lado do *resort*. E os Hamilton estão indo embora hoje. Estamos livres.

Por azar, cruzamos com os Hamilton a caminho do café da manhã. Aparentemente, a amizade se consolidou muito na noite passada: eles nos dão um abraço apertado e o número de seus celulares pessoais.

— Falei sério a respeito do grupo de casais — Molly diz a Ethan em tom conspiratório. — Nós nos divertimos, se é que você me entende — ela prossegue e dá uma piscada. — Ligue para nós depois que vocês voltarem para casa.

Eles se encaminham para a recepção e acenamos enquanto serpenteamos através do público rumo ao restaurante. Ethan se inclina para baixo e murmura com a voz trêmula.

— Eu realmente não sei o que ela quer dizer com *diversão*.

— Pode ser algo inocente, como um bando de mulheres bebendo vinho e reclamando do marido — eu digo a ele. — Ou pode ser um grupo de mulheres olhando para a própria vagina com espelhos de mão.

Ethan parece que está literalmente lutando contra o desejo de correr e se afogar no mar.

Paramos diante do púlpito da anfitriã, damos o número de nosso quarto e seguimos a garota até uma pequena mesa nos fundos, perto do bufê.

Dou uma risada.

— Um bufê, querido! Seu favorito.

Depois que nos sentamos, Ethan — com menos horas de sono do que eu — olha para o cardápio, ansioso. Vou até o bufê e encho meu prato com pedaços grandes de frutas tropicais e todos os tipos de carne grelhada. Quando volto, Ethan aparentemente pediu *à la carte* e está segurando uma grande xícara de café puro com suas mãos enormes. Ele nem sequer percebe o meu retorno.

— Oi.

Ele grunhe.

— Um monte de comida ali e você pediu algo do cardápio?

Suspirando, ele diz:

— Não gosto de bufês, Olive, pelo amor de Deus. Depois do que testemunhamos dois dias atrás, achei que você concordaria comigo.

Dou uma mordida no abacaxi e tenho a satisfação de vê-lo se encolher de repugnância quando falo de boca cheia:

— Eu gosto de chatear você.

— Nota-se.

Caramba, ele é um resmungão de manhã.

Ethan coloca a xícara na mesa com cuidado, como se estivesse se controlando para não a usar contra mim.

— Nós nos saímos bem ontem à noite — ele diz tranquilamente e prossegue. — Mas as coisas ficaram muito mais complicadas. Minha ex-namorada, com quem tenho diversos amigos em comum, acha que somos casados. A mulher do seu novo chefe quer passar um tempo comigo olhando sua vagina em um espelho de mão.

— Essa era apenas uma possibilidade — eu o lembro. — Pode ser que a ideia de diversão de Molly seja uma festa para recrutar mulheres para vender produtos por catálogos.

— Você não acha que isso é complicado?

Dou de ombros, transferindo a culpa para quem merece.

— Para ser sincera, você é quem foi absurdamente simpático ontem à noite.

Ele volta a pegar sua xícara e sopra o café.

— Porque você me pediu para ser assim.

— Queria que você fosse um *sociopata* simpático — digo. — Simpático *demais*, para que depois as pessoas olhassem para trás e pensassem "Sabe, não entendi na época, mas ele sempre foi perfeito demais". Esse tipo de simpático. Não do tipo fofo.

De modo zombeteiro, Ethan levanta metade da boca em um meio-sorriso, e eu sei o que está por vir antes de ele falar:

— Então você me acha fofo?

— De um jeito muito nojento.

Isso faz Ethan sorrir ainda mais.

— Fofo de um jeito muito nojento. Tudo bem.

O garçom traz a comida dele e, quando levanto os olhos, vejo que o sorriso de Ethan desapareceu e ele está olhando por cima do meu ombro com o rosto pálido. Então, emburrado, ele volta a olhar para o seu prato e pisca.

— Acabou de lembrar que o bacon em restaurantes tem dez mil vezes mais probabilidade de transmitir salmonela? — pergunto. — Ou você encontrou um fio de cabelo e acha que vai pegar lúpus?

— Tomar cuidado com a segurança alimentar não é o mesmo que ser hipocondríaco ou idiota.

Presto continência a ele, mas então me dou conta do que está acontecendo. Ele está pirando com algo além de seu café da manhã. Olho ao redor e meu coração dispara: Sophie e Billy estão sentados bem atrás de mim. Ethan tem uma visão desimpedida de sua ex e do novo noivo dela.

Por mais que eu queira dar um tapa em Ethan, também consigo reconhecer o quanto é chato encontrar ininterruptamente sua ex quando ela está comemorando o noivado dela e você está apenas fingindo estar casado. Lembro-me de ter encontrado meu ex-namorado, Arthur, na noite em que defendi minha tese. Saímos para comemorar *minha* conquista, e lá estava ele, o garoto que me largou porque "não podia se distrair por causa de um relacionamento". Ele tinha sua nova namorada pendurada em um braço e a revista médica em que seu artigo tinha acabado de ser publicado no outro. Meu clima de comemoração se evaporou, e fui embora de minha própria festa cerca de uma hora depois para ir para casa, maratonar uma série.

Uma florzinha de solidariedade desabrocha em meu peito.

— Ethan...

— Você pode *tentar* mastigar com a boca fechada? — ele diz, e a florzinha é aniquilada por uma explosão nuclear.

— Para seu registro, está muito úmido aqui, e estou com o nariz entupido — respondo e me inclino para ele, bufando. — E pensar que eu estava começando a sentir pena de você.

— Por ser um fofo de um jeito muito nojento? — ele pergunta, cutucando seu prato, voltando a olhar por cima do meu ombro e depois rapidamente concentrando a atenção em meu rosto.

— Pelo fato de sua ex estar no *resort* conosco e sentada bem atrás de mim.

— É ela? — ele pergunta e finge muito mal a surpresa de vê-la ali. — Certo.

Sorrio maliciosamente, ainda que ele evite deliberadamente meu olhar. Com o pequeno sinal de vulnerabilidade apenas nos limites de sua expressão, a florzinha de solidariedade retorna.

— Qual é a sua comida de café da manhã preferida?

Ethan faz uma pausa com um pedaço de bacon a meio caminho de sua boca.

— O quê?

— Vamos. Comida de café da manhã. Do que você gosta?

— *Bagels.*

Ele morde o pedaço de bacon, mastiga e engole, e eu me dou conta de que isso é tudo o que vou conseguir.

— *Bagels*? Sério? De todas as opções do mundo, você está me dizendo que sua comida favorita de café de manhã é um *bagel*?

Ao que tudo indica, ele acha que minha pergunta é retórica, porque volta a prestar atenção em seu café da manhã, completamente feliz em piscar aqueles cílios para mim e continuar com a comunicação não verbal. Percebo por que eu o odeio: Ethan me julgou por causa da comida e da gordura, e sempre foi um imbecil monossilábico. Mas qual é o problema dele comigo?

— Por que não fazemos algo divertido hoje? — pergunto, tentando amigavelmente uma última vez.

Ethan olha para mim como se eu tivesse acabado de sugerir que praticássemos uma onda de assassinatos.

— Juntos?

— Sim, juntos! Todas as nossas atividades gratuitas são para duas pessoas — digo, fazendo um sinal de advertência com o dedo. — E como você acabou de apontar, devemos agir como *casados*.

Nervoso, Ethan se retrai.

— Você poderia não gritar isso para todo o restaurante?

Respiro fundo, contando até cinco, para não me debruçar sobre a mesa e enfiar os dedos nos olhos dele. Inclinando-me, digo:

— Olhe, estamos mergulhados nesse jogo de mentiras juntos agora, então por que não aproveitar ao máximo? Isso é tudo que estou tentando fazer, aproveitar o que posso.

Por um breve momento, Ethan não tira os olhos de mim.

— Isso é muito otimista da sua parte.

Afastando-me da mesa, fico de pé.

— Vou ver em que podemos nos inscrever hoje...

— Ela está olhando — ele me interrompe com firmeza, olhando para além de mim. — Merda.

— O que foi?

— Sophie, ela fica olhando para cá — Ethan responde. Em pânico, ele me olha nos olhos. — Faça alguma coisa.

— Tipo o quê? — pergunto com firmeza, começando a entrar em pânico também.

— Antes de você ir. Não sei. Estamos apaixonados, não é? Só...

Ele se levanta abruptamente e pega meus ombros, puxando-me por sobre a mesa e plantando sua boca rigidamente na minha. Nossos olhos permanecem abertos e horrorizados. Perco o fôlego e conto até três antes de nos separarmos. Parece uma eternidade.

Ele fixa um sorriso convincentemente amoroso no rosto e fala por entre os dentes.

— Não acredito que acabei de fazer isso.

— Vou fazer gargarejo com água sanitária agora — digo.

Sem dúvida foi a pior versão de um beijo de Ethan Thomas; mesmo assim... não foi terrível. Sua boca era quente e seus lábios eram suaves e firmes. Mesmo quando estávamos nos olhando horrorizados, ele ainda parecia legal de perto. Talvez ainda mais legal do que a distância. Seus olhos são incrivelmente azuis e seus cílios são absurdamente longos. E ele é quente. Muito quente...

Meu cérebro está em curto-circuito. *Cale a boca, Olive.*

Meu Deus. Fingir que somos casados significa que talvez tenhamos de fazer isso de novo.

— Excelente — ele diz, encarando-me com os olhos arregalados. — Excelente. Vejo você de volta no quarto daqui a pouco.

TEMOS A OPÇÃO DE *PARASAILING*, tirolesa, quadriciclo, mergulho, aulas de *hula kahiko*, massagem para casais e muito mais. Sinceramente, eu me sentiria bem com qualquer uma delas. Mas Trent, o planejador de atividades, me encara ansiosamente, pronto para escrever "meu" nome na programação onde eu desejar.

O problema em questão é realmente qual atividade deixaria Ethan menos emburrado.

— Um bom lugar para começar talvez seja um passeio de barco — diz Trent gentilmente. — Nosso barco vai até a cratera Molokini. É um lugar muito tranquilo. O almoço e as bebidas estão incluídos. Vocês podem mergulhar com *snorkel* ou experimentar o mergulho tipo *snuba*, uma mescla fácil de *snorkel* com *scuba*. Ou podem simplesmente ficar no barco se não quiserem entrar na água.

Uma opção de ficar sentados e calados em vez de participar da diversão? Sem dúvida, uma carta na manga quando tenho Ethan a tiracolo.

— Vamos fazer isso.

Com entusiasmo, Trent digita *Ethan e Ami Thomas* na lista de passageiros do barco e me diz para voltar às dez horas.

Na suíte, Ethan já está de bermuda, mas ainda não vestiu a camiseta. Tenho uma reação estranha quando ele se vira e vejo que ele possui músculos reais em seus músculos. Um punhado de pelos escuros sobre seu peito faz com que eu cerre os punhos.

— Uau, como você se *atreve*.

Sei que disse isso em voz alta quando Ethan olha para mim com um sorriso malicioso e, então, veste a camiseta.

— Qual é o plano? — ele pergunta.

Eu me dou três segundos de silêncio para guardar na memória o seu tronco nu antes de responder.

— Vamos pegar um barco para Molokini. Mergulho, bebidas etc.

Espero que ele revire os olhos ou reclame, mas ele me surpreende.

— Sério? Legal.

Cautelosamente, deixo essa versão alegre na sala de estar para ir me trocar e arrumar uma bolsa. Ao retornar, Ethan se abstém de fazer uma piada sobre como meu biquíni mal contém meus seios ou como minha canga é brega. Então, descemos até o saguão e seguimos para uma van de doze lugares parada junto ao meio-fio.

Com um pé apoiado para subir a bordo, Ethan para tão rapidamente que me choco contra suas costas. Novamente.

— Você está tendo outro...?

Ethan me cala com uma mão que aperta meu quadril. E então eu a ouço: a voz estridente de Sophie, como unhas arranhando um quadro-negro.

— Ethan! Você e Olive também vão mergulhar?

— Com certeza! Que coincidência incrível! — ele responde, vira-se e me fuzila com os olhos, antes de sorrir quando volta a olhar para a frente.

— Devemos nos sentar lá atrás?

— Acho que são os únicos assentos vagos.

A voz de Billy soa bastante eufórica, e, quando Ethan se curva para embarcar, eu vejo o motivo.

Já há oito pessoas dentro da van e apenas a última fileira de assentos está vazia. Ethan é tão alto que praticamente precisa rastejar para superar os obstáculos de bolsas, chapéus e cintos de segurança que cruzam o caminho. Com um pouco mais de facilidade, eu me acomodo ao lado de Ethan e olho de relance para ele. Surpreendentemente, o fato de parecer absolutamente arrasado não me enche de alegria como eu esperava. Sinto-me culpada. Sem dúvida, escolhi mal.

Mas é de Olive e Ethan que estamos falando; a atitude defensiva é a primeira reação logo de cara. Parece o fiasco da passagem de avião barata, versão 2.0.

— Você poderia ter escolhido a atividade.

Ele não responde. Para alguém que foi tão convincentemente recém--casado ontem à noite para encobrir a minha mentira, ele certamente é rude quando temos de fazer isso para encobrir a dele. Ethan deve mesmo odiar estar em dívida comigo.

— Podemos fazer outra coisa — eu digo. — Ainda temos tempo para desistir do passeio.

Novamente, Ethan permanece calado, mas então ele murcha um pouco quando o motorista fecha as portas duplas da van e faz um sinal de positivo com o polegar para todos através do vidro indicando que estamos prontos para partir.

Dou uma cotovelada leve em Ethan. Sem dúvida, ele não entende que isso significa "aguenta firme", porque ele me dá uma cotovelada em resposta. Idiota. Dou outra cotovelada, com mais força agora, e ele começa a se mexer para revidar outra vez, mas eu evito, virando-me para cravar os nós dos dedos em suas costelas. Não esperava encontrar o ponto de cócegas de Ethan, que deixa escapar um grito agudo e ensurdecedor, que, juro, me deixou momentaneamente surda. É tão surpreendente que todos os passageiros da van se viram para descobrir o que diabos estamos fazendo na última fileira de assentos.

— Desculpe — digo a eles. Em seguida, falo mais baixo para Ethan.

— Esse é um som que nunca ouvi um homem fazer antes.

— Você pode não falar comigo, por favor?

Eu me inclino para ele.

— Eu não *sabia* que ela estava vindo.

Ethan fica olhando para mim. Evidentemente, ele não está convencido.

— Não vou beijar você de novo, se você estava pensando que isso me levaria a tal coisa.

Babaca!

— Sinceramente prefiro lamber a sola do meu sapato a ter sua boca na minha novamente.

Ele se vira e olha pela janela. A van se afasta do meio-fio, o motorista coloca a música suave havaiana e estou pronta para uma soneca de vinte minutos, quando, na nossa frente, uma adolescente pega um frasco de protetor solar e começa a borrifar abundantemente em um braço e depois no outro. Imediatamente, Ethan e eu ficamos perdidos em uma nuvem de emanações oleosas sem poder abrir janela ou porta.

Trocamos um olhar de profundo sofrimento.

— Não borrife isso na van — Ethan pede, com uma autoridade gentil que provoca algo estranho e flutuante na minha respiração.

A adolescente se vira, pede desculpas de maneira insossa e recoloca o frasco em sua mochila. Ao lado dela, seu pai está absorto na leitura de uma revista, completamente alheio.

A névoa do protetor solar se dissipa lentamente e, além da visão de Sophie e Billy se distinguindo duas fileiras à nossa frente, podemos observar pelas janelas a costa sinuosa à esquerda e as montanhas cobertas de vegetação exuberante à direita. Uma onda de afeição toma conta de mim.

— Maui é tão bonita.

Sinto que Ethan se vira e me olha, mas não encontro seus olhos, caso ele esteja confuso por minhas palavras terem sido ditas sem insultá-lo. Sua cara feia pode arruinar esse lampejo de felicidade que estou sentindo.

— É sim — ele diz.

Não sei por que sempre espero algo do contra por parte dele, mas fico muitas vezes surpresa quando consigo um acordo. E sua voz está tão grave; quase parece uma sedução. Nossos olhos se encontram e logo se desencontram, mas, infelizmente, nossa atenção se volta diretamente para a frente, entre a cabeça da adolescente do protetor solar e a de seu pai, onde Sophie e Billy estão trocando segredinhos entre si com o rosto praticamente colado.

— Quando vocês dois terminaram o namoro? — pergunto baixinho.

Ethan parece que não vai responder, mas então ele solta.

— Uns seis meses atrás.

— E ela já está noiva? — pergunto.

— Até onde ela sabe, estou casado. Então, não posso ficar muito magoado com isso.

— Você pode ficar tão magoado quanto quiser, mas não precisa *parecer* magoado — afirmo.

Como Ethan permanece em silêncio, percebo que pus o dedo em sua ferida. Ele está se esforçando para fingir que não foi afetado.

— Se serve de consolo, Billy parece um ogro — sussurro.

Ethan sorri para mim antes de parecer se lembrar de que não gostamos do rosto um do outro. Ele fica sério.

— Eles estão ali se esfregando. Há, tipo, outras oito pessoas nessa van. Eu posso ver a língua deles. É... nojento.

— Aposto que Ethan Thomas nunca foi inapropriado desse jeito.

— Quer dizer, gosto de pensar que posso ser carinhoso, mas algumas coisas são infinitamente melhores quando acontecem entre quatro paredes — ele diz, fechando a cara.

A ideia de Ethan fazer coisas desconhecidas e quentes entre quatro paredes faz tudo dentro de mim desmanchar.

Ethan se inclina um pouco, chamando minha atenção.

— Você acha que pode mandar ver hoje?

— Mandar ver?

— O lance da esposa falsa.

— O que eu ganho com isso? — pergunto.

Ethan coça o queixo.

— Que tal se eu não contar ao seu chefe que você é uma mentirosa?

— O.k. Parece justo — respondo.

Ao pensar em como posso ajudá-lo a vencer, eu me inclino, encontrando-o no meio do caminho.

— Não quero lhe dar esperanças nem nada, mas fico muito bem neste biquíni. Não há vingança melhor do que estar com uma garota nova que tem peitos incríveis.

Ethan faz um beiço.

— Puxa, que declaração feminista empoderadora.

— Posso apreciar meu corpo de biquíni e ainda querer botar fogo no patriarcado.

Seus olhos dão outro pequeno mergulho na frente da minha canga, quase como se não pudesse se controlar.

— Você não teve nenhum problema em olhar para o meu vestido de jujuba no casamento.

— Para ser justo, parecia que você estava usando uma lâmpada fluorescente. Chamou minha atenção.

— Depois de tudo isso, vou comprar algo para você como aquele vestido — prometo a Ethan. — Uma gravata… Algumas cuecas talvez.

Ele engasga um pouco e balança a cabeça. Após alguns instantes de silêncio, confidencia:

— Na verdade, acabei de lembrar que Sophie quase pôs implantes quando estávamos juntos. Ela sempre quis maiores…

Ethan faz uma imitação de segurar os peitos nas mãos.

— Você pode dizer — afirmo.

— Dizer o quê?

— Seios. Peitos. Tetas. Mamas.

Ethan esfrega uma mão no rosto.

— Credo, Olive.

Fico olhando para ele, desafiando-o a olhar para mim. Finalmente, ele olha e parece aborrecido.

— Então, ela queria implantes — provoco.

— Aposto que ela se arrepende de não os ter colocado quando podia usar meu salário para isso.

— Bem, aí está. Sua nova esposa falsa tem seios incríveis. Orgulhe-se.

— Mas tem de ter mais do que isso — ele afirma, hesitante.

— O que você quer dizer com "mais do que isso"? Não vou usar uma calcinha fio-dental.

— Não, só... — Ethan começa a falar, mas, exasperado, passa uma mão pelo cabelo. — Não se trata apenas de estar com uma garota gostosa agora.

— Espere. O quê? Gostosa?

Ethan continua como se não tivesse dito nada 100% chocante.

— Você também tem de fazer de conta que *gosta* de mim.

Uma mecha de cabelo cai sobre o olho de Ethan depois que ele diz isso, transformando o momento em uma cena de Hollywood que debocha de mim completamente. Vê-lo vulnerável, mesmo que por um segundo, é tão desorientador que me faz imaginar um momento em que eu possa olhar para seu rosto e não o odiar.

— Eu posso fazer de conta que gosto de você... — faço uma pausa, acrescentando, pelo meu instinto de autopreservação — ... provavelmente.

Seu comportamento suaviza um pouco. Sua mão se aproxima e se fecha, quente e envolvente, sobre a minha. Meu reflexo é afastá-la, mas ele a segura firme e gentilmente, e diz:

— Ótimo, porque vamos ter que ser muito mais convincentes no barco.

CAPÍTULO 8

O barco em questão é enorme, com um convés inferior amplo, uma área interna luxuosa, onde há um bar e uma grelha, e um deque superior no telhado ao sol pleno e radiante. Enquanto o resto do grupo procura lugares para guardar seus pertences e vai atrás de lanches, Ethan e eu vamos direto ao bar, pegamos bebidas e subimos a escada para o deque superior vazio.

Está calor. Tiro minha canga, enquanto Ethan tira sua camiseta. Então, ambos estamos seminus, juntos, em plena luz do dia, nos afogando em silêncio.

Olhamos para tudo menos um para o outro. De repente, gostaria que estivéssemos rodeados por pessoas.

— Belo barco — digo.
— É.
— Como está sua bebida?

Indiferente, Ethan dá de ombros.

— Bebida barata, mas está boa.

O vento faz o cabelo chicotear meu rosto. Então, Ethan segura minha vodca com tônica enquanto tiro um elástico da bolsa e prendo meu cabelo. Seus olhos vão do horizonte para meu biquíni vermelho, depois de volta para o horizonte.

— Eu vi isso — digo.

Ele toma um gole de sua bebida.

— Viu o quê?
— Você deu uma olhada nos meus peitos.
— Claro que dei. É como ter duas outras pessoas aqui conosco. Não quero ser mal-educado.

Como que seguindo uma deixa, uma cabeça aparece no alto da escada: Billy, seguido de perto por Sophie.

Eles pisam no deque, segurando suas margaritas em copos de plástico.

— Oi, pessoal! — Sophie diz, aproximando-se. — Uau, não é *lindérrimo*?

— *Muito* lindérrimo — concordo, ignorando a expressão horrorizada de Ethan. Sem chance de ele estar me julgando mais do que eu estou julgando a mim mesma.

Estamos juntos, o quarteto mais improvável do mundo, e tento dissipar a tensão desconfortável entre nós.

— Então, Billy, como vocês dois se conheceram?

Billy estreita os olhos por causa do sol.

— No mercado.

— Billy é subgerente de um mercado — Sophie informa. — Ele estava estocando material escolar, e eu estava comprando pratos de papel no corredor.

Espero, supondo que haverá mais. Mas não há.

O silêncio se prolonga até que Ethan vem ajudar.

— Aquele na rua Clarence ou…

Sophie murmura junto ao seu canudo e balança a cabeça enquanto sorve.

— Rua Arcade.

— Não costumo ir lá — digo. Mais silêncio. — Eu gosto do que fica na avenida University.

— Tem uma ótima seção de hortifrúti nesse — Ethan concorda.

Por alguns instantes, Sophie me encara e, em seguida, olha para Ethan.

— Ela se parece com a namorada do Dane.

Sinto o estômago embrulhar. Claro que Sophie conheceu Ami. Individualmente, Ethan e eu somos pessoas com inteligência acima da média. Então, por que somos tão burros juntos?

— É, elas são gêmeas.

— *Cara* — Billy deixa escapar, impressionado.

Porém, Sophie está claramente menos animada com a possibilidade de filmes pornôs caseiros.

— Isso não é meio estranho? — ela pergunta.

Quero gritar "SIM, MUITO; TUDO ISSO É MUITO ESTRANHO", mas consigo cerrar minha boca no canudo e secar cerca de metade da minha bebida.

Após uma longa pausa, Ethan responde:

— Nem tanto.

Uma gaivota paira por cima de nós. O barco balança conforme atravessamos as ondas. Chego ao fim de minha bebida e sugo ruidosamente o ar aquoso pelo canudo até Ethan me dar uma cotovelada na lateral do corpo. Isso dói.

Finalmente, Sophie e Billy decidem que é hora de se sentar e se dirigem a um banco acolchoado do lado oposto do convés — perto o suficiente para ainda estarmos compartilhando o mesmo espaço em geral, mas longe o bastante para não termos mais de tentar uma conversa ou ouvir sabe-se lá que coisa nojenta Billy está sussurrando no ouvido de Sophie no momento.

Ethan prende um braço em torno do meu ombro em um sinal robótico e desajeitado de "nós também somos afetuosos"; de fato, ele estava muito mais tranquilo ontem à noite. Descontraidamente, levanto o braço e deslizo minha mão em torno de sua cintura. Tinha me esquecido de que ele estava sem camiseta; a palma de minha mão entra em contato com sua pele nua. Ethan enrijece um pouco ao meu lado. Então, assumo a tarefa completamente, acariciando o osso de seu quadril com o meu polegar.

Eu pretendia fazer isso para provocá-lo, mas, na verdade... é agradável.

A pele de Ethan está aquecida pelo sol, firme e distrativa.

É como dar uma única mordida em algo delicioso; quero mais um pouco. De repente, o ponto de contato onde meu polegar toca seu quadril é a parte mais quente do meu corpo.

Com um rugido afetado, Billy põe Sophie em seu colo, e ela projeta os pés dela para cima, risonha e delicada. Após um intervalo de silêncio durante o qual eu realmente deveria ter previsto o que se seguiria, Ethan também se senta, puxando-me para baixo, sobre suas coxas. Caio de maneira muito menos graciosa — muito menos delicada — e deixo escapar um arroto quando pouso.

— O que você está fazendo? — pergunto baixinho.

— Juro, eu não *sei* — ele sussurra, aflito. — Só siga a deixa.

— Estou sentindo seu *pênis*.

Ethan se mexe embaixo de mim.

— Foi muito mais fácil ontem à noite.

— Porque você não estava empenhado!

— Por que ela está aqui em cima? — ele sibila. — Há um barco inteiro!

— Vocês estão muito fofos aí — Sophie grita, sorrindo. — Tão falantes!

— Tão falantes — Ethan repete, sorrindo com os dentes cerrados. — Não nos cansamos um do outro.

— Totalmente — acrescento e deixo as coisas ainda piores fazendo um sinal de positivo com os dois polegares.

Sophie e Billy parecem muito naturais nisso. Nós, no entanto, não. No restaurante ontem à noite com o senhor Hamilton, onde tínhamos nossas próprias cadeiras e algum espaço pessoal, foi uma coisa. Mas, aqui, minhas pernas banhadas em protetor solar deslizam sobre as de Ethan, e ele precisa me ajeitar novamente. Prendo a respiração e minhas coxas tremem com minha contenção para não jogar todo o peso sobre ele. Como que sentindo meu desconforto, Ethan volta a me puxar em direção a seu peito, tentando me fazer relaxar.

— Está confortável? — ele murmura.

— Não! — respondo.

— Vire de lado.

— O quê?

— Tipo... — ele diz e desloca minhas duas pernas para a direita, ajudando-me a me curvar em seu peito. — Melhor?

— Quer dizer... — sussurro. Sim. Está melhor. — Tanto faz.

Ethan estende seus braços no deque e, ousadamente, passo meu braço em torno do seu pescoço, tentando parecer alguém que gosta de sexo frequente com ele.

Quando levanto os olhos, ele está olhando para meus peitos novamente.

— Muito sutil.

Ethan desvia o olhar, fica vermelho e um choque elétrico percorre o meu pescoço.

— Eles são bem incríveis, sabe — ele finalmente admite.

— Eu sei.

— Eles realmente ficam melhores nesse traje do que no vestido de jujuba.

— Sua opinião é tão importante para mim — digo e me mexo, perguntando-me por que estou tão vermelha. — E consigo sentir seu pênis outra vez.

— Claro que consegue — ele afirma, dando uma piscadela. — Seria difícil não sentir.

— É uma piada pelo tamanho ou pelo tesão? — pergunto.

— Ah, sem dúvida, pelo tamanho, Orville.

Tomo um último gole aguado da minha bebida e, em seguida, solto o ar diretamente no rosto dele, fazendo-o se retrair por causa da emanação de vodca barata.

— Você é uma sedutora de verdade — ele diz, semicerrando os olhos.

— Ouço isso muitas vezes.

Ele tosse, e juro que vejo Ethan Thomas lutando contra um sorriso genuíno.

E eu entendo. Por mais que o odeie, acho que estou começando a gostar de *nós*.

— Você já mergulhou com *snorkel*? — pergunto.

— Sim.

— Você gosta?

— Sim.

— Em geral, você é melhor em conversas que não sejam comigo?

— Sim.

Voltamos a ficar em silêncio, mas estamos tão perto, e, do outro lado do convés, há apenas os estalos molhados dos amassos de Sophie e Billy. Ethan e eu não podemos *não* conversar.

— Qual é sua bebida favorita? — pergunto.

Ele olha para mim com uma expressão de paciência doída e resmunga:

— Temos de fazer isso?

Aponto com a cabeça para a ex de Ethan e o novo noivo dela, que parecem estar apenas a alguns segundos do rala e rola.

— Você prefere ficar de olho neles? Ou *nós* podemos dar uns amassos.

— Caipirinha — ele responde. — E a sua?

— Sou da turma da margarita. Mas, se você gosta de caipirinhas, tem um lugar perto do meu apartamento que faz a melhor que já provei.

— Podemos ir lá algum dia — ele diz, e é óbvio que falou sem pensar, porque ambos imediatamente deixamos escapar um "Opa, isso não vai acontecer!" em forma de risada.

— É estranho que você não seja tão desagradável quanto pensei inicialmente? — ele pergunta.

— Sim — respondo, usando sua tática monossilábica contra ele.

Ethan revira os olhos.

Por cima de seu ombro, a cratera Molokini fica totalmente visível. Tem uma cor verde vibrante e uma forma de lua crescente. É deslumbrante. Mesmo daqui, posso ver que a baía de água azul cristalina está cheia de barcos como o nosso.

— Olhe — digo, apontando com a cabeça para o horizonte. — Não estamos perdidos no mar.

— Uau — solta Ethan, baixinho.

E então, por um segundo, nós nos entregamos a um momento realmente adorável de curtir algo juntos. Até que Ethan decide arruiná-lo:

— Espero que você não se afogue ali.

Sorrio para ele.

— Se isso acontecer, o marido é sempre um suspeito.

— Retiro meu comentário sobre o lance do "desagradável".

Outra pessoa se junta a nosso quarteto estranho no convés superior: Nick, o instrutor de *snuba* — um cara com o cabelo loiro descolorido pelo sol, uma pele superbronzeada e dentes branquíssimos.

— Quem planeja fazer *snuba* e quem planeja fazer mergulho com *snorkel*? — ele nos pergunta.

Lanço um olhar esperançoso na direção de Sophie e Billy, que misericordiosamente separaram o rosto um do outro. Porém, os dois gritam com entusiasmo:

— *Snuba!*

Então, acho que ainda estamos presos a eles debaixo d'água.

Confirmamos que também temos a intenção da fazer *snuba*. Ethan me puxa para cima, aparentemente sem nenhum esforço, usando braços que são incrivelmente fortes. Ele me põe no chão a um braço de distância dele, ficando atrás de mim. Leva algum tempo até Ethan parecer se lembrar que devemos ficar em uma postura de recém-casados de contato constante. Então, ele cruza os braços no meu peito, puxando minhas costas contra a parte anterior de seu corpo. Sinto nossa pele já pegajosa por causa do calor e como imediatamente passamos a respirar juntos.

— Que nojo — reclamo. — Você está muito suado.

O antebraço de Ethan encosta nos meus seios.

Dou um passo para trás, pisando no pé dele.

— Opa, desculpe — minto.

Ele apoia o peito contra as minhas costas, deslizando de um lado para o outro, contaminando-me intencionalmente com seu suor masculino.

Ethan é o pior de todos. Então, por que estou lutando contra a vontade de rir?

Sophie se aproxima dele.

— Você trouxe sua moeda da sorte? — ela pergunta.

Gostaria de poder explicar o pequeno monstro ciumento que toma conta do meu peito. Ela está noiva de outro cara. Essas piadinhas privadas e segredos de casal não pertencem mais a ela.

Antes que eu possa dizer qualquer coisa, Ethan desliza o braço para baixo, até pressionar a mão espalmada na minha barriga, segurando-me com força.

— Não preciso mais da moeda, agora eu tenho minha Olive.

— Ah! — Sophie deixa escapar de modo falso demais e então olha para mim.

Essa é uma troca carregada e silenciosa. Em nossa cabeça, estamos participando de um concurso de dança. Ela está me avaliando, talvez tentando ligar os pontos de como Ethan passou de namorá-la para se casar comigo.

Suponho que foi Sophie quem terminou o namoro; caso contrário, Ethan provavelmente não se importaria tanto em fazer um espetáculo por ter conquistado uma nova mulher. E me pergunto se a aversão que percebi em sua expressão envolve o fato de Ethan seguir em frente com tanta facilidade ou de ele seguir em frente com uma garota que não é em nada parecida com ela.

Apoio minhas costas contra ele, em uma demonstração impulsiva de solidariedade, e me pergunto se ele registrou que sua cintura arqueou sutilmente nas minhas costas em resposta: um impulso inconsciente. Dentro de mim, há uma explosão de ansiedade traiçoeira.

Alguns segundos se passaram desde que Ethan sugeriu que sou seu amuleto da sorte, e parece-me tarde demais para dizer que é na verdade o contrário. Pois, com minha sorte, vou me machucar no casco do barco, sangrar no mar e atrair um cardume de tubarões famintos.

— Vocês estão prontos para se divertir um pouco? — Nick pergunta, quebrando o silêncio glacial.

— Pode crer! — Sophie exclama e abraça Billy.

Espero um abraço forçado de Ethan em resposta, mas me surpreendo quando sinto seus lábios pousarem suavemente no meu rosto.

— Pode crer — ele sussurra no meu ouvido, rindo baixinho.

NICK FAZ COM QUE VISTAMOS trajes de mergulho e nos equipemos com nadadeiras e máscaras. As máscaras só cobrem os olhos e o nariz; como vamos mais fundo do que num mergulho normal, também recebemos bocais de respiro, os quais são ligados por um longo tubo a um tanque de oxigênio preso a uma pequena jangada, que puxaremos ao longo da superfície acima de nós enquanto nadamos. Cada combinação de tanque e jangada é capaz de atender dois mergulhadores — claro que Ethan e eu formamos um par, o que significa que estamos basicamente presos um ao outro.

Quando entramos na água e alcançamos nosso bico de oxigênio, posso ver Ethan verificando o bocal, tentando estimar quantas pessoas babaram nele e quão confiável foi a limpeza após o uso por outros clientes. Depois de me olhar de relance e notar minha total falta de simpatia por sua crise higiênica, Ethan respira fundo e enfia o bocal na boca, fazendo um sinal com o polegar para Nick.

Pegamos a jangada que transporta nosso tanque de oxigênio compartilhado. Fitando um ao outro por cima da jangada, submergimos, desorientados por um tempinho pelo uso do respirador e por ver através da máscara, e, fiéis ao hábito, tentamos nadar em direções opostas. A cabeça de Ethan volta a surgir acima da superfície. Impaciente, ele se vira para trás, indicando o caminho que deseja seguir.

Eu desisto, deixando-o no comando. Debaixo d'água, sou imediatamente dominada por tudo ao nosso redor. Os ídolos-mouriscos pretos, amarelos e brancos passam nadando rapidamente por nós. Os peixes-cornetas, lisos e prateados, cortam nosso campo de visão. Quanto mais nos aproximamos do recife, mais irreal se torna a paisagem. Com os olhos arregalados por trás da máscara, Ethan aponta para um cardume brilhante de peixes-soldados avermelhados, ao mesmo tempo em que passa junto uma grande quantidade de cirurgiões-amarelos exuberantes. As bolhas escapam do respirador de Ethan como confetes.

Não sei como isso acontece, mas, em um minuto, estou me esforçando para nadar mais rápido e, no próximo, a mão de Ethan está ao redor da minha, ajudando-me a me mover rumo a um pequeno grupo de peixes--porcos pontilhados de cinza. Está tão quieto aqui. Sinceramente, nunca senti esse tipo de tranquilidade silenciosa e imponderável e, com certeza, nunca na presença dele. Em pouco tempo, Ethan e eu estamos nadando completamente em sincronia, com nossos pés batendo preguiçosamente atrás de nós. Ele aponta para as coisas que vê, e eu faço o mesmo. Não há palavras nem golpes verbais. Não há desejo de estapeá-lo nem de furar seus olhos; há apenas a verdade desconcertante de que segurar sua mão aqui não é só tolerável, mas é também muito bom.

DE VOLTA PARA PERTO DO BARCO, emergimos sem fôlego. Estou tomada pela adrenalina. Quero dizer a Ethan que devemos fazer isso todos os dias das férias. Porém, assim que tiramos a máscara e somos ajudados a sair da água, a realidade retorna. Ethan e eu nos entreolhamos e tudo o que estava prestes a dizer morre em minha garganta.

— Foi divertido — digo, simplesmente.

— Sim.

Ethan tira o traje de mergulho e o entrega a Nick. Em seguida, ele dá um passo à frente quando vê que estou brigando com meu zíper. Estou tremendo, porque está frio. Então, deixo que ele abra o zíper e me esforço muito para não notar quão grandes são suas mãos e quão habilmente ele consegue liberar o zíper preso.

— Obrigada — agradeço e me inclino, remexendo minha bolsa em busca de minhas roupas secas. Não estou encantada com Ethan. Não estou. — Onde posso me trocar? — pergunto.

Nick se retrai.

— Temos apenas um banheiro, e ele tende a ficar muito cheio quando começamos a voltar e as bebidas estão pressionando a bexiga de todos. Sugiro acessá-lo o mais rápido possível. Vocês dois podem ir juntos.

— Juntos? — pergunto, surpresa. Olho para os degraus estreitos que levam ao banheiro e reparo que as pessoas já estão começando a juntar suas coisas para ir usá-lo.

— Nada que você já não tenha visto antes! — Ethan afirma com um sorriso malicioso.

Envio um batalhão de pensamentos nocivos contra ele.

Ele logo se arrepende de ser tão displicente. O banheiro é do tamanho de um armário de vassouras. Um armário de vassouras muito pequeno com um piso bastante escorregadio. Nós nos amontoamos no espaço ensopado, segurando nossas roupas junto ao peito. Aqui, parece que o barco está no meio de uma tempestade. Somos vítimas de cada pequena guinada e inclinação.

— Você primeiro — ele diz.

— Por que eu primeiro? Vai você primeiro.

— Podemos nos trocar ao mesmo tempo e terminar logo com isso — Ethan afirma. — Você olha para a porta e eu olho para a parede.

Ouço a água respingar da bermuda de Ethan, enquanto estou tirando a calcinha do biquíni pelas minhas pernas trêmulas. Estou plenamente consciente de que a bunda de Ethan está provavelmente a apenas alguns centímetros da minha. Experimento um momento de puro terror quando imagino como seria embaraçoso se nossas nádegas frias e úmidas se tocassem.

Ligeiramente em pânico, tento pegar minha toalha e escorrego, meu pé direito fica preso em algo. Surpreso, Ethan grita, e percebo que o *algo* era a canela dele. Depois que sua mão bate com força na parede, ele também perde o equilíbrio.

Caio de costas no chão e, com um ruído de impacto molhado, Ethan aterrissa em cima de mim. Se existe dor, estou muito distraída pelo caos para registrá-la. Há um momento de silêncio em que, horrorizados, ambos percebemos o que aconteceu: estamos completamente nus, encharcados e pegajosos, num emaranhado de braços, pernas e partes íntimas.

— Meu Deus, sai de cima de mim! — grito.

— Que porra é essa, Olive? Você me derrubou!

Ethan tenta se levantar, mas o chão está escorregadio e em movimento, o que significa que ele continua caindo sobre mim enquanto se esforça para se equilibrar. Quando finalmente conseguimos ficar de pé, fica claro que ambos estamos morrendo de vergonha. Desistimos de encarar a porta ou de encarar a parede em favor da velocidade; não há como fazermos isso sem *flashes* de bundas, peitos e todos os tipos de coisas penduradas, mas, a esta altura, não nos importamos.

Ethan batalha para puxar para cima uma bermuda limpa, enquanto levo cerca de quatro vezes mais tempo para vestir minha roupa no meu corpo molhado. Felizmente, ele se veste relativamente rápido, vira-se de costas, pressionando sua testa contra a parede, e fecha os olhos, enquanto me esforço para colocar o sutiã e a camiseta.

— Quero que você saiba (e tenho certeza de que você ouve muito isso) que essa foi, de longe, a pior experiência sexual da minha vida — digo enquanto visto a camiseta.

— Acho que deveríamos ter usado camisinha.

Eu me viro para confirmar o que ouvi em sua voz — uma risada reprimida novamente — e o pego sorrindo, ainda encarando a parede.

— Você pode se virar agora — digo. — Estou decente.

— Mas você alguma vez já esteve? — Ethan pergunta, virando-se, *ficando vermelho* e sorrindo para mim. É muita coisa para assimilar.

Espero pela minha reação de irritação, mas ela não chega. Em vez disso, percebo com surpresa que ver seu sorriso verdadeiro direcionado a mim é como receber um salário.

— É um bom argumento.

Ethan parece igualmente surpreso que eu não tenha respondido com sarcasmo e passa por mim para destrancar a porta.

— Estou me sentindo enjoado. Vamos sair daqui.

Saímos com o rosto enrubescido por motivos que são imediatamente mal interpretados, e Ethan é cumprimentado por uma dupla de homens que nunca vimos. Ele me segue até o bar, onde peço uma margarita, e pede uma bebida com gengibre para lhe ajudar com o estômago.

Uma espiada em Ethan me diz que ele não estava brincando a respeito de se sentir enjoado. Ele parece um pouco verde. Encontramos lugares na área interna, ao abrigo do sol, mas perto de uma janela. Ethan se inclina para a frente, pressionando a cabeça contra o vidro, tentando respirar.

Culpo esse momento aqui por criar uma pequena fratura no papel de Ethan como adversário. Um verdadeiro adversário não demonstraria fraqueza e, com certeza, quando estendo a mão para massagear suas costas, não se inclinaria para mim, gemendo em um alívio silencioso. Ele não se mexeria para que eu pudesse alcançá-lo com mais facilidade e, definitivamente, não deslizaria para baixo no assento para descansar a cabeça no meu colo, levantando os olhos para mim em gratidão enquanto passo meus dedos delicadamente por seu cabelo.

Ethan e eu estamos começando a construir mais momentos bons do que ruins; isso leva o equilíbrio da balança a uma direção desconhecida.

E acho que gosto muito disso.

O que me deixa bastante apreensiva.

— Eu ainda odeio você — digo a Ethan, tirando uma mecha de cabelo de sua testa.

— Eu sei disso.

CAPÍTULO 9

Logo depois que voltamos a terra firme, Ethan recupera a maior parte da cor, mas, em vez de abusar da sorte — ou arriscar ter de jantar com Sophie e Billy —, decidimos nos recolher mais cedo e pedir serviço de quarto.

Ainda que ele jante na sala de estar e eu no quarto, ocorre-me, em algum momento entre minha primeira mordida no ravióli e meu quarto episódio de série, que eu poderia ter deixado Ethan voltar para o hotel e saído sozinha. Poderia ter feito uma centena de coisas diferentes mesmo sem sair do hotel. E, no entanto, aqui estou eu, fechada no quarto, à noite, porque Ethan teve um dia difícil. Pelo menos agora estou a apenas um aposento de distância se ele precisar de alguém.

Precisar de alguém como *eu*? Quero zombar de mim mesma e dessa nova ternura por achar que Ethan *me* procuraria como uma fonte de conforto em qualquer momento diferente daquele em que estávamos presos num barco. Ele não procuraria, e, afinal, não é para isso que estamos aqui!

Contudo, assim que começo a ficar presa em uma espuma mental a respeito de necessidade de curtir minhas férias e não passar a gostar desse cara que só foi quase amigável comigo no paraíso, mas nunca na vida real, lembro de como me senti debaixo d'água próximo da cratera, de como foi ter a parte inferior do corpo dele ao longo das minhas costas no convés do barco, de como foi passar os dedos por seu cabelo. Meu coração fica aos pulos quando penso em como a respiração dele se sincronizou com o ritmo de minhas unhas arranhando levemente seu couro cabeludo.

Então caio na gargalhada ao me lembrar de nós dois nus no Banheiro da Perdição.

— Você está rindo por causa do banheiro? — ele grita do outro aposento.

— Vou ficar rindo por causa do banheiro até o fim dos tempos.

— Idem.

Pego-me rindo na direção da sala de estar e me dou conta de que ficar no time *Eu Odeio Ethan Thomas* pode dar mais trabalho do que valer a pena.

A MANHÃ CHEGA À ILHA com um clarear lento e embaçado do céu. Na manhã de ontem, a umidade fresca da madrugada evaporou-se gradualmente com a luz do sol. Mas não hoje. Hoje está chovendo.

Está frio quando saio do quarto em busca de café. A suíte ainda está bem escura, mas Ethan está acordado. Ele está estendido por todo o comprimento do sofá-cama com um livro grosso aberto diante dele. Sensatamente, ele me deixa em paz até que a cafeína tenha tido tempo de ser metabolizada em meu organismo.

Finalmente, eu me encaminho até a sala de estar.

— Quais são seus planos para hoje? — pergunto, ainda de pijama, mas me sentindo muito mais humana.

— Você está olhando para ele — Ethan responde, fecha o livro e o coloca sobre o peito.

A imagem é imediatamente arquivada em minha enciclopédia mental como "postura de Ethan", e subcategorizada como "incrivelmente *sexy*".

— Mas, de preferência, perto da piscina com uma bebida alcoólica na mão — ele prossegue.

Em conjunto, fazemos cara feia olhando pela janela. Gotas grossas balançam as folhas da palmeira lá fora e a chuva escorre suavemente pelas portas da varanda.

— Eu queria praticar *stand-up paddle* hoje… — digo, chateada.

Ethan volta a pegar o livro.

— Acho que isso não vai rolar.

Minha reação automática é fuzilá-lo com os olhos, mas ele já nem está olhando para mim. Pego o guia do hotel no suporte da TV. Deve haver algo que eu possa fazer em um dia de chuva.

Abro o guia diante de mim. Ethan se coloca ao meu lado e lê a lista de atividades por cima do meu ombro. Sinto minha voz vacilar enquanto leio a lista.

— Tirolesa… Helicóptero… Caminhada… Submarino… Caiaque… *Off-road*… Passeio de bicicleta…

Ethan me interrompe antes que eu possa ler a próxima atividade.

— Ah, *paintball*.

Olho para ele sem expressão. *Paintball* sempre me pareceu algo praticado por caras movidos a testosterona e obcecados por armas. Ethan não parece esse tipo.

— Você já jogou *paintball*? — pergunto.

— Não — ele responde. — Mas parece divertido. Não deve ser muito difícil.

— Parece uma provocação perigosa para o universo, Ethan.

— O universo não se importa com o meu jogo de *paintball*, *Olive*.

— Antes de eu fazer uma viagem na faculdade com um namorado, meu pai me deu uma pistola sinalizadora. Ela disparou no porta-malas do carro e incendiou nossa bagagem enquanto estávamos nadando em um rio. Tivemos de ir ao mercado mais próximo comprar roupas, pois tudo o que nos havia restado eram os maiôs molhados. O supermercado ficava numa cidade muito pequena, habitada por moradores assustadores. Nunca me senti mais como o futuro jantar de alguém do que quando caminhei por aqueles corredores tentando encontrar novas roupas íntimas.

Por algum tempo, Ethan me observa.

— Você tem um monte de histórias como essa, não é?

— Você não faz ideia — respondo e volto a olhar pela janela. — Mas, sério, se choveu a noite toda, não vai estar tudo enlameado?

Ele se apoia contra o balcão.

— Então, você gostaria de ficar coberta só de tinta, mas não de lama?

— Acho que o objetivo do jogo é *não* ficar coberta de tinta.

— Você é incapaz de não discutir comigo — ele diz. — Isso é muito irritante.

— *Você* não estava discutindo comigo a respeito de ficar coberta de tinta, mas não de lama?

Ethan resmunga, mas eu percebo que ele está reprimindo um sorriso.

Aponto para o outro lado da sala.

— Por que você não vai até o frigobar e resolve essa irritação?

Ethan se inclina para trás, ficando mais perto do que antes. Ele cheira incrivelmente bem e está incrivelmente irritante.

— Vamos jogar *paintball* hoje.

Virando a página, faço um gesto negativo com a cabeça.

— Não.

— Vamos lá — ele adula. — Você pode escolher o que vamos fazer depois.

— Por que você ainda quer sair comigo? Nós não gostamos um do outro.

Ethan sorri de modo malicioso.

— Com certeza você não está pensando estrategicamente a respeito disso. Você vai atirar em mim com bolas de tinta.

Uma edição de videogame passa pela minha cabeça: minha arma cuspindo uma rajada de bolas de tinta verde e respingos verdes caindo em explosões por toda a frente do colete de Ethan. E, finalmente, o tiro mortal: um respingo verde gigante bem sobre sua virilha.

— Pensando bem... vou fazer uma reserva para nós.

O HOTEL PROVIDENCIOU UM ônibus para nos levar ao campo de *paintball*. Paramos diante de uma construção industrial ladeada por um estacionamento e com mata ao redor. Não está chovendo forte — é mais como um chuvisco constante e enevoado — e, ah, sim, está tudo *enlameado*.

No interior, o escritório é pequeno e tem cheiro de sujeira e tinta. Um cara branco, grande e alto, usando uma camisa havaiana híbrida — isto é, com uma padronagem camuflada e floral —, e com uma etiqueta com o nome HOGG, está atrás do balcão para nos recepcionar. Ele e Ethan discutem as diversas opções do jogo, mas eu mal ouço. Acima do balcão, as paredes estão cobertas com prateleiras com capacetes, armaduras, óculos de proteção e luvas. Um cartaz está pendurado ao lado da outra porta e diz "FIQUE CALMO E RECARREGUE". Também há armas. Um monte delas.

Provavelmente é uma péssima hora para me dar conta de que nunca segurei uma arma antes, e muito menos atirei com uma.

Hogg se dirige para um recinto nos fundos e Ethan se vira para mim, indicando uma parede com uma lista de nomes e classificações: os jogadores que ganharam algum tipo de guerra de *paintball*.

— Isto parece bastante intenso — ele diz.

Aponto para o outro lado do recinto, onde uma placa alerta "MINHAS BOLAS PODEM ACERTAR VOCÊ NO ROSTO".

— A palavra que acho que Hogg estava procurando era "elegante" — afirmo e pego uma arma de *paintball* descarregada feita para se parecer com um rifle. — Você se lembra daquela cena em *Como Eliminar Seu Chefe*, em que Jane Fonda está usando um traje de safári e passa pelo escritório em busca do senhor Hart?

— Não — Ethan responde, apontando com a cabeça para os equipamentos junto às paredes, docemente distraído. — Por quê?

Sorrio quando ele olha para mim.

— Por nada — digo e aponto para a parede. — Você já atirou com uma arma antes?

Ele fica quieto. Então, meu cérebro entra em um túnel maluco, imaginando a tragédia de uma cabeça de zebra adornando a parede da sala de estar de sua casa. Meu Deus, e se ele for uma dessas pessoas horríveis que vão para a África caçar rinocerontes?

Minha fúria com essa versão de Ethan Thomas começa a retornar em sua glória plena e tempestuosa.

— Só no estande de tiro, com Dane, algumas vezes. É mais uma coisa dele do que minha — Ethan enfim quebra o silêncio. Ele fica surpreso ao ver minha expressão. — O que foi?

Respiro fundo, percebendo que acabei de fazer o que sempre pareço fazer, que é mergulhar imediatamente no pior cenário possível.

— Antes que você esclarecesse, eu o imaginei usando um traje de safári, com o pé apoiado sobre uma girafa morta.

— Pare com isso — ele diz. — Que nojo.

Retraindo-me, encolho os ombros.

— É assim que eu sou.

— Então me conheça primeiro. Mereço o benefício da dúvida.

Ethan diz essas palavras com calma, quase de improviso. Em seguida, faz cara feia para uma fivela à venda no balcão que diz "A primeira regra de segurança com armas: não me irrite".

Hogg retorna, com os braços musculosos carregados de equipamentos. Ele entrega a cada um de nós um macacão camuflado, luvas, um capacete e um conjunto de óculos de proteção. A arma é de plástico e muito leve, com um cano longo e um depósito de plástico fixado no topo onde as bolas de tinta são armazenadas. Porém, todo o resto é pesado. Tento me imaginar correndo com tudo isso e não consigo.

Ethan inspeciona seu equipamento e se inclina sobre o balcão.

— Você tem alguma espécie de proteção para... Tipo um preservativo?

— Preservativo?

Ethan fica vermelho e percebo naquele momento que ele é capaz de ler meus pensamentos — viu meu tiro de tinta verde imaginário certeiro em sua genitália. Ele encara Hogg significativamente, mas o recepcionista apenas balança a cabeça e dá uma risada.

— Não se preocupe com isso, amigão. Vai correr tudo bem — Hogg diz.

Dou um tapinha no ombro de Ethan.

— Sim, amigão. Eu lhe dou cobertura.

O JOGO SE DESENROLA EM vinte mil metros quadrados de mata fechada. Dezenas de abrigos de madeira levam até o arvoredo. Feixes de toras estão espalhados para dar cobertura aos participantes e algumas pontes suspensas se estendem transpondo o comprimento entre as árvores. Somos instruídos a nos reunir com os outros jogadores sob uma grande marquise metálica. A chuva é mais névoa do que gotículas agora, mas há um frio úmido no ar e sinto meus ombros se contraírem sob meu macacão folgado.

Ethan olha para mim e, por trás dos óculos de proteção, seus olhos se enrugam por causa do riso. Ele mal parou de rir desde que saí da cabine de troca de roupas.

— Você parece um personagem de desenho animado — ele diz.

— Também ficou muito bonito em você — replico.

Mas a réplica é bastante fraca, já que Ethan realmente fica muito bem na roupa de *paintball* camuflada. Ele está com aquela coisa de soldado *sexy* que eu não esperava.

— Hortelino Troca-Letras — ele acrescenta. — Caçando o Pernalonga.

— Você pode ficar quieto?

— Você é tipo uma recruta Benjamin patética.

— A recruta Benjamin já é bastante patética.

— Eu sei! — Ethan exclama, divertindo-se.

Abençoado seja: Bob, o nosso instrutor, se aproxima. Ele é baixo, mas sólido, e anda de um lado para o outro diante do nosso grupo como um general instruindo suas tropas. Percebe-se imediatamente que Bob queria ser policial, mas não deu certo.

Ele nos revela que vamos jogar uma versão chamada *combate mortal*. Parece incrível e terrível: nosso grupo de cerca de vinte pessoas está dividido em duas equipes e basicamente corremos por aí atirando uns nos outros até que todos de uma equipe sejam eliminados.

— Cada jogador possui cinco vidas — ele explica, olhando para cada um de nós com astúcia conforme passa. — Assim que alguém é atingido, deve travar a arma, prender a tampa do cano e retornar ao acampamento — ele prossegue e aponta para uma pequena construção protegida por uma cerca, com uma placa pendurada no alto que diz "ACAMPAMENTO BASE". — O participante fica ali até o tempo de espera terminar e, então, retorna ao jogo.

Ethan se inclina para mim e diz junto ao meu ouvido:

— Sem ressentimentos quando eu tirar você do jogo rapidamente, o.k.?

Olho para ele. Seu cabelo está molhado por causa da umidade e ele está reprimindo um sorriso, literalmente mordendo os lábios, e, por um breve momento, quero estender a mão e puxá-lo.

Mas estou muito feliz com o fato de Ethan não achar que vamos trabalhar juntos hoje.

— Não me ameace com diversão — digo.

— Há algumas regras rígidas — Bob continua. — Segurança em primeiro lugar. Se você achar que algo é idiota, não faça isso. Óculos de proteção, sempre. Toda vez que a arma não estiver em uso, você deve mantê-la travada e com o cano tampado. Isso inclui se você foi atingido e está saindo do campo.

Alguém bate palmas atrás de mim e olho por cima do ombro. Um homem alto, corpulento e careca está aprovando com a cabeça o instrutor e praticamente vibrando de energia. Ele também está com o tronco nu, o que parece *bizarro*, e usando um cinto de utilidades com latas de tinta extra e suprimentos. Compartilho um olhar inquisidor com Ethan.

— Você já jogou antes? — Ethan pergunta.

— Sempre que posso — o homem responde. — Clancy — ele se apresenta, estende o braço e aperta a mão de Ethan.

— Ethan. — E aponta para mim. — O nome dela é Jujuba.

— Na verdade, é… — digo, olhando para Ethan, mas, antes que possa concluir, ele me interrompe.

— Você deve ser muito bom então — Ethan diz para Clancy.

O homem cruza os braços peludos no peito.

— Alcancei o nível máximo em *Call of Duty* cerca de doze vezes. Então, você decide.

Eu não consigo resistir.

— Se você não se importa que eu pergunte, por que você não está usando uma camisa? Não dói ser atingido?

— A dor faz parte da experiência — Clancy explica.

— Alguma dica para novatos? — pergunto.

Clancy fica claramente encantado com a pergunta.

— Utilize as árvores. Elas são melhores do que as superfícies planas porque você pode se mover ao redor delas furtivamente. Para vigiar, sempre se curve ao nível da cintura — ele diz e exemplifica para nós, movendo-se para cima e para baixo algumas vezes. — Mantenha o resto do corpo protegido. Caso contrário, você vai saber como é levar uma bola de energia no biscoitinho a quase trezentos quilômetros por hora — Clancy prossegue e pisca para mim. — Sem querer ofender, Jujuba.

— Ninguém gostaria de ser alvejada ali — digo.

Clancy concorda e continua.

— Muito importante: nunca, jamais deite de bruços. Caia no chão e virará um cadáver.

As pessoas ao nosso redor batem palmas quando Bob termina sua apresentação e começa a nos dividir em duas equipes. Ethan e eu murchamos um pouco quando ambos acabamos na mesma equipe. Isso significa, infelizmente, que não irei caçá-lo na mata. O desalento dele aumenta quando vê a equipe adversária: um pequeno grupo de adultos e um grupo de sete moleques de 14 anos que está aqui para uma festa de aniversário.

— Espere — Ethan diz, apontando na direção deles. — Não podemos atirar em um bando de crianças.

Um deles, usando aparelho dentário e um boné com a aba virada para trás, dá um passo à frente.

— Quem é você para nos chamar de criança? Você está com medo, vovô? Tranquilo, Ethan sorri.

— Se sua mãe trouxe você aqui, você é uma criança.

Os amigos dele dão risadinhas ao fundo, incitando-o.

— Na verdade, *sua* mãe me trouxe aqui e pegou no meu pau no banco de trás.

Então, Ethan solta uma gargalhada.

— Sim, isso soa exatamente como algo que minha mãe, Barb Thomas, faria — ele diz e vira as costas.

— Olhe para ele se escondendo como um cachorrinho assustado — o garoto diz.

Bob se aproxima do adolescente e o fuzila com os olhos.

— Meça suas palavras — ele diz e se volta para Ethan. — Guarde isso para o campo de batalha.

— Acho que Bob acabou de me dar permissão para eliminar esse sacaninha — Ethan afirma, maravilhado, ajeitando os óculos de proteção.

— Ethan, ele é esquelético — digo.

— Significa que não vou desperdiçar muita munição com ele.

— Você parece estar levando isso muito a sério — afirmo e coloco uma mão em seu braço.

Ele sorri para mim e pisca para que eu possa ver que está apenas se divertindo. Algo palpita em minha caixa torácica. O Ethan brincalhão é a mais nova evolução de meu companheiro de viagem, e estou de corpo inteiro aqui para ver isso.

— ACHO QUE EU DEVERIA TER prestado mais atenção às regras — Ethan diz, ofegando ao meu lado, sujo de lama e besuntado de tinta roxa. Nós dois estamos nesse estado. Alerta de *spoiler*: a porra do *paintball* dói. — Será que existe um limite de tempo para este jogo? — ele pergunta, pega o celular e começa a pesquisar no Google, resmungando por causa do sinal fraco.

Apoio minha cabeça contra o abrigo de madeira e dou uma olhada para o céu. O plano original de nossa equipe era se dividir e se esconder perto dos *bunkers*, escalando alguns defensores para ficar em território neutro e dar cobertura aos atacantes que avançavam. Não tenho bem certeza de por que esse plano falhou, mas, em algum momento, houve uma emboscada imprudente, e restaram apenas quatro de nós. Todos os integrantes da equipe adversária, incluindo todos os adolescentes que falam merda, ainda estão no jogo.

Agora, Ethan e eu estamos encurralados atrás de uma parede malconservada, sendo caçados de todos os lados por garotos que são muito mais cruéis do que esperávamos.

— Eles ainda estão aí? — pergunto.

Ethan se estica para ver por cima da barricada e imediatamente volta a se abaixar.

— Sim.

— Quantos?

— Só vi dois. Acho que eles não sabem onde estamos — ele responde, rasteja para observar o outro lado e desiste rapidamente. — Um deles está bem longe e o outro está apenas parado na ponte. Sugiro esperarmos. Alguém vai aparecer e chamar a atenção dele mais cedo ou mais tarde. Então poderemos correr para aquelas árvores ali.

Alguns instantes se passam, preenchidos pelo som de gritos distantes e pela erupção ocasional de bolas de tinta. Isto é mais surreal do que posso imaginar. Mal consigo acreditar que estou curtindo.

— Talvez devêssemos tentar escapar deles — digo. Não me agrada a ideia de levar mais bolas de tinta no traseiro, mas está frio e úmido onde estamos agachados, e minhas coxas estão começando a fazer a dança da cãibra trêmula. — Acho que somos capazes de nos safar. Por incrível que pareça, você não é terrível nisso — concluo.

Ethan olha para mim e, em seguida, volta a mirar a mata.

— Você tem a agilidade de uma pedra. É melhor ficarmos quietos.

Estendo-me para lhe dar um chute e rio quando ele resmunga de dor fingida.

Por estarmos agachados aqui, escondendo-nos de um grupo de adolescentes agressivos, sinto-me tentada a puxar conversa, mas hesito, imediatamente questionando a mim mesma. Será que *quero* conhecer Ethan? Costumava achar que já sabia a coisa mais importante a respeito dele: que ele é um cara censurador, que tem algo contra mulheres curvilíneas que consomem comida altamente calórica. Mas também descobri que:

1. Ele trabalha com algo ligado à matemática.
2. Que eu saiba, ele teve uma namorada desde que o conheci, dois anos e meio atrás.
3. Ele é muito bom em fazer cara feia (mas também é incrível sorrindo).
4. Ele insiste que não se importa em compartilhar comida; ele simplesmente não come em bufês.
5. Ele costuma levar o irmão mais novo em viagens aventurescas caras.

O resto da lista desliza por meus pensamentos, sem convite.

6. Ele é, na verdade, hilário.
7. Ele fica enjoado no mar.
8. Ele parece ser feito de músculos; devo confirmar de alguma forma que existem mesmo órgãos no interior de seu tronco.
9. Ele é competitivo, mas não de uma forma assustadora.
10. Ele consegue ser extremamente encantador se for subornado com um colchão confortável.
11. Ele acha que eu *sempre estou incrível*.
12. Ele se lembrou da camiseta que usei na terceira vez que nos vimos.
13. Pelo que percebi, ele tem um belo pênis escondido na calça.

Por que estou pensando no pênis de Ethan? Supernojento.

Evidentemente, vim para cá com o que achava ser uma imagem bastante clara de quem ele era, mas devo admitir que essa versão parece estar desmoronando.

— Bem, já que temos algum tempo para matar, posso fazer uma pergunta totalmente pessoal e invasiva? — pergunto, passando de uma posição agachada para uma sentada.

Ethan coça a perna no lugar onde a chutei.

— Se isso significar que você não vai me dar um coice de novo, sim — ele responde.

— O que aconteceu entre você e Sophie? Além disso, como vocês ficaram juntos? Ela é tipo uma Barbie e você um nerd...

Ethan fecha os olhos, depois se inclina para olhar para fora da barricada.

— Talvez devêssemos apenas dar uma corrida...

Eu o puxo de volta.

— Cada um de nós tem só mais uma vida, e vou usar você como escudo humano se sairmos. Fale.

Ethan respira fundo e infla as bochechas ao soltar o ar.

— Ficamos juntos por cerca de dois anos — ele informa. — Eu estava morando em Chicago na época, se você se lembra, e fui a Twin Cities para visitar o Dane. Parei no escritório dele, e ela trabalhava no mesmo prédio. Eu a vi no estacionamento. Ela tinha deixado cair uma caixa cheia de papéis, e eu a ajudei a pegá-los.

— Isso parece um começo de filme bastante clichê.

Para minha surpresa, ele ri disso.

— E você se mudou para lá? — pergunto. — Num piscar de olhos.

— Não foi "num piscar de olhos" — Ethan responde e ergue a mão para limpar um pouco de lama do rosto. Gosto do gesto. Percebo que é mais pela vulnerabilidade gerada por essa conversa do que por vaidade. Em um estranho surto de consciência, registro que esta é a primeira vez que estou realmente *falando* com Ethan.

— Foi depois de alguns meses, e eu tinha recebido uma oferta permanente de emprego em Twin Cities já fazia um tempo. Uma vez de volta a Minneapolis, decidimos, sabe, por que não? Fez sentido irmos morar juntos.

Fecho minha boca quando percebo que ela estava aberta.

— Nossa! Levo alguns meses para decidir se gosto o suficiente de um novo xampu para ficar com ele em definitivo.

Ethan ri, mas não é um som especialmente feliz; algo se aperta dentro do meu peito.

— O que aconteceu? — pergunto.

— Ela não me traiu nem nada que eu saiba. Alugamos um apartamento e as coisas corriam bem. *Muito* bem — ele responde, olha-me nos olhos por um instante, quase como se não tivesse certeza se vou acreditar nele. — Eu ia pedi-la em casamento no Quatro de Julho.

Surpresa, levanto uma sobrancelha em consideração à data específica. Ele estende a mão para coçar o pescoço, constrangido.

— Achei que seria legal fazer isso durante os fogos de artifício — ele diz.

— Ah, um grande gesto. Não tenho certeza se eu teria pensado em você como alguém que faz algo do tipo.

Ethan ri e geme.

— Cheguei bem longe, se é isso que você está se perguntando. Um amigo estava fazendo um churrasco e fomos até a casa dele. Nós conversamos por um tempo com os outros convidados. Então, eu a levei para o terraço e a pedi em casamento. Sophie chorou e nós nos abraçamos, mas me dei conta depois de que ela nunca disse sim. Na sequência, voltamos para dentro da casa e começamos a ajudar na limpeza. Ela disse que não estava se sentindo bem e que me encontraria em casa. Quando cheguei lá, ela tinha sumido.

— Espere, você quer dizer *sumido*, sumido?

— Sim. Todas as coisas de Sophie tinham desaparecido. Ela tinha feito as malas e me deixou uma mensagem no *quadro-branco* de avisos da cozinha.

Curiosa, junto as sobrancelhas.

— No quadro-branco?

— "Acho que não devemos nos casar. Desculpe." Foi isso que ela escreveu. *Desculpe*. Como se ela estivesse me dizendo que respingou molho de tomate na minha camiseta favorita. Sabe, tentei limpar aquele quadro uma centena de vezes e aquelas malditas palavras nunca saíram! E não quero dizer isso em um sentido metafórico. Ela usou marcador permanente em vez de caneta para quadro-branco, o que literalmente fez grudar as palavras.

— Puxa. Que horror. Sabe, na verdade, você consegue remover tinta permanente se escrever sobre as palavras com uma caneta para quadro--branco. Não que isso seja particularmente útil agora...

— Vou me lembrar disso para a próxima vez. — Ele pisca os olhos algumas vezes, atônito.

— Não dá para acreditar que você fez um grande gesto e ela simplesmente lhe deixou um recado no quadro de avisos. Meu Deus, sem querer ofender, mas Sophie é uma puta babaca.

Desta vez, quando Ethan ri, o riso é mais sonoro, mais leve e alcança seus olhos.

— Não ofende. Foi uma coisa bastante babaca de se fazer, mas ainda bem que ela fez isso. Eu achava que nós éramos felizes, mas a verdade é que nosso relacionamento era bem superficial. Não acredito que teria funcionado por muito mais tempo — ele afirma e faz uma pausa. — Eu só queria acertar minha vida, acho. Mas também acho que fiz esse grande gesto para a pessoa errada. Sei que preciso de alguém com quem conversar verdadeiramente, e ela não gosta de ir muito fundo nos assuntos.

Isso não se harmoniza inteiramente com a imagem que tenho dele de um intrépido viajante pelo mundo, assim como minha visão dele no avião, agarrando o apoio de braço do assento. Agora tenho novos fatos a respeito de Ethan para acrescentar à lista:

14. Ele não sabe como procurar dicas de limpeza no Google.

15. Ele é introspectivo.

16. Por mais que ele provavelmente negue, é um romântico.

Pergunto-me se existem dois lados muito diferentes de Ethan, ou se simplesmente eu nunca reparei nele de fato e fiquei só com o que Dane e Ami me contaram.

Lembrando-me de como ele ficou paralisado ao ver Sophie no hotel, pergunto:

— Vocês tinham se visto depois da separação? Antes...

— Não. Ela ainda mora em Minneapolis, eu sei disso. Mas nunca mais a vi. Eu não sabia *mesmo* que ela estava noiva.

— Como você se sente em relação a isso?

Ethan bate com o dedo na ponta de um graveto e olha para o horizonte.

— Não tenho certeza. Sabe do que me dei conta no barco? Nós terminamos em julho. Ela disse que eles se conheceram quando ele estava estocando material escolar. Isso foi em agosto? Talvez setembro? Sophie esperou um mês. Eu fiquei muito confuso depois da separação. Com tudo. Uma parte de mim achou que talvez pudéssemos voltar até que a vi no hotel. Foi só aí que me toquei de que estava delirando totalmente.

— Sinto muito — digo, simplesmente.

Ethan sorri para o chão.

— Obrigado. Foi péssimo, mas estou melhor agora.

Melhor agora não significa necessariamente *a respeito dela*, mas sou impedida de pedir esclarecimentos porque tiros ressoam pelo ar muito perto de nós. Nós dois damos um pulo e Ethan se ergue um pouco para espiar pela borda enquanto eu tropeço para ficar ao lado dele.

— O que está acontecendo? — pergunto.

— Não tenho certeza... — ele responde e se move de um lado para o outro do esconderijo, observando o cenário com o dedo no gatilho.

Agarro minha arma e meu coração está aos pulos. É apenas um jogo, e eu poderia me render a qualquer momento, mas meu corpo parece não saber que não é real.

— Quantos tiros você ainda tem? — Ethan pergunta.

No início do jogo atirei a esmo, disparando rajadas sem realmente mirar no objetivo. Minha arma parece leve.

— Não muitos — respondo e espio dentro do depósito. — Quatro tiros.

Ethan abre seu depósito e põe outras duas bolas na minha arma. Passos ressoam na terra. É Clancy, ainda sem camisa e nada mais do que um borrão pastoso da cor da pele. Ele dispara um tiro e se esconde atrás de uma árvore.

— Corra! — ele grita para alguém.

Ethan pega a manga do meu macacão, puxando-me para longe da parede e apontando para a mata.

— Vai!

Começo a correr, com os pés golpeando o chão molhado. Não sei se Ethan me segue, mas corro até a próxima árvore e me agacho atrás dela. Ethan corre até o outro lado da clareira e olha para trás. Um único jogador está simplesmente vagando.

— É aquele garoto desbocado — ele sussurra, sorrindo. — Ele está sozinho.

Inquieta, espio o interior da mata ao nosso redor.

— Talvez ele esteja esperando por alguém.

— Ou talvez ele esteja perdido. Crianças são burras.

— Meu primo de dez anos construiu um gato em forma de robô a partir de um pouco de chiclete, alguns parafusos e uma lata de refrigerante — falo. — As crianças de hoje em dia são muito mais espertas do que nós fomos. Vamos nessa!

Ethan faz um gesto negativo com a cabeça.

— Vamos acabar com ele primeiro. Ele só tem mais uma vida.

— *Nós* só temos mais uma vida.

— É um jogo. O objetivo é vencer.

— Nós temos de ficar sentados toda a viagem de volta. Meu traseiro machucado não se importa se vamos vencer.

— Vamos dar dois minutos. Se não conseguirmos dar um tiro, corremos.

Com relutância, concordo. Ethan faz um sinal para que cortemos caminho pelas árvores e o surpreendamos do outro lado. Eu sigo de perto, vigiando a mata e avançando da maneira mais silenciosa possível. Mas Ethan tem razão: não há mais ninguém por perto.

Quando alcançamos o limite da pequena clareira, o garoto ainda está lá, apenas passando o tempo, cutucando gravetos com sua arma. Ethan se inclina e fica com a boca perto do meu ouvido.

— Ele está usando um fone de ouvido. Precisa ser muito arrogante para ouvir música no meio de uma zona de guerra.

Retrocedo um pouco para ver o rosto de Ethan.

— Você está curtindo mesmo isso, não está?

— Ah, sim — ele diz, abrindo um sorriso largo.

Ethan levanta sua arma, avançando aos poucos e em silêncio, comigo ao seu lado.

Estamos dois passos dentro da clareira quando o garoto sorri com desdém, expondo seu aparelho dentário. Ele mostra o dedo do meio para nós e só então percebo que é uma armadilha. Não nos viramos a tempo de ver seu amigo aparecendo atrás de nós, mas a próxima coisa que sei é que todo o meu traseiro está roxo.

— NÃO DÁ PARA ACREDITAR que ele mostrou o dedo do meio antes que seu amigo atirasse em nós — Ethan resmunga. — Merdinha presunçoso.

Estamos na sala de relaxamento do *spa* do hotel, usando roupões brancos e esperando ser chamados. Nós dois estamos tão doloridos que nem hesitamos quando nos lembramos de que a parte de *casal* de uma massagem de casal envolve estar nus e untados de óleo no mesmo local.

A porta se abre e uma mulher sorridente de cabelo escuro entra. Nós a seguimos por um longo corredor pouco iluminado até um recinto ainda mais escuro. Uma banheira de hidromassagem borbulha no centro do espaço, com o vapor subindo de modo convidativo.

Ethan e eu fazemos contato visual e, então, desviamos o olhar imediatamente. Agarro meu roupão, ciente de que não estou usando nada por baixo. Achei que iríamos direto para a mesa de massagem, suportando apenas alguns momentos de manobras estranhas e deslizando sob os respectivos lençóis.

— Achei que tínhamos apenas marcado uma massagem — digo.

— O pacote de vocês também inclui um tempo na hidromassagem para um pré-relaxamento. Em seguida, vocês serão massageados — a mulher diz com uma voz suave e tranquila. — Há mais alguma coisa que eu possa fazer para vocês, senhor e senhora Thomas?

O instinto me faz abrir a boca para corrigi-la, mas Ethan intervém.

— Acho que é tudo — ele diz com seu melhor sorriso. — Obrigado.

— Divirtam-se — ela diz, faz uma mesura e fecha a porta atrás dela sem fazer barulho.

A banheira de hidromassagem borbulha entre nós.

Já sem o sorriso, Ethan olha para mim, sério.

— Não estou usando nada por baixo do roupão — diz, aponta para o nó do cinto e acrescenta. — Suponho que você esteja igualmente...

— Sim.

Ethan examina a água fumegante e seu desejo é quase palpável.

— Olhe — ele diz, por fim. — Faça o que tiver de fazer, mas eu mal consigo andar. Eu vou entrar.

Suas palavras nem bem saem quando ele solta o nó e eu tenho um vislumbre de seu peito nu. Virando-me de forma brusca, de repente fico muito interessada na mesa de petiscos e garrafas de água junto à parede. Há o som de um arrastar de pés e de tecido caindo no chão.

Então, ele geme, de forma profunda e grave.

— Puta merda.

O som é como um diapasão, e um arrepio percorre meu corpo.

— Olivier, você tem de entrar — ele diz.

Pego um copinho de frutas secas e dou uma mordida.

— Eu estou bem.

— Nós dois somos adultos e você nem vai conseguir ver nada. Olhe!

Eu me viro e, com relutância, dou uma olhada por cima do meu ombro. Ethan tem razão, a água borbulhante chega até pouco abaixo de seus ombros, mas ainda é um problema. Quem diria que eu gostava tanto de clavículas? Ele dá um sorriso, reclina-se, estica os braços para os lados e suspira dramaticamente.

— Caramba, isso é incrível.

Cada um dos meus hematomas e músculos doloridos quase chora-minga em resposta. O vapor é como um conjunto de dedos me atraindo. Bolhas, jatos de água e o perfume sutil de lavanda em todos os lugares.

Clavículas nuas.

— *Tudo bem* — digo. — Mas feche os olhos.

Ethan obedece, mas aposto que ele ainda consegue espiar.

— E os cubra também.

Ele coloca a palma da mão sobre os olhos, dando risada.

— Com as *duas* mãos.

Quando ele está bem vendado, eu sofro para me livrar do roupão.

— Quando concordei em aproveitar essa lua de mel, não imaginei que envolveria tanta nudez.

Ethan ri por trás de suas mãos e eu coloco um pé na água. O calor me envolve (está quase quente demais) e silvo ao mergulhar mais fundo na água. Parece irreal, o calor e as bolhas ao longo de toda a minha pele.

Deixo escapar um suspiro trêmulo.

— Meu Deus, isso é tão bom.

Ethan endireita as costas.

— Você pode olhar. Estou decente — afirmo.

Com uma expressão cautelosa, ele abaixa as mãos.

— Isso é discutível.

Jatos de água massageiam meus ombros e a planta dos pés. Minha cabeça pende para o lado, relaxando.

— Isso é muito bom. Eu nem consigo me importar com o que você diz.

— Bem, então, eu gostaria de ter energia para dizer algo realmente brilhante.

Dou uma risada. Sinto-me bêbada.

— Ainda bem que sou alérgica a frutos do mar.

Ethan afunda ainda mais na água.

— Sei que estamos pagando o preço, mas você se divertiu hoje?

Talvez seja o fato de a água quente estar me deixando mais molenga do que com músculos doloridos e hematomas, mas eu realmente curti o nosso dia.

— Mesmo considerando que tive de jogar fora meus tênis favoritos e que mal consigo me sentar? Sim, eu me diverti. E você?

— Eu também. Na verdade, tirando toda essa coisa da Sophie, estas férias não estão sendo tão terríveis.

Eu espio Ethan entreabrindo um olho.

— Uau, devagar com os elogios.

— Você sabe o que quero dizer. Achei que iria ficar sozinho na piscina, comer muito e voltar para casa bronzeado. Achei que só iria *tolerar* você.

— Sinto que deveria ficar ofendida por isso, mas... a sensação é a mesma, na verdade.

— É por isso que é tão louco estar *aqui* — Ethan diz e se estica para alcançar duas garrafas de água na borda da banheira. Meus olhos seguem o movimento, a maneira como os músculos de suas costas se contraem e depois se alongam, a maneira como as gotas de águas escorrem por sua pele. Muita pele.

— Caramba, sua irmã iria pirar se pudesse nos ver agora.

Em atenção, pisco, pegando a garrafa que ele me entrega.

— Minha irmã?

— Sim.

— Minha irmã acha você legal.

— Ela... Mesmo?

— Sim. Ela odeia todas as viagens que você e Dane fazem, mas não entende meu ódio por você.

— Certo — ele diz, considerando isso.

— Mas não se preocupe, não vou dizer a ela que curti alguns momentos em sua companhia. Uma Ami presunçosa é a pior Ami.

— Você não acha que ela será capaz de perceber? Vocês não têm algum tipo de telepatia gêmea ou algo assim?

Dou uma risada enquanto abro minha garrafa de água.

— Desculpe desapontá-lo, mas não.

— Como é ter uma irmã gêmea?

— Como é não ter um irmão gêmeo? — respondo.

Ethan ri.

— *Touché*.

Ele deve estar sentindo muito calor porque desliza um pouco para trás antes de se mover para um assento diferente dentro da banheira, um que fica um pouco mais alto e deixa mais pele exposta ao ar.

O problema é que também deixa mais pele exposta para mim.

Muito mais.

Vejo os ombros, as clavículas, o peito... E, quando ele estende a mão para tirar o cabelo da testa, vejo vários centímetros de músculos abdominais abaixo dos mamilos.

— Vocês sempre foram tão...?

Ele para de falar, acenando com uma mão preguiçosa como se eu soubesse o que está querendo perguntar.

E eu sei.

— Diferentes? Sim. De acordo com minha mãe, desde que éramos bebês. O que é bom, porque tentar acompanhar Ami já teria me deixado louca.

— Sem dúvida, Ami é muito diferente. É estranho agora que ela está casada?

— Tem sido diferente desde que ela conheceu o Dane. Mas isso estava destinado a acontecer, sabe? A vida de Ami está avançando como deveria. Eu sou a irmã que empacou em algum lugar.

— Mas isso está prestes a mudar. Isso deve ser estimulante.

— É, sim.

É estranho ficar falando a respeito dessas coisas com Ethan, mas suas perguntas parecem genuínas. Seu interesse parece sincero. Ele me dá vontade de falar, de fazer perguntas.

— Sabe, acho que não sei com o que você trabalha — digo. — Algo a ver com matemática? Você apareceu na festa de aniversário de Ami de terno e gravata, mas achei que tivesse despejado alguns órfãos ou levado à falência pequenas lojas familiares.

Surpreso, Ethan olha em volta.

— Sou planejador de identificação digital para uma empresa de pesquisa.

— Isso parece algo inventado. Como em *O Pai da Noiva*, quando ela diz para Steve Martin que seu noivo é consultor de comunicações autônomo, e ele responde que esse é o código para "desempregado".

Ethan ri por cima de sua garrafa de água.

— Nem todos nós podemos ter empregos tão autoexplicativos quanto "traficante de drogas".

É a minha vez de rir.

— Especificamente, sou especialista em análise e detalhamento de orçamentos — diz. — Mas, em termos simples, digo à minha empresa quanto cada um dos nossos clientes deve gastar em publicidade digital.

— Isso é algo pomposo para "impulsione esta postagem no Facebook!" ou "gaste isto no Twitter!"?

— Sim, Olive — Ethan responde, secamente. — Isso é geralmente o que é. Basicamente, você tem razão. Mas envolve um monte de matemática.

— Dispenso — digo.

Ethan dá um sorriso tímido que me perturba.

— Sinceramente? Sempre gostei de números e dados, mas isso é um nível acima.

— E você gosta mesmo disso?

Ele dá de ombros.

— Sempre quis um trabalho em que pudesse brincar com números o dia todo, analisando-os de diferentes maneiras e tentando decifrar algoritmos e antecipar padrões. Esse trabalho me permite fazer tudo isso. Sei que parece *muito geek*, mas curto isso de verdade.

Certo. Meu trabalho sempre foi apenas um trabalho. Gosto de falar de ciência, mas não gosto do aspecto de vendas do meu cargo. Basicamente tolero porque fui ensinada a fazer isso e sou boa no que faço. No entanto, Ethan, ao falar a respeito de seu trabalho, é incrivelmente excitante. Ou talvez seja apenas a água, que continua a borbulhar entre nós. O calor está me deixando sonolenta, um pouco zonza.

Cuidando para manter meus peitos submersos, pego uma toalha.

— Acho que estou derretendo — digo.

Ethan murmura concordando.

— Vou sair primeiro e avisar que estamos prontos.

— Ótimo.

Ele usa o dedo para indicar que devo me virar.

— Não que já não tenhamos visto tudo — ele afirma. Eu o ouço se secando e a imagem disso provoca estranhas descargas elétricas em meu corpo. — O Banheiro da Perdição meio que cuidou disso.

— Acho que eu deveria me desculpar — digo. — Você ficou enjoado logo depois.

Ele ri baixinho.

— Como se *essa* fosse minha reação ao ver você nua, Olive.

A porta se abre e volta a se fechar. Quando me viro para perguntar o que ele quis dizer, Ethan se foi.

ETHAN NÃO VOLTA PARA ME buscar e, assim que Diana, nossa nova massagista, me leva até a sala de massagem dos casais, percebo o motivo. Ele parece estar paralisado de terror encarando a mesa de massagem.

— O que há com você? — pergunto com o canto da boca enquanto Diana atravessa a sala para diminuir as luzes.

— Você está vendo duas mesas aqui? — ele balbucia em resposta.

Não entendo o que ele está dizendo até... Ah...

— Espere — eu digo, olhando para ele. — Achei que cada um de nós receberia uma massagem.

Com calma, Diana sorri.

— Vocês vão, é claro. Mas, como vou ensinar a vocês e vocês vão praticar um no outro, só podemos fazer uma massagem por vez.

Viro-me para Ethan e tenho certeza de que compartilhamos exatamente o mesmo pensamento: "Oh, não".

Diana confunde nosso terror com outra coisa, porque ela ri ligeiramente e diz:

— Não se preocupem. Muitos casais ficam nervosos quando chegam aqui, mas vou mostrar algumas técnicas diferentes a vocês e, em seguida, vou sair para que as pratiquem e para que não sintam que estão sendo avaliados ou supervisionados.

Tenho vontade de perguntar se isto é um bordel, mas é claro que não faço isso. Por muito pouco.

Ethan volta a encarar a mesa com um olhar desolado.

— Agora, qual de vocês gostaria de aprender primeiro e qual receberá a massagem? — Diana pergunta, contornando a mesa e levantando o lençol para que um de nós fique embaixo dele.

O silêncio da resposta de Ethan deve significar que ele está fazendo o mesmo cálculo mental que eu: "Nós temos que ficar aqui?".

Sobretudo depois do comentário de Ethan ao sair da banheira de hidromassagem a respeito de sua reação ao me ver nua, não sei como essa pergunta abala seu cérebro, mas, considerando minha fascinação recente por suas clavículas e músculos abdominais, estou realmente tentada a seguir em frente. Pergunto-me se seria mais fácil receber uma massagem primeiro, para não ter de tocá-lo e fingir que não me sinto afetada. Dito isso, lanço um olhar para suas mãos enormes e fortes e eu não sei se ter esses dedos escorregadios de óleo esfregando minhas costas nuas seria muito mais fácil.

— Vou aprender primeiro — digo.

— Vou massageá-la primeiro — Ethan diz, ao mesmo tempo.

Nossos olhos arregalados se encontram.

— Não, você pode se deitar. Eu vou, hum, esfregá-lo.

Ele ri com desconforto.

— Eu massageio primeiro.

— Vou pegar algumas toalhas — Diana diz, gentilmente. — E dar um tempo para vocês decidirem.

Após a saída de Diana, eu me viro para Ethan.

— Entre embaixo do lençol, Elmo.

— Realmente prefiro fazer a... — ele diz e finge que vai apertar meus seios.

— Acho que não vai haver nada disso.

— Não, só quis dizer... — ele murmura, passando a mão pelo rosto.

— Apenas suba na mesa. Vou me virar para você poder fazer isso. Nua ou algo assim.

A sala está na penumbra, mas dá para ver que ele está ficando vermelho.

— Você está preocupado em ter uma ereção na mesa? Meu Deus, Ethan!

Ele engole em seco e leva uns bons cinco segundos antes de responder.

121

— Na verdade, sim.

E, com essas palavras, meu coração dá um soco dolorido no meu esterno. A resposta dele foi tão honesta e real que sinto um nó na garganta com a ideia de provocá-lo.

— Ah. — Molho os lábios. De repente, minha boca fica muito seca. Olho para a mesa e começo a suar frio. — O.k. Vou entrar embaixo do lençol. Só não tire sarro do meu corpo.

Ethan fica totalmente em silêncio, totalmente imóvel. Então, ele sussurra com paixão.

— Eu *nunca* faria isso.

— Claro — digo, sentindo intensamente como minha voz sai um pouco abafada. — Exceto quando você *faz*.

Ethan abre a boca para responder, com a testa franzida em profunda preocupação, mas Diana volta com uma pilha de toalhas. Ethan bufa de raiva e, mesmo quando desvio o olhar, percebo que ele está tentando trazer meus olhos de volta para seu rosto. Sempre gostei do meu corpo — até gosto das minhas novas curvas — mas não quero saber que alguém tem de me tocar sem querer.

Pensando bem, se eu não confio em Ethan e não quero que ele me toque, posso simplesmente dizer a Diana que não estamos prontos para isso hoje.

Então, por que eu não faço isso?

Será que eu realmente quero as mãos de Ethan em mim?

E, se ele não quiser, ele mesmo pode dizer a ela, não é mesmo?

Olho para Ethan, em busca de qualquer sinal de que ele não se sente à vontade, mas seu rubor desapareceu; em vez disso, ele está com um olhar determinado. Nós nos entreolhamos por um, dois, três segundos. Então, seu olhar se dirige para meus lábios, meu pescoço e para toda a extensão do meu corpo. Sua testa se contrai, seus lábios se entreabrem e percebo como sua respiração fica acelerada. Quando Ethan volta a encontrar meus olhos, ouço o que ele está tentando me dizer: "gosto do que vejo".

Ruborizada, eu me atrapalho com o nó do cinto do roupão. Supostamente somos casados, o que significa que, supostamente, devemos já ter visto nossos corpos nus. Embora tenhamos tido vislumbres no banheiro do barco, não sei se estou pronta para uma fitada prolongada e firme de Ethan quando eu me despir e subir na mesa. Felizmente, enquanto Diana levanta o lençol e vira o rosto para me dar privacidade, Ethan também faz de conta que está mexendo com o nó do cinto. Rapidamente, largo o roupão no chão e entro no casulo quente e macio.

— Vamos começar com você de bruços — Diana diz com a voz gentil e reconfortante. — Ethan, fique deste lado da mesa.

Deito sobre minha barriga tão graciosamente quanto posso, encaixando minha cabeça no apoio facial de espuma. Estou tremendo, ansiosa, nervosa e com tanto calor que o prazer dos cobertores aquecidos desaparece rapidamente e quero chutá-los para o chão.

Diana está falando baixinho com Ethan a respeito de como dobrar o lençol, rindo de como, se fizermos isso em casa, não haverá necessidade do mesmo tipo de recato. Ele também ri. O Ethan encantador e alegre está de volta. Admito que é mais fácil assim, olhando para o chão, em vez de fazendo contato visual com o homem que ainda odeio, mas com quem também, de repente, quero foder até levá-lo a um coma.

Ouço algo sendo bombeado e, em seguida, o ruído molhado de óleo nas mãos.

— Mais ou menos este tanto — Diana diz baixinho. — Eu começo aqui.

Diana passa as mãos sobre os meus ombros, massageando suavemente no início, depois com mais força. Ela fala a respeito do que está fazendo, explicando como se afastar do ponto de inserção muscular, abarcando o comprimento e a forma do músculo. Ela explica onde aplicar pressão e como evitar locais sensíveis. Começo a relaxar e afundo no colchão.

— Agora você tenta — ela diz para Ethan.

Mais óleo. Uma mudança de corpos ao lado da mesa e uma respiração profunda e vacilante.

E então, sinto o calor das mãos de Ethan em minhas costas, seguindo o caminho de Diana. Estou derretendo, mordendo os lábios para conter um gemido. As mãos dele são enormes, mais fortes do que as dela — uma profissional —, e quando ele estende um dedo gentil para afastar uma mecha do meu cabelo do pescoço, parece um beijo.

— Está bom? — ele pergunta baixinho.

Engulo em seco antes de responder.

— Sim… Está muito bom.

Sinto a maneira como ele faz uma pausa e, então, obedecendo a um incentivo de Diana, dirige as mãos mais para baixo, afastando o lençol para expor a parte inferior das minhas costas. Mesmo sabendo que Diana está ao lado dele, acho que nunca fiquei tão aquecida ou tão excitada. As mãos de Ethan acariciam minha pele; seus dedos, lisos e quentes, me massageiam.

— Agora, quando você chegar às nádegas, lembre-se: pressione sem esticá-las — Diana explica.

Tusso ao dar uma risada incrédula por entre o apoio facial, agarrando o lençol. Ao meu lado, com as mãos pairando um pouco acima do meu cóccix, Ethan ri baixinho.

— Hum, anotado.

Com esmero, Diana mostra a Ethan como dobrar prudentemente o lenço e expor apenas uma perna e uma nádega. Já fui massageada antes, então é claro que minha bunda já foi massageada por profissionais... Mas nunca me senti mais exposta em minha vida do que agora.

Curiosamente, não odeio isso.

Mais óleo, mais ruídos de mãos untadas se esfregando. Então, aquelas mãos enormes descem, pressionando o músculo conforme a instrução de Diana. Por trás das pálpebras fechadas, meus olhos se reviram de prazer. Quem diria que uma massagem nas nádegas poderia ser tão incrível? Na verdade, é tão boa que me esqueço de ficar constrangida e deixo escapar um quase gemido.

— Quem diria que você era tão bom nisso?

A risada de Ethan é tão grave e estrondosa que faz todo o meu corpo vibrar.

— Ah, tenho certeza de que você já sabia que ele era bom com as mãos — Diana afirma, brincando.

Está na ponta da minha língua dizer para ela cair fora e nos deixar em paz em nosso quarto de bordel.

Ethan massageia toda a extensão das minhas pernas, chegando até meus pés. Sinto muita cócega, então é muito legal seu cuidado comigo ao me firmar sobre a mesa, assegurando-me, sem palavras, de que posso confiar nele. Em seguida, ele sobe para meus braços, massageando da palma das mãos até a ponta de cada dedo. Por fim, ele desliza cuidadosamente meus dois braços de volta para debaixo do lençol.

— Ótimo trabalho, Ethan — Diana diz. — Ainda está com a gente, Ami? Eu gemo.

— Acha que conseguiria massageá-lo agora? — Diana pergunta em meio a um riso.

Solto um gemido mais longo. Não sei se já consigo me mexer. E, se conseguir, será para puxar Ethan para debaixo do lençol comigo. A dor em meu baixo-ventre não vai desaparecer sozinha.

— Geralmente é assim que funciona — ela diz.

— Está tudo bem por mim — Ethan afirma.

Pode ser meu cérebro sentimental, mas a voz dele soa mais profunda e mais lenta, como mel quente e espesso. Como se ele também estivesse um pouco excitado.

— A melhor parte é que agora você também pode ensiná-la — Diana diz.

Sinto corpos se movendo atrás de mim. Diana parece mais distante, perto da porta, quando diz:

— Vou deixá-los trocar de lugar, se quiserem. Ou, então, sintam-se à vontade para voltar ao *spa* para outro banho quente.

Noto quando ela sai da sala, mas o silêncio parece, de alguma forma, mais pleno.

— Você está bem? — Ethan pergunta momentos depois.

— *AhmeuDeus* — consigo balbuciar de alguma forma.

— É um "ah, meu Deus" bom ou um "ah, meu Deus" ruim?

— Bom.

— Excelente. — Ele ri, e é aquele mesmo som enlouquecedor e incrível de novo.

— Não seja presunçoso.

Percebo a aproximação dele e sinto sua respiração em minha nuca.

— Ah, Olívia. Acabei de passar minhas mãos por você inteirinha, e você está tão relaxada que mal consegue falar — ele diz e se afasta.

Em seguida, sua voz vem de longe, como se ele tivesse ido até a porta.

— Pode apostar que serei presunçoso para caramba.

CAPÍTULO 10

Eu acordo e logo gemo de dor. Apesar da massagem maravilhosa, estou tão dolorida por ter sido alvejada por bolas de tinta que mal consigo puxar as cobertas. Quando olho, meus braços estão pontilhados de hematomas tão coloridos que, por um instante, me pergunto se tomei banho ontem depois do *paintball*. Há um roxo-escuro do tamanho de um damasco em meu quadril, alguns em minhas coxas e um enorme em meu ombro, que parece uma ametista rara.

Verifico meu celular, abrindo a mensagem mais recente de Ami.

Entrando em contato para checar o número de vítimas.

Continuamos vivos, contra todas as probabilidades.

Como você está se sentindo?

Igual.

Ainda não estou pronta para me aventurar pelo mundo, mas viva.

E o maridão?

Ah, ele saiu.

> **Saiu?**

> Sim. Ele está se sentindo melhor e estava um pouco agitado.

> **Mas você ainda está doente.**

> **Por que ele não está cuidando de você?**

> Ele ficou nesta casa durante dias.

> Ele precisava de algum tempo com homens.

Pego o telefone, sabendo que não tenho nenhuma resposta que não vá terminar com alguma discussão entre nós.

— Talvez ele tenha ficado sem creme de barbear — murmuro, no mesmo momento em que ouço Ethan arrastando os pés em direção ao banheiro.

— Mal consigo me mexer — ele diz através da porta do quarto.

— Estou coberta de roxos — queixo-me, olhando para meus braços.

— Você está decente? — ele pergunta, batendo na porta.

— Alguma vez estou?

Ele entreabre a porta, enfiando a cabeça alguns centímetros.

— Não consigo socializar hoje. O que quer que façamos, que sejamos só nós dois.

Então, ele sai, deixando a porta entreaberta e eu sozinha com meu cérebro tentando processar isso. Novamente: quando foi que o plano-padrão passou a ser ficarmos todo o tempo juntos? E quando essa ideia não nos levou a um surto de náusea? E quando comecei a cair no sono pensando nas mãos de Ethan nas minhas costas, nas minhas pernas e *entre* as minhas pernas?

Ouço o barulho da descarga, o som de água correndo e o de Ethan escovando os dentes. Já me acostumei ao ritmo de sua escovação e não fico mais chocada com a visão de seu cabelo todo espetado pela manhã. Não fico mais horrorizada com a ideia de passar o dia só com ele. Na verdade, minha mente gira diante das opções.

Ethan sai do banheiro do corredor e se surpreende quando dá uma segunda olhada para mim ao passar pelo quarto.

— O que há com você?

Abaixo os olhos para entender o que ele quer dizer. Estou sentada com a coluna ereta, com a máscara de dormir na testa, os cobertores agarrados ao peito e os olhos arregalados.

A franqueza sempre pareceu funcionar melhor para nós.

— Estou um pouco pirada com o fato de você ter sugerido que passemos o dia juntos, só nós, e isso não me faz querer fugir de rapel pela varanda.

Ethan dá uma risada.

— Prometo ser o mais irritante possível — ele diz, depois se vira, arrastando-se de volta para a sala de estar. — E também presunçoso — ele grita.

Com esse lembrete de ontem, sinto o estômago revirar e as partes íntimas acordarem. Já chega disso. Levantando-me, eu o sigo, sem me importar mais se ele vai me ver de pijama ou se está só de cueca e com uma camiseta puída. Depois do nosso encontro no banheiro do barco, da banheira de hidromassagem e de suas mãos por todo o meu corpo coberto de óleo, não resta nenhum segredo.

— Podemos ficar na piscina? — sugiro.

— Tem pessoas.

— Na praia?

— Também tem pessoas.

Olho pela janela, pensando.

— Podemos alugar um carro e passear ao longo da costa?

— Assim é que se fala — ele diz.

Ethan entrelaça as mãos atrás da cabeça e seus bíceps saltam de forma atordoante. Aborrecida por perceber, olho para os lados. E, porque ele é Ethan e nada lhe escapa, ele atrevidamente faz isso de novo.

— O que está olhando? — pergunta e começa a flexionar os bíceps alternadamente, falando em ritmo *staccato* para acompanhar. — Parece. Que. Olive. Gosta. De. Músculos.

— Você me lembra muito o Dane ao fazer isso — digo, reprimindo uma risada, mas não há necessidade, pois ela morre conforme Ethan muda o comportamento de repente.

Ele deixa cair os braços e se inclina para a frente, apoiando os cotovelos nas coxas.

— Bem, o.k. então.

— Isso é um insulto? — pergunto.

Ethan balança a cabeça e parece pensar na resposta por um tempo. Tempo suficiente para eu ficar aborrecida e ir para a cozinha preparar um café.

— Tenho a impressão de que você não gosta muito do Dane — ele diz, finalmente.

Ah, isso é terreno escorregadio.

— Eu gosto muito dele — afirmo para me proteger e sorrio. — Gosto mais dele do que gosto de você.

Na sequência, faz-se um silêncio estranho. Estranho, porque sabemos que isso não é verdade. Lentamente, a cara feia de Ethan se transforma em um sorriso.

— Mentirosa — ele diz.

— Tudo bem, admito que você não é mais Satanás, mas, com certeza, é um de seus seguidores — afirmo, trazendo duas canecas para a sala de estar e colocando a dele na mesa de centro. — Sempre achei Dane um cara meio molecão, que usa porta-garrafas da Budweiser, mas o que me confundia era como você poderia ser *pior*, quando parece tão mais centrado.

— O que quer dizer com "pior"?

— Ah, você sabe — digo. — Tipo o fato de você sempre convidá-lo para viagens malucas quando Ami tinha algo legal planejado. No Dia dos Namorados, vocês foram para Las Vegas. No ano passado, no aniversário do primeiro encontro deles, você o levou para a Nicarágua para surfar. No aniversário dela (bem, no nosso) de 31 anos, vocês foram esquiar em Aspen. Acabei comendo a sobremesa de aniversário grátis da Ami no Olive Garden, porque ela estava bêbada demais para segurar um garfo.

Ethan me encara, confuso.

— O que foi? — pergunto.

Ele balança a cabeça, ainda me encarando.

— Eu não planejei essas viagens — ele diz, finalmente.

— O quê?

Dando um sorriso amarelo, ele passa a mão pelo cabelo. O bíceps salta novamente, mas eu o ignoro.

— Dane planejou todas essas viagens. Na verdade, tive problemas com Sophie por ter ido com ele a Las Vegas no Dia dos Namorados. Mas não fazia ideia de que ele estava perdendo momentos planejados com a Ami. Achei que ele simplesmente precisava de um tempo com o irmão.

Há alguns instantes de silêncio em que reconfiguro minha memória de todas essas coisas, porque não sei dizer se ele está sendo sincero. Lembro-me de estar presente quando Dane contou para Ami da viagem para a Nicarágua, de como ele teria de perder o aniversário do primeiro encontro deles, e de como ela ficou arrasada. Ele disse "Ethan, o idiota, comprou passagens não reembolsáveis. Não posso dizer não, bebê".

Estou prestes a dizer isso a Ethan quando ele fala primeiro.

— Tenho certeza de que Dane não sabia que estava perdendo eventos planejados pela Ami. Ele não faria isso de propósito. Caramba, ele se sentiria péssimo.

Claro que Ethan veria dessa maneira. Se os papéis fossem invertidos, eu faria ou diria qualquer coisa para defender minha irmã. Dando um passo atrás mentalmente, tenho de admitir que agora não é hora de discutir isso e que não somos as pessoas indicadas para fazê-lo. Esse assunto é entre Ami e Dane, não entre mim e Ethan.

"Ethan e eu estamos numa boa; não vamos estragar isso, está bem?"

— Com certeza você tem razão — digo, e Ethan olha para mim com gratidão e talvez com um pouco mais de clareza também. Todo esse tempo, achei que ele estava por trás dessas viagens. Ele agora entende isso. Além de não ser o idiota crítico que achei que era, ele também não é a influência terrível que resultou nos sentimentos feridos de minha irmã. É muita coisa para assimilar.

— Vamos — digo. — Vamos nos trocar e arrumar um carro.

ETHAN PEGA MINHA MÃO quando saímos do hotel.

— Para o caso de cruzarmos com Sophie.

— Claro.

Pareço exatamente com uma *nerd* ansiosa em um filme adolescente, concordando com algo de pronto, mas tanto faz. Segurar a mão de Ethan é estranho, mas não totalmente desagradável. Na verdade, é legal que eu me sinta um pouco culpada. Nós não vimos Sophie e Billy desde o passeio de barco; assim, toda essa encenação de afeição é provavelmente desnecessária. Mas por que arriscar, não é mesmo?

Além disso, eu me tornei fã dessas mãos.

Alugamos um Mustang conversível verde-limão porque somos turistas idiotas. Tenho certeza de que Ethan espera uma discussão a respeito de quem deve assumir o volante, mas alegremente jogo as chaves para ele. Quem não quer apenas ser levada e observar a vista em Maui?

Ao alcançarmos a costa noroeste, Ethan acelera o máximo que pode; as pessoas simplesmente não dirigem em alta velocidade na ilha. Ele põe para tocar uma *playlist* do Muse, que eu veto, e coloco uma dos Shins. Ele resmunga e, em um semáforo, escolhe uma dos Editors.

— Não estou na *vibe* para isso — digo.

— Estou dirigindo.

— O problema é seu.

Com uma risada, Ethan sinaliza para que eu escolha alguma coisa. Coloco uma do Death Cab e ele abre um grande sorriso, que ilumina o sol. Com o som calmo soprando no ar ao nosso redor, fecho os olhos, encaro o vento, com minha trança solta chicoteando atrás de mim.

Pela primeira vez em dias, estou completamente *feliz*. Sem hesitação e sem nenhuma dúvida.

— Sou a mulher mais inteligente do mundo por sugerir isto.

— Gostaria de discutir só por discutir, mas não consigo.

Ethan sorri para mim e meu coração dá uma cambalhota inquieta, porque percebo que estou errada: pela primeira vez em *meses* — talvez anos — estou feliz. E com Ethan, principalmente.

Sendo uma especialista em autossabotagem, volto aos velhos hábitos:

— Isso deve ser difícil para você.

Ethan ri.

— Mas *é* divertido discutir com você.

Não é um soco, percebo. É um elogio.

— Pare com isso — digo.

Ele olha para mim e de volta para o caminho.

— Parar com o quê?

— Ser *legal*.

Quando ele torna a me olhar para ver se estou brincando, não consigo deixar de sorrir. Ethan Thomas está fazendo algo estranho com minhas emoções.

— Eu prometi ser irritante e presunçoso, não prometi?

— Prometeu — eu concordo. — Então, vá em frente.

— Sabe, para alguém que me odeia, você gemeu bastante durante a massagem que fiz em você — ele diz.

— Fique quieto.

Ele dá um sorriso malicioso e depois olha para a frente outra vez.

— "Pressione sem esticá-las."

— Tá. Fique quieto.

Ele solta seu maior riso; é um som que nunca ouvi, e é um Ethan que nunca vi: cabeça inclinada para trás e os olhos enrugados de alegria. Ele parece tão feliz quanto eu.

E, milagrosamente, passamos horas juntos sem discutir nenhuma vez. Minha mãe e minha irmã enviam mensagens de texto algumas vezes, mas eu as ignoro. Sinceramente, estou tendo um dos melhores dias de que me lembro. "A vida real pode esperar."

Exploramos a costa acidentada, encontramos diversas fendas de água de tirar o fôlego e paramos para comer *tacos* à beira da estrada perto de uma baía verde-azulada e cristalina, juncada de corais. Tenho quase quarenta fotos de Ethan no meu celular agora. Infelizmente, nenhuma delas pode ser usada para chantagem, porque ele está incrível em todas.

Ethan estica o braço, apontando para a tela do meu celular quando navego até uma foto dele. Está sorrindo tanto que eu poderia contar seus dentes, o vento batendo tão forte que pressiona sua camiseta contra o peito. Atrás dele, a água irrompe majestosamente da fenda até quase trinta metros de altura.

— Você deveria emoldurar esta para pôr em seu novo escritório — ele diz.

Olho por cima do ombro, sem saber se ele está brincando. Uma inspeção em sua expressão não esclarece as coisas para mim.

— É... Acho que não. — Inclino a cabeça. — Ela parece estranhamente obscena.

— Estava ventando! — ele protesta, claramente pensando que estou me referindo ao fato de que todo o contorno de seu peitoral está visível sob a camiseta azul. Ao que, a propósito, estou. Mas também...

— Estava falando da enorme ejaculação atrás de você.

Ethan fica em silêncio, e eu o olho de relance, chocada pela ausência de continuidade imediata do tópico. Ele parece estar mordendo a língua. Noto que desviei do campo do insulto e fui direto para o de papo sexual. Acho que ele está avaliando se tentei flertar.

Ele, então, parece decidir que não era o caso — o que é verdade, apesar de, agora que penso a respeito, talvez devermos — e se inclina para dar a última mordida em seu *taco*. Suspiro, deslizando para a próxima foto: uma que ele tirou de mim em frente à famosa pedra em forma de coração. Ethan espia por cima do meu ombro de novo e sinto que ambos ficamos paralisados.

De fato, é uma foto muito boa de mim: meu cabelo está para cima, mas solto da trança. Meu sorriso está enorme; não pareço a pessimista que sou. Pareço totalmente apaixonada pelo dia. E — inferno —, com o vento colando minha camiseta, meus peitos ficaram incríveis.

— Mande essa para mim? — ele diz baixinho.

— Claro. — Eu a envio e ouço um sininho quando seu celular a recebe. — Não faça com que eu me arrependa disso.

— Preciso de uma imagem certeira para minha boneca vodu.

— Bem, contanto que essa seja a sua intenção.

— Qual seria a outra opção? — ele pergunta em tom malicioso e não desiste do contato visual, que, de repente, insinua uma "coleção para bronha".

Volto a sentir o estômago revirar. Uma insinuação de masturbação. Humor sugestivo. Isso parece uma queda livre sem paraquedas.

— O que vamos fazer hoje à noite? — ele pergunta, desanuviando o astral.

— Devemos mesmo forçar a barra? — pergunto. — Estamos juntos há... — digo e pego o braço de Ethan para dar uma olhada no relógio — ... tipo, oitenta anos seguidos. Há hematomas, mas ainda não houve derramamento de sangue. Acho que devemos parar enquanto é tempo.

— O que isso quer dizer?

— Eu fico no quarto vendo Netflix e você perambula pela ilha para conferir suas horcruxes escondidas.

— Você sabe que para criar uma horcrux você tem de ter matado alguém, não sabe?

Fico olhando para ele, odiando a vibração que agita meu peito por ele entender a referência a *Harry Potter*. Sabia que Ethan gostava de livros, mas gostar dos mesmos tipos de livros que eu? Isso faz minhas entranhas derreter.

— Você acabou de tornar minha piada muito sombria, Ethan.

Ele amassa a embalagem do *taco*.

— Você sabe o que eu quero fazer?

— Ah... Sei, sim. Você quer jantar em um bufê!

— Eu quero beber. Estamos em uma ilha, em uma lua de mel falsa e o dia está maravilhoso. Sei que gosta de coquetéis, Octávia Torres, e eu nunca vi você embriagada. Tomar algumas bebidas pode ser divertido, não?

Eu hesito.

— Parece perigoso.

Minha resposta o faz rir.

— Perigoso? Como se fôssemos acabar nus ou mortos?

Ouvi-lo dizer isso é como levar um soco, porque é exatamente o que eu quis dizer com perigoso, mas a ideia de acabar morta não me assusta tanto quanto a primeira alternativa.

A CAMINHO DO HOTEL, paramos no estacionamento poeirento do Cheese-burger Maui, que oferece uma promoção de *mai tai* por 1,99 às quartas-feiras. Isso é animador, pois é quarta-feira e estou falida.

Distraidamente, Ethan se espreguiça no assento dianteiro. Eu definitivamente não aproveito para dar uma olhada em seu caminho da felicidade. Mas, se aproveitasse, notaria quão macios seus pelos entre o umbigo e o púbis são junto ao abdômen chapado...

— Pronta? — ele pergunta, e minha atenção passa rapidamente para seu rosto.

— Pronta — respondo com minha melhor voz contundente de robô. Com certeza, não sou pega desmaiando. Estendo a mão, acenando, e por um instante Ethan claramente acha que quero segurar sua mão. Ele observa isso, perplexo.

— As chaves — eu o lembro. — Se você vai ficar bêbado, eu vou dirigir.

Após Ethan perceber a lógica disso, arremessa as chaves para mim e, como sou a pessoa menos atlética do mundo, quase consigo pegá-las, mas as deixo cair em uma pilha de cascalho perto do pneu.

Ethan ri enquanto me apresso em recuperá-las. Depois disso, ele segura a porta do bar aberta para mim. Então, quando passo, meu cotovelo acerta seu estômago. Opa.

— Isso é o pior que consegue fazer? — ele pergunta, mal se contraindo.

— Caramba, eu odeio você.

— Não, você não odeia — ele diz com um resmungo atrás de mim.

O interior do restaurante é exagerado, brega e tão absolutamente mágico que paro de repente. Ethan bate contra as minhas costas, quase me jogando no chão.

— Que diabos, Olive?

— Olhe para esse lugar — respondo.

Há um tubarão de tamanho natural saindo da parede, um mural pirata completo no canto, um caranguejo usando um colete salva-vidas suspenso em uma rede no alto.

Em resposta, Ethan assobia.

— É uma coisa diferente.

— Estamos tendo um dia tão bom sem nos matar que vou ser educada e sugerir algum lugar um pouco mais pretensioso, se você preferir, mas não vi um bufê em nenhum lugar, então...

— Pare de agir como se eu fosse um esnobe. Gosto deste lugar — Ethan afirma, senta-se, pega um cardápio pegajoso e começa a consultá-lo com atenção.

Um garçom com uma camiseta do local para junto à nossa mesa e enche nossos copos com água.

— Vocês querem comer ou só beber?

Consigo perceber que Ethan está prestes a dizer "só beber", mas eu falo primeiro.

— Se ficarmos aqui por muito tempo, você vai precisar comer — digo.

— Acabei de comer *tacos* — ele argumenta.

— Você tem, tipo, um metro e noventa e cinco e pesa uns noventa quilos. Já vi você comer, e aqueles *tacos* não vão sustentá-lo por muito tempo.

O garçom murmura algo satisfeito ao meu lado, e eu olho para ele.

— Nós vamos dar uma olhada no cardápio.

Pedimos as bebidas. Então, estudando-me, Ethan apoia os cotovelos na mesa.

— Você está se divertindo?

Finjo estar concentrada no cardápio e não no desconforto que sinto com o teor sincero das palavras dele.

— Quieto. Estou lendo.

— Qual é? A gente não pode conversar?

Adoto minha melhor expressão confusa.

— O quê?

— Trocar algumas palavras. Sem papo furado — ele diz, com calma. — Eu pergunto algo a você. Você responde. Depois, você me pergunta algo.

— Tudo bem — respondo, gemendo.

Ethan me encara.

— Meu Deus, o quê? — pergunto. — Faça uma pergunta, então!

— Eu perguntei se você está se divertindo. *Essa* foi a minha pergunta.

Tomo um gole de água, projeto meu queixo e dou a Ethan o que ele quer.

— Tudo bem. Sim. Estou me divertindo.

Ansiosamente, ele continua a me observar.

— *Você* está se divertindo? — pergunto obediente.

— Estou — ele responde sem pestanejar, recostando-se na cadeira. — Esperava que isso fosse se tornar um verdadeiro inferno em uma ilha tropical, mas estou agradavelmente surpreso que só penso em envenenar suas refeições na metade do tempo.

— Um belo progresso — digo e levanto meu copo para brindar com Ethan.

— Então, quando você namorou pela última vez? — ele pergunta.

Quase engasgo com um cubo de gelo.

— Nossa, que evolução rápida.

Ethan dá uma risada e se contorce de uma maneira tão adorável que quero derramar a água no colo dele.

— Não queria que fosse uma invasão de privacidade. Ficamos conversando a respeito de Sophie ontem e me dei conta de que não perguntei nada a seu respeito.

— Certo — concordo. — Mas acho melhor não falarmos a respeito da minha vida amorosa.

— O.k., mas quero saber. Somos meio que amigos agora, não é? — ele diz.

Seus olhos azuis cintilam quando ele sorri, a covinha aparece e eu desvio o olhar, percebendo que os outros clientes também estão notando o sorriso de Ethan.

— Quer dizer, eu massageei suas nádegas ontem — ele prossegue.

— Pare de me lembrar disso.

— Qual é? Você gostou.

Gostei. Gostei mesmo. Depois de respirar fundo, digo-lhe:

— Meu último namorado foi um cara chamado Carl e...

— Como é? *Carl*?

— Olha, nem todos podem ter nomes tão *sexy* quanto Sophie — digo, mas imediatamente me arrependo porque isso o faz ficar emburrado, mesmo quando o garçom põe uma bebida alcoólica gigante e cheia de frutas diante dele. — Então, o nome dele era Carl. Meu Deus, ele era tão babaca.

— Por que ele era babaca?

— Terminei o namoro quando a empresa em que ele trabalhava, a 3M, se envolveu naquele escândalo de poluição da água, e ele ficou defendendo a empresa. Eu simplesmente não aguentei. Pareceu tão corporativo e nojento.

Ethan dá de ombros.

— Parece uma razão bastante razoável para terminar um namoro.

— E foi isso... — digo. Ethan já tomou cerca de metade de seu *mai tai*. A seguir, devolvo-lhe a pergunta. — Houve alguém desde Sophie?

— Alguns encontros com pessoas que encontrei por aplicativos — ele responde e termina de tomar o resto de sua bebida. Então, percebe minha expressão de desgosto. — Não é tão ruim.

— Imagino que não. Na minha cabeça, todos os caras no Tinder estão esperando que seja só sexo.

Ethan ri.

— Muitos caras provavelmente estão esperando só isso mesmo. Mas muitas mulheres também. Com certeza, não estou esperando transar no primeiro encontro.

— Então quando? No quinto? — digo, gesticulando para a mesa e, em seguida, fecho a boca, porque "EI, ISSO NÃO É UM ENCONTRO".

Felizmente, minha tolice coincide com a aproximação do garçom para anotar outro pedido de bebida. Quando ficamos sozinhos novamente, Ethan muda de assunto.

No fim das contas, Ethan é um bêbado muito fofo e feliz. Suas bochechas ficam rosadas, seu sorriso é permanente e, mesmo ao voltarmos a falar de Sophie, ele ainda está risonho.

— Ela não foi muito legal comigo — ele diz e depois ri. — E tenho certeza de que o fato de eu ter continuado com ela mesmo assim só piorou a situação. Nada é mais difícil em um relacionamento do que não respeitar a pessoa com quem você está — Ethan prossegue e apoia o queixo na mão pesadamente. — Eu não gostava de mim enquanto estava com ela. Estava disposto a tentar ser o cara que ela queria, em vez de ser quem realmente sou.

— Exemplos, por favor.

Ele volta a rir.

— O.k. Eis um exemplo que pode lhe dar uma ideia: fizemos uma sessão de fotos de casal.

— Camisas brancas e *jeans*, com uma cerca ao fundo? — pergunto, estremecendo.

Ele ri mais alto.

— Não, ela usou um traje branco e eu, um preto, diante de um celeiro artisticamente arruinado — ele diz e ambos gememos. — Mais digno de nota, porém, é que nunca brigamos. Ela não gostava de brigar. Então nunca podíamos discordar.

— Parece conosco — digo sarcasticamente, sorrindo-lhe.

Ethan ri e seu sorriso perdura enquanto ele me olha.

— É — diz. Após uma pausa que parece pairar pesada e expectante, ele respira fundo e afirma: — Eu nunca fui assim antes.

Caramba, consigo compreender isso mais do que sei expressar em palavras.

— Sinceramente, entendo você.

— Entende?

— Antes de Carl — começo, e Ethan ri de novo por causa do nome —, namorei um cara chamado Frank...

— *Frank?*

— Nós nos conhecemos no...

Mas Ethan não se dá por vencido...

— Sabe qual é o seu problema, Odessa?

— Qual é o meu problema, Ezra?

— Você só namora caras que nasceram na década de 1940.

Ignorando-o, prossigo.

— Seja como for, conheci Frank no trabalho. As coisas estavam correndo bem. Tínhamos uma vibração boa e sexual, *se é que você me entende* — afirmo, e espero Ethan rir disso, mas ele não ri. — Seja como for, certo dia, ele me viu surtando por causa de uma apresentação. Estava nervosa porque achei que não tinha tido tempo suficiente com o material para me sentir à vontade. E, eu juro, me ver assim fez com que ele perdesse completamente o tesão. Ficamos juntos por mais alguns meses, mas não foi mais o mesmo — prossigo e dou de ombros. — Talvez estivesse tudo só na minha cabeça, mas, sim, essa insegurança só piorou as coisas.

— Em que empresa você conheceu Frank?

— Na Butake.

Assim que digo isso, percebo que foi uma armadilha.

— *Bukkake* — ele cantarola, e eu empurro a água em sua direção.

— É *Butake*, seu tonto. Por que você sempre faz isso?

— Porque é *engraçado*. Por que eles não escolheram um nome mais adequado para a empresa por meio de algum teste com o público ou... Como é que se chamam mesmo?

— Grupos focais?

— Isso! — Ethan diz, estalando os dedos.

Percebo que estou olhando para ele com carinho ostensivo quando ele se inclina para a frente e toca meu queixo cuidadosamente com a ponta do dedo.

— Você está me olhando como se gostasse de mim — ele diz.

— São os óculos *mai tai* que você está usando. Eu odeio você tanto quanto antes.

— Sério? — Ethan pergunta, erguendo ceticamente uma sobrancelha.

— Sim — respondo mentindo.

Ele deixa escapar um resmungo baixinho e termina seu sexto *mai tai*.

— Achei que tivesse massageado suas nádegas muito bem, bem o suficiente para pelo menos ter passado para a categoria de *forte antipatia*.

Dan, o garçom, retorna e sorri galhofeiro para o simpático e maleável Ethan.

— Mais um?

— Chega — respondo rapidamente, ao que Ethan protesta com um "psiu" de bêbado.

Dan mexe as sobrancelhas para mim, como se eu pudesse me divertir muito com esse cara esta noite.

"Olha, Dan, só espero conseguir levá-lo para o carro", respondo também com o olhar.

Eu consigo, na verdade, mas é preciso Dan e eu para manter seu foco. Bêbado, Ethan está não só feliz, mas também muito amigável. Até nós três sairmos pela porta, Ethan recebe o número de telefone de uma ruiva engraçadinha, compra uma bebida para um homem que está usando uma camiseta do Minnesota Vikings e cumprimenta cerca de quarenta estranhos.

Ele fica tagarela docemente no caminho para o hotel: a respeito de Lucy, a cachorra que teve na infância; a respeito de como gosta de ir de caiaque a Boundary Water e como faz tempo que não vai; e se eu já provei picles com endro na pipoca (a resposta é "com certeza, sim"). No momento em que chegamos ao hotel, ele ainda está bastante bêbado, mas um pouco mais controlado. Passamos pelo saguão com apenas mais algumas paradas para que ele possa fazer novas amizades com estranhos.

Ele para e dá um abraço em um dos manobristas do estacionamento que nos ajudaram no *check-in*. Dou um sorriso de desculpas por cima do ombro de Ethan e verifico o nome em seu crachá: "Chris".

— Parece que os recém-casados estão se divertindo — Chris afirma.

— Talvez até demais — digo e me inclino em direção à rota de fuga. Quero dizer, ao caminho para o elevador. — Vou levá-lo lá para cima.

Ethan ergue um dedo e gesticula para Chris se aproximar.

— Quer ouvir um segredo?

Putz…

Sorridente, Chris chega mais perto.

— Claro.

— Eu *gosto* dela — Ethan sussurra.

— Espero que sim — Chris sussurra de volta. — Ela é sua esposa.

E meu coração dispara. "Ele está bêbado", digo a mim mesma. "São apenas palavras de um bêbado."

Em segurança na suíte, não posso deixar que Ethan desmaie na cama enorme. Ele estará com muita dor de cabeça pela manhã.

— Meu Deus, estou cansado demais — ele geme.

— Cansado demais de passear e beber?

Ethan ri, estendendo uma mão e deixando-a cair pesadamente em meu antebraço.

— Não foi isso que quis dizer.

Uma mecha de seu cabelo cai sobre um olho e fico bastante tentada a afastá-la. Para maior conforto, é claro.

Ergo a mão, tirando com cuidado a mecha da testa de Ethan. Ele olha para mim com tanta intensidade que fico com os dedos paralisados perto de sua têmpora.

— O que você quis dizer, então? — pergunto, baixinho.

Ethan não interrompe o contato visual nem mesmo por um segundo.

— É muito cansativo fazer de conta que eu odeio você.

Isso me deixa paralisada de imediato. Mesmo que agora eu saiba disso, a verdade ainda me afeta, então, pergunto.

— Você não me odeia?

— Não — Ethan diz e balança a cabeça dramaticamente. — Nunca odiei.

Nunca?

— Com certeza, não era essa a impressão que você me passava.

— Você foi muito má.

— *Eu* fui má? — pergunto, confusa.

Remonto a história em minha cabeça, procurando vê-la sob a perspectiva de Ethan. *Eu fui mesmo má?*

— Não sei o que eu fiz — diz e faz uma careta. — Mas isso não importava, porque o Dane me disse para nem tentar.

Estou bastante perdida.

— Ele disse para você não tentar o quê?

— Ele disse "nem pensar" — Ethan responde, falando arrastado.

Estou começando a entender o que ele está me dizendo, mas repito mesmo assim.

— Nem pensar em fazer o *quê*?

Com um olhar flutuante, Ethan me encara e estende a mão para segurar minha nuca. Durante alguns instantes, seus dedos brincam com minha trança e, então, ele me puxa para baixo com uma mão surpreendentemente cuidadosa. Eu não resisto. É quase como se, em retrospectiva, eu soubesse que este momento chegaria.

Meu coração está aos pulos enquanto nos movemos juntos. Depois de alguns beijos curtos e exploratórios, há um alívio desenfreado de algo mais profundo, com pequenos sons de surpresa e fome vindos de nós dois. Ethan está com gosto de álcool barato e contradição, mas ainda assim é, sem sombra de dúvida, o melhor beijo da minha vida.

Afastando-se um pouco, ele pisca para mim e diz:

— Isso.

Vou precisar ver se há um médico no hotel amanhã. Algo está definitivamente errado com meu coração: está aos pulos, quase saindo pela boca.

Ethan fecha os olhos e me puxa para baixo, para o seu lado da cama, aninhando seu longo corpo junto ao meu. Não consigo me mexer, mal consigo pensar. Sua respiração se equilibra e ele sucumbe a um sono embriagado. O meu chega muito mais tarde, sob o peso perfeito de seu braço.

CAPÍTULO 11

Abro a porta de nossa suíte o mais silenciosamente que posso. Ethan ainda não estava acordado quando finalmente desisti de esperar por ele e fui pegar algo para comer, mas ele está agora, sentado no sofá, só de cueca. Há tanta pele bronzeada para captar que isso faz meu pulso disparar. Vamos ter de conversar sobre o que aconteceu ontem à noite — o beijo e o fato de termos dormido juntos toda a noite, encolhidos como um par de parênteses —, mas provavelmente seria muito mais fácil se pudéssemos simplesmente pular a conversa embaraçosa e ir direto para os amassos novamente.

— Oi — digo baixinho.

— Oi.

Seu cabelo está uma bagunça, seus olhos estão fechados e ele está recostado como se concentrado somente na própria respiração ou no planejamento de uma petição para proibir todas as vendas de *mai tais* por 1,99.

— Como está a cabeça? — pergunto.

Ele responde com um grunhido rouco.

— Eu lhe trouxe umas frutas e um sanduíche de ovo — digo e mostro uma caixa de papelão, com mangas e frutas vermelhas, e um pacote embrulhado com o sanduíche.

Ele olha para ambos como se estivessem recheados com frutos do mar de um bufê.

— Você desceu para comer? — pergunta. A continuação "sem mim?" está claramente implícita.

O tom dele é de babaca, mas eu o perdoo. Ninguém gosta de sentir a cabeça latejando.

Deixando a comida na mesa, vou para a cozinha para pegar um café para ele.

— É, eu esperei por você até por volta das nove e meia, mas meu estômago estava digerindo a si mesmo.

— Sophie viu você sozinha lá?

A sensação é a do tranco de uma freada brusca. Eu me viro para encará-lo por sobre o ombro.

— Hum, o quê?

— Só não quero que ela ache que há problemas em nosso casamento.

Passamos toda a tarde de ontem falando a respeito de como ele está melhor sem Sophie; ele me beijou e, nesta manhã, está preocupado com o que ela pensa. Incrível.

— Você está se referindo ao nosso casamento *falso*? — pergunto.

Ethan esfrega uma mão na testa.

— Sim, exatamente — ele responde, abaixa a mão e olha para mim. — Então?

Trinco os dentes e meu peito fica apertado. Isso é bom. Sentir raiva é bom. Eu consigo sentir raiva de Ethan. É muito mais fácil sentir raiva do que sentir as borboletas apaixonadas.

— Não, Ethan, sua ex-namorada não estava no café da manhã. Nem o noivo dela, nem algum dos novos amigos que você fez no saguão ontem à noite.

— Os o quê? — ele pergunta.

— Esquece.

Obviamente, Ethan não se lembra. Ótimo. Podemos fazer de conta que o resto também não aconteceu.

— Você está de mau humor? — ele pergunta.

Solto uma risada seca e sarcástica.

— Se eu estou de mau humor? Está falando sério?

— Parece chateada…

— Pareço?

Respiro fundo e me aprumo. Pareço chateada? Ethan me beijou ontem à noite, disse coisas gentis, insinuando que talvez tivesse querido fazer isso há muito tempo, e depois apagou. Agora, ele está me interrogando a respeito de quem pode ter me visto pegando comida sozinha no restaurante do hotel. Não acho que minha reação seja exagerada.

— Estou ótima — concluo.

Ethan murmura alguma coisa e, em seguida, abre a tampa da caixa de papelão e espia seu interior.

— Isso é do...

— Não, Ethan, não é do bufê. Pedi um prato de frutas frescas. Trouxe isso para cima para economizarmos a taxa de entrega do serviço de quarto de doze dólares.

A palma de minha mão está coçando para dar um tapa nele pela primeira vez em dois dias. É maravilhoso.

— Obrigado — ele resmunga e, então, pega um cubinho de manga com os dedos. Olha para a fruta e depois começa a rir.

— Do que você está rindo?

— Acabo de me lembrar de uma namorada do Dane que tinha uma tatuagem de manga na bunda.

— O quê?

Ele mastiga a manga e engole antes de voltar a falar.

— Trinity. A garota com quem ele namorou, tipo, dois anos atrás.

Fecho a cara e o desconforto me domina.

— Não pode ter sido há dois anos. Ele e Ami começaram a namorar há três anos e meio.

— Sim, mas me refiro a antes que ele e Ami fossem exclusivos.

Diante dessas palavras, deixo cair a colher de açúcar que estou segurando e ela tilinta de forma dissonante no balcão. Ami conheceu Dane em um bar e, pelo relato dela, eles foram para casa naquela noite, transaram e nunca mais olharam para trás. Até onde sei, nunca houve um tempo em que *não fossem* exclusivos.

— Durante quanto tempo eles saíam com outras pessoas? — pergunto, com o máximo de controle possível.

Ethan morde uma amora. Ele não está olhando para mim, o que provavelmente é bom, porque tenho certeza de que pareço pronta para cometer um assassinato.

— Nos dois primeiros anos em que eles estavam juntos, não?

Curvando-me, aperto o alto do nariz, procurando dar vazão à Olive Profissional, que consegue manter a calma mesmo quando é desafiada por médicos arrogantes.

— Isso. Isso. — Posso perder o controle ou aproveitar este momento para extrair informações. — Eles se conheceram naquele bar, mas não foi até... Quando é que eles decidiram ser exclusivos um do outro mesmo?

Ethan olha para mim, percebendo algo em meu tom.

— Bem...

— Foi pouco antes de eles ficarem noivos? — pergunto.

144

Não sei o que vou fazer se ele concordar com esse tiro no escuro, mas, de repente, faz sentido que Dane se recusasse a se comprometer até que se sentisse pronto para contrair o sagrado matrimônio.

Meu cérebro não é nada além de fantasias de fogo e enxofre do inferno.

Ethan analisa minha expressão, como que tentando interpretar meu humor, mas sem sucesso.

— Lembra? Ele terminou com a outra mulher bem na época em que Ami tirou o apêndice e, então, ele a pediu em casamento.

Dou um soco no balcão.

— *Você está brincando comigo, porra?*

Ethan fica em pé de um salto e aponta o dedo para mim.

— Você me enganou! Não finja que Ami não sabia disso!

— Ami *nunca* achou que ele estivesse saindo com outras mulheres, Ethan!

— Então ela mentiu para você, porque o Dane conta tudo para ela!

Já estou balançando a cabeça e quero muito bater em Dane, mas Ethan está mais perto e será um ensaio fantástico.

— Você está me dizendo que Dane transou com várias mulheres durante os dois primeiros anos em que ele e Ami estavam juntos? E que ele fez você achar que Ami não se importava? Ela passou a recortar de revistas vestidos de noiva de que gostava poucos meses depois de começar o namoro com ele. Ela cuidou do casamento como se fosse um desafio de uma competição de TV para ganhar o máximo de coisas que conseguisse, o que a consumiu. Pelo amor de Deus, ela comprou um avental especificamente para assar *cupcakes* e *já escolheu o nome dos futuros filhos deles*. Será que Ami parece o tipo de garota que ficaria numa boa com um relacionamento aberto?

— Eu... — Ethan começa a falar e parece menos certo agora. — Talvez eu esteja enganado...

— Preciso falar com Ami — digo e me viro para ir ao quarto pegar meu celular.

— Não faça isso! — ele grita. — Olhe, se ele só contou isso para mim, então estou contando isso para você em segredo.

— Você só pode estar brincando. Sem chance de eu não falar com minha irmã.

— Meu Deus, Dane tinha razão.

Fico paralisada.

— O que isso quer dizer?

Ele ri, mas não é um som feliz.

— Sério, Ethan? O que isso significa?

Ele olha para mim e, com uma pontada, sinto falta da doce adoração em sua expressão da noite passada, porque a raiva agora é dolorosa.

— Fale logo — peço, mais baixinho agora.

— Dane me disse para eu não perder tempo com você. Que você é sempre zangada.

Isso me pega como um soco no estômago.

— Você acredita que eu quis convidá-la para sair? — E dá um sorriso amarelo.

— Do que você está falando? — pergunto. — Quando?

— Quando nos conhecemos — Ethan responde e se curva, apoiando os cotovelos nas coxas. Sua grande estatura forma uma letra C cansada, e ele passa uma mão de forma fantástica pelo cabelo bagunçado. — Aquela primeira vez, na feira, eu disse ao Dane como achei você bonita. Ele achou isso estranho. Que era estranho eu me sentir atraído por você. Tipo, isso significava que eu curtia a namorada dele ou algo assim, porque vocês são gêmeas. Ele me disse para não perder tempo com você, porque você era meio amarga e cética.

— Dane disse que eu era amarga? Amarga com o quê? — pergunto, embasbacada.

— Eu não sabia na época, mas parecia combinar com a maneira que você agia. Sem dúvida, você não gostou de mim desde o início.

— Só não gostei porque você era um idiota quando nos conhecemos. Você me observou comendo bolinha de queijo como se eu fosse a mulher mais repulsiva que você já tinha visto.

Confuso, ele me encara com os olhos semicerrados.

— Do que você está falando?

— Parecia tudo bem — eu digo. — Aí, enquanto todos estavam decidindo o que faríamos primeiro, fui comprar uma cestinha de queijo. Voltei, e você olhou para ela, depois para mim com completa repulsa; então saiu fora para acompanhar a competição de cerveja. Daí em diante, sempre pareceu sentir nojo de mim e da minha comida.

Ethan nega com a cabeça e fecha os olhos como se tivesse de dissipar essa realidade alternativa.

— Eu me lembro de conhecê-la, de ouvir que não deveria convidá-la para sair e, depois, de ir fazer minhas próprias coisas durante a tarde. Não me lembro do resto.

— Bem, eu com certeza me lembro.

— Isso explica o que você disse anteontem — ele afirma. — A respeito de não tirar sarro do seu corpo durante a massagem. Explica por que você sempre me tratou com tanto desprezo.

— Como é? Eu o tratei com desprezo? Você está falando sério?

— Você agiu como se não quisesse nada comigo depois daquele dia! — ele se exalta. — Eu estava tentando pôr minha cabeça no lugar pelo fato de me sentir atraído por você. E você interpreta isso como algo que tem a ver com seu corpo e com queijo? Meu Deus, Olive, isso é tão típico de você: focar no negativo em todas as suas relações!

Desconcertada, nem sei como digerir o que estou ouvindo, nem a inegável dor que sinto ao achar que Ethan talvez tenha razão. Minha atitude defensiva deixa de lado a introspecção.

— Bem, quem precisa ver o lado bom das coisas quando você tem um irmão que lhe diz que sou uma megera e que é para você ficar longe de mim?

Em rendição, Ethan levanta as mãos.

— Não vi nada que desmentisse o que ele disse!

Respiro fundo.

— Não lhe ocorre que sua atitude pode estimular a maneira como as pessoas reagem a você? Que você fere os meus sentimentos ao reagir dessa forma, tendo intenção ou não?

Fico aflita quando sinto minha garganta apertada por causa das lágrimas.

— Olive, não sei como dizer com mais clareza: eu estava a fim de você — ele murmura. — Você é muito atraente. E provavelmente eu estava tentando esconder a atração que tinha por você. Sinto muito por essa reação *totalmente não intencional*. Sinto mesmo, mas cada indicação que tive, de você ou de Dane, foi de que você achava que eu era uma perda de tempo.

— Não achava a princípio — digo, deixando o resto por dizer.

No entanto, com certeza ele capta o que está implícito em minha expressão: "Eu acho agora".

— Tudo bem — ele diz, com a voz rouca. — O sentimento é convenientemente mútuo.

— Que puta alívio — digo e olho para ele por um instante, apenas tempo suficiente para imprimir o rosto de Ethan no espaço dedicado a homens babacas e desprezíveis em minha enciclopédia mental. E então me viro, volto rapidamente para o quarto e bato a porta.

Cambaleando, caio na cama. Parte de mim quer levantar e fazer uma lista de tudo o que acabou de acontecer para que eu possa digerir depois de forma organizada. Tipo, não só Dane estava sendo promíscuo durante os dois primeiros anos de seu relacionamento com a minha irmã, mas ele disse a Ethan para não perder tempo comigo.

Porque Ethan queria me convidar para sair.

Não faço ideia do que fazer com essa informação que está bem em desacordo com a minha versão dos fatos. Até os últimos dias, nunca vi um indício de que Ethan queria alguma coisa comigo, nem sequer um lampejo de doçura ou carinho. Ele está inventando isso?

Quer dizer, por que ele faria isso?

Então, isso significa que Ethan tem razão a meu respeito? Eu interpretei mal o que aconteceu naquele primeiro dia e carreguei isso comigo nos últimos dois anos e meio? Será que um único olhar ambíguo de Ethan foi suficiente para me enviar a este lugar sem retorno, onde eu decido que somos adversários amargurados? Sou mesmo tão zangada?

Sinto estar perdendo o fôlego, mas o ar que me resta me leva de volta aos meus pensamentos: será que é mesmo possível que Ami soubesse que Dane estava saindo com outras garotas? Ela sabia que, desde o início, eu não gostava muito dele; então, tenho de pensar na possibilidade de que eles tivessem um acordo próprio, e de Ami não ter me contado porque sabia que eu me preocuparia ou protestaria por querer protegê-la. Sinceramente, é difícil conseguir imaginar Ami e Dane em um relacionamento aberto, mas, sendo verdade ou não, não posso ligar para ela de Maui e perguntar. Não é uma conversa para ter por telefone; é uma conversa face a face, com vinho e petiscos, e uma introdução cuidadosa.

Cubro minha boca com um travesseiro e grito. E, quando o afasto, ouço uma batidinha na porta do quarto.

— Caia fora!

— Olive, não ligue para Ami — Ethan diz, parecendo mais calmo.

— Não vou ligar para Ami. Agora, falando sério, me deixe em paz.

Silêncio no corredor. Alguns instantes depois, ouço o som seco e pesado da porta da suíte se fechando.

QUANDO ACORDO, É MEIO-DIA e os raios do sol se espalham vivamente sobre a cama banhando-me em um retângulo de luz. Afasto-me dele, direto para um travesseiro que tem o cheiro de Ethan. Pois é. Ele dormiu nessa cama comigo ontem à noite. Ele está em todos os lugares deste aposento: na fileira de camisas e camisetas penduradas no armário, nos sapatos alinhados ao lado da cômoda. Seu relógio, sua carteira, suas chaves e até seu celular estão lá. Até o som do mar está manchando o ar com a memória dele, de sua cabeça em meu colo no barco, lutando para superar o enjoo.

Por um instante sombrio, tenho um pouco de alegria com a imagem de Ethan sentado miseravelmente à beira da piscina, rodeado por pessoas com quem gostaria de fazer amizade quando bêbado, mas que geralmente evitaria quando sóbrio. Porém, a alegria desaparece quando me lembro de tudo a respeito de nossa briga: a realidade de que passei os últimos dois anos e meio odiando-o por uma reação que ele teve que absolutamente não foi o que pensei que fosse, e a realidade de que a questão envolvendo Ami e Dane não vai ser resolvida por mais alguns dias pelo menos.

O que me deixa com apenas uma coisa para remoer: o fato de Ethan admitir que queria me convidar para sair.

É realmente uma reescrita de minha história e requer muitas manobras mentais. Claro que achei Ethan atraente quando o conheci, mas personalidade é tudo e a dele deixou um buraco gigante na coluna de atributos positivos. Isto é, até esta viagem, quando ele foi não apenas o melhor companheiro, mas também totalmente adorável em diversos momentos... E, frequentemente, com o tronco nu.

Solto um gemido e me levanto, caminhando até a porta do quarto e espiando. Nenhum sinal de Ethan na sala de estar. Corro para o banheiro, fecho a porta e abro a torneira, molhando meu rosto. Olho-me no espelho, pensando.

Ethan queria me convidar para sair.

Porque Ethan *gostava* de mim.

Dane lhe disse que sou sempre zangada.

Provei que ele tinha razão naquele primeiro dia.

Meus olhos se arregalam quando uma possibilidade adicional me ocorre: "E se Dane não queria que eu namorasse seu irmão?". E se ele não me quisesse envolvida em suas tramoias, sabendo que era ele quem estava planejando todas aquelas viagens, que ele estava saindo com outras mulheres e sabe Deus o que mais?

Dane usou Ethan como bode expiatório, como escudo. E usou a conveniência de minha reputação de ranzinza para criar uma zona de proteção. Que babaca!

Saindo com ímpeto do banheiro, viro à esquerda para começar minha busca por Ethan e topo diretamente com a parede de tijolos que é seu peito. O som gutural que deixo escapar é cômico ao nível de desenho animado. Ele piora as coisas pegando-me facilmente e me mantendo a distância, olhando para baixo com cautela. Tenho a imagem absurda de Ethan me segurando pela testa, com o braço estendido, enquanto tento golpeá-lo com braços ineficazmente curtos.

Recuando, pergunto:

— Onde você estava?

— Na piscina — ele responde. — Vim pegar meu celular e minha carteira.

— Aonde você vai?

Indiferente, ele dá de ombros.

— Não sei.

Ethan está se protegendo novamente. Claro que está se protegendo. Ele admitiu que se sentia atraído por mim e, até esta viagem, sempre fui rude com ele. Então, num rompante, saí da sala depois de insinuar que ele ainda é uma perda de tempo.

Nem sei por onde começar. Percebo agora que tenho muito a dizer a respeito de nós dois. Quero iniciar por um pedido de desculpas, mas é como tentar escoar água através de um tijolo: as palavras simplesmente não saem.

Começo com outra coisa:

— Não estou tentando fazer aquela coisa que faço, de procurar a pior explicação possível para as coisas, mas... você acha que Dane estava tentando nos manter afastados?

Imediatamente, Ethan fica emburrado.

— Não quero falar a respeito de Dane *nem* de Ami neste momento. Não podemos falar disso com eles enquanto nós estamos aqui e eles estão lá.

— Eu sei, o.k., me desculpe — digo e olho para ele por um instante. Vislumbro apenas um lampejo de emoção em sua expressão. É o suficiente para me dar coragem para seguir em frente. — Mas devemos falar a respeito de nós?

— Que "nós"?

— O "nós" que está tendo esta conversa? — sussurro, com os olhos significativamente arregalados. — O "nós" que está passando estas férias juntos, tendo uma briga, desenvolvendo... sentimentos.

Ethan estreita os olhos.

— Não acho que "nós" seja uma ideia muito boa, Olive.

Esta negação é boa; a discórdia é familiar. Fortalece minha determinação.

— Por quê? Por que nós discutimos?

— Esse é um termo bastante leve para o que fazemos.

— Eu *gosto* que discutamos — digo, pondo para fora palavras difíceis e delicadas. — Sua ex-namorada nunca quis discordar. Meus pais não se divorciam, mas não se falam. E, sei que você não quer falar a respeito disso, mas sinto que minha irmã está em um casamento em que... — interrompo-me para que não sigamos por esse caminho mais uma vez e para que eu não acabe ficando com raiva — ... não conhece o marido tão bem, na verdade. Mas sempre foi seguro para *nós* dizermos exatamente o que estamos pensando um para o outro. É uma das minhas coisas favoritas sobre estar com você. Você tem isso com todo mundo? — pergunto e, quando ele não responde de pronto, prossigo. — Sei que não tem.

Suas sobrancelhas descem e posso ver que ele está processando isso em sua mente. Ele pode estar bravo comigo, mas pelo menos está ouvindo.

Ansiosa, mordo o lábio, fitando-o. É hora de uma mudança de direção.

— Você disse que sou muito atraente.

Impaciente, Ethan Thomas revira os olhos.

— Você sabe que é.

Inspiro fundo e prendo o ar. Mesmo que nada aconteça quando voltarmos para casa — e pode ser mais inteligente para nós dois se mantivermos distância um do outro, porque quem sabe que precipitação radioativa vai ocorrer quando eu finalmente falar com Ami —, sinceramente duvido que seremos capazes de não tocar um no outro pelos próximos cinco dias. Ao menos eu sei que não serei.

Minha raiva contra Ethan se dissolveu em um carinho e uma atração tão intensos que é difícil não abraçá-lo neste corredor, agora mesmo, quando está exibindo seu semblante carrancudo — sobrancelhas franzidas e lábios crispados.

Encaro-o com os olhos contraídos. Não tenho medo de recorrer à sedução barata.

Pego na mão dele, e o movimento *acidentalmente* pressiona meus seios um contra o outro.

Ethan percebe. Suas narinas se dilatam e sua vista se fixa mais para cima em meu rosto, como se ele estivesse tentando não olhar para baixo. Sem dúvida, Ethan Thomas é um homem ligado em peitos.

Ansiosa, mordo o lábio e ranjo os dentes, movendo-os de um lado para o outro. Em resposta, ele passa a língua pelos lábios e engole em seco.

Avanço mais um passo na direção dele, estendo o braço e apoio a outra mão em seu estômago. Santo Deus, é firme e quente, e se contrai um pouco sob a ponta dos meus dedos. Minha voz treme, mas sinto que o estou afetando, e isso me dá confiança para continuar.

— Você se lembra de ter me beijado ontem à noite?

Ethan pisca para o lado e solta o ar com força, como se tivesse sido pego.

— Sim.

— Mas você realmente se *lembra*? — pergunto, avançando mais um passo, de modo que estamos quase peito a peito.

Ele hesita e, em seguida, olha para mim.

— O que você quer dizer?

— Você se lembra do beijo em si? — pergunto e arranho levemente seu estômago, até a bainha de sua camiseta, e deslizo meu polegar por baixo, acariciando. — Ou você só se lembra de ter acontecido?

Ethan volta a passar a língua nos lábios. Um fogo irrompe dentro de mim.

— Sim.

— Foi bom?

Percebo que sua respiração também está acelerada agora. Diante de mim, seu peito sobe e desce rapidamente. Também sinto que mal consigo obter oxigênio suficiente.

— Sim.

— Cadê seu vocabulário, Elvis?

— Foi bom — ele consegue dizer e revira os olhos, mas também consigo vê-lo lutar contra um sorriso.

— Bom como?

Ele faz um muxoxo, como se quisesse discutir sobre por que estou perguntando quando obviamente também estava lá. Porém, o calor em seus olhos me diz que ele está tão excitado quanto eu e está disposto a entrar no jogo.

— Foi o tipo de beijo que parece uma transa — ele revela.

Todo o ar é sugado para fora dos meus pulmões, e eu fico olhando para ele, sem palavras. Esperando que ele dissesse algo mais tranquilo, não algo que dispararia minha libido.

Ao correr as duas mãos pelo peito de Ethan, percebo que ele quase não consegue se conter. Tenho que ficar na ponta dos pés para alcançá-lo, mas não me importo que ele esteja fazendo com que eu tenha de me esforçar. Com seu olhar fixo no meu, ele não se curva até que eu esteja bem ali, no limite de onde consigo chegar.

Mas, então, ele se entrega completamente: com um leve gemido de alívio, seus olhos se fecham, seus braços enlaçam minha cintura e ele cobre minha boca com a sua. Se o beijo da noite passada pareceu um impulso de embriaguez, este parece uma entrega completa. Ele captura minha boca lentamente e, em seguida, me devora.

É divino enterrar minhas mãos em seu cabelo sedoso, sentir a maneira com que ele me ergue do chão para que eu fique a sua altura, alto o suficiente para que eu envolva sua cintura com as minhas pernas. Seu beijo me desfaz. Não posso me envergonhar por ceder tão rapidamente ao apetite selvagem porque ele está como eu, quase frenético.

Falo uma única palavra junto à sua boca:

— Quarto.

Ethan me carrega pelo corredor, manobrando meu corpo com facilidade para passarmos pela porta, em direção à cama. Quero engolir seus leves ruídos, a expiração que irrompe dele quando puxo seu cabelo, ou lambo seu lábio, ou movo minha boca para seu queixo, seu pescoço, sua orelha.

Eu o puxo para cima de mim quando ele me põe no colchão, tirando sua camiseta antes mesmo que seu peito toque no meu. Toda aquela pele lisa, quente e bronzeada sob minhas mãos me deixa alucinada, como se estivesse febril. *Da próxima vez*, penso. *Da próxima vez, vou despi-lo lentamente e curtir cada centímetro revelado, mas, agora, só preciso sentir seu peso sobre mim.*

A boca de Ethan desce por meu corpo; as mãos, já familiarizadas com minhas pernas, agora exploram meus seios, meu ventre, a pele delicada ao lado dos ossos do quadril, e mais abaixo. Quero tirar uma foto dele assim: seu cabelo macio roçando meu ventre enquanto ele se encaminha para baixo, seus olhos fechados de prazer.

— Acho que este é o período mais longo que passamos sem discutir — Ethan murmura.

— E se tudo isso foi apenas um truque para conseguir uma boa foto para chantagem? — E fico sem fôlego quando seus beijos cruzam meu umbigo em uma linha de calor.

— Sempre quis alguém que gostasse de um golpe extenso — Ethan responde e mostra os dentes, mordendo a junção sensível da cintura com a coxa.

Começo a rir, mas então um beijo é pressionado entre minhas pernas, onde estou superaquecida e dolorida, e Ethan estende a mão, apoiando a palma sobre meu coração para senti-lo martelar. Com foco e sons tranquilos e encorajadores, ele me faz desmantelar tão integralmente que viro uma bagunça demolida e risonha em seus braços.

— Tudo bem aí, Olívia? — ele pergunta, chupando gentilmente meu pescoço.

— Pergunte depois. Não verbais agora.

Seu rugido me diz que está satisfeito com essa resposta; dedos famintos deslizam sobre meu ventre, meus seios, meus ombros.

Consigo me recompor, tentada demais por suas clavículas, por seus pelos do peito e por seu abdome. Com os lábios entreabertos e os dedos enredados folgadamente em meu cabelo, Ethan me observa descer por seu corpo, beijando-o, saboreando-o, até que ele interrompe com olhos tensos e sombrios.

Estendendo as mãos, ele me puxa de volta para cima e se coloca sobre mim em uma impressionante demonstração de agilidade. Sinto o ar pressionando-se docemente para fora de meus pulmões e o deslizar acetinado de seu corpo sobre o meu.

— Tudo bem? — ele pergunta.

Eu discordaria dele a respeito da palavra "bem", uma vez que está tudo claramente *sublime*, mas agora não é hora para minúcias.

— Está, sim, perfeito.

— Você quer? — Ethan pergunta e suga meu ombro, subindo a mão quente por meu quadril, minha cintura e minhas costelas, depois descendo-a novamente.

— Sim. E você?

Ethan faz que sim com a cabeça em cima de mim e, em seguida, ri baixinho, preparando-se para um beijo.

— Quero muito mesmo.

Meu corpo grita "sim", tanto quanto minha mente grita "controle de natalidade".

— Espere. Camisinhas — gemo em sua boca.

— Tenho algumas — ele salta, e fico tão distraída com a visão dele atravessando o quarto que levo um instante para me dar conta do que ele disse.

— Com quem você planejava fazer sexo nesta viagem? — pergunto, com uma carranca de mentira. — E em qual cama?

Ele rasga o pacote de camisinhas e me olha de relance.

— Não sei. Melhor estar preparado, não é?

— Você estava achando que iria transar *comigo*?

Ethan ri e abre a embalagem de alumínio com os dentes.

— Com certeza, não com você.

— Grosso.

Ele volta para cama, oferecendo-me uma bela vista.

— Acho que teria sido um delírio meu achar que poderia ter essa sorte algum dia.

Será que Ethan sabe que escolheu as palavras perfeitas para completar essa louca sedução? Mal posso discutir; estar com ele neste momento também representa a sorte mais incrível que já tive. Quando ele sobe em mim, pressionando sua boca na minha, passando a mão pela minha coxa para segurar meu joelho e puxá-lo sobre seu quadril, discutir é, de repente, a última coisa que passa pela minha cabeça.

CAPÍTULO 12

Ethan olha para mim, sorri, depois abaixa a cabeça e cutuca seu almoço. É uma expressão ironicamente tímida em comparação com o pervertido que, apenas meia hora atrás, me observava com a intensidade de um predador enquanto eu me vestia. Quando lhe perguntei o que estava fazendo, ele respondeu: "Estou tendo um momento".

— Que tipo de momento você estava tendo? — pergunto agora e Ethan levanta os olhos.

— Momento... Como assim?

Percebo que estou esperando um elogio. Enquanto eu me vestia, Ethan ficou me assistindo com um desejo que não vi em seus olhos na noite do *mai tai*. Mas acho que ainda estou naquele estado de inconsciência estranha em que não acredito que realmente estamos nos dando tão bem e, ainda por cima, nos divertindo juntos e nus.

— No quarto — eu digo. — Tendo um momento.

— Ah, sim... — ele se retrai. — Claro. É que dei uma pirada depois de ter transado com você.

Dou uma risada. *Acho* que ele está brincando.

— Obrigada por ser consistente com sua marca registrada.

— Não, é sério, eu gostei de ver — ele afirma, tentando consertar a mancada com um sorriso. — Gostei de ver você se vestindo.

— Achei que a parte de tirar a roupa seria o destaque.

— Foi. Acredite — Ethan diz e dá uma mordida, mastiga e engole enquanto me observa. Algo em sua expressão me leva a uma hora atrás, para o momento em que ele ficava sussurrando "é bom, muito bom" em meu ouvido antes de eu me desmanchar embaixo dele. — Mas, depois, ver você se recompor foi...

Ele olha por cima do meu ombro, procurando a palavra certa, e acho que vai ser uma incrível — "*sexy*", "sedutor" ou talvez "de mudar a vida" —, mas então sua expressão se torna amarga.

Aponto meu garfo para ele.

— Essa não é uma cara muito boa para esta conversa.

— Sophie — ele diz, tanto em explicação como em saudação, enquanto ela se aproxima de nossa mesa, com um coquetel em uma mão e a mão de Billy na outra.

Claro. Quer dizer, *claro* que ela tinha de se aproximar agora, usando um biquíni sob uma saída de praia minúscula e transparente, parecendo ter acabado de sair do *set* de uma sessão de fotos de uma revista de moda. Enquanto isso, meu cabelo está parecendo um monte de feno, estou sem maquiagem e suada de sexo, usando bermuda de corrida e uma camiseta que exibe embalagens de ketchup e mostarda sorridentes dançando juntas.

— Oi, pessoal!

A voz de Sophie é tão aguda que é como se alguém soprasse um apito ao lado de minha cabeça.

Observo Ethan do outro lado da mesa, eternamente curiosa para saber como esse relacionamento funcionou outrora: Ethan com sua voz grave e quente; Sophie com sua voz de camundongo de desenho animado. Ethan com seu olhar atento; Sophie com seus olhos irrequietos em busca da próxima coisa interessante que verá. Ele também é muito maior do que ela. Por um segundo, eu o imagino carregando Sophie por Twin Cities em um canguru para bebê e tenho que conter uma gargalhada gigante.

Deixamos escapar um "oi" sem energia em uníssono.

— Almoçando tarde? — ela pergunta.

— Sim — Ethan responde e, então, assume uma expressão artificial de felicidade conjugal. Se *eu* percebo como é forçada, Sophie, sua namorada de quase dois anos, provavelmente também não se deixa enganar. — Passamos o dia no quarto.

— Na *cama* — acrescento, bem alto.

Ethan olha para mim como se eu fosse eternamente incorrigível. Expele o ar em um fluxo longo e paciente. Para variar, não estou mentindo e ainda pareço uma doida.

— Nosso dia foi assim ontem — Sophie diz e olha para Billy. — Foi divertido, não foi?

Essa coisa toda é muito estranha. Quem fala esse tipo de coisa para o outro?

Billy concorda com a cabeça, mas não olha para nós. Quem pode censurá-lo? Ele não quer ficar conosco. Assim como nós não queremos ficar com eles. Porém, a reação dele não é suficiente para Sophie, porque uma fisionomia carregada toma conta do rosto dela. Ela olha para Ethan, de forma esfomeada, e logo desvia o olhar, como se fosse a mulher mais solitária do planeta. Pergunto-me como Ethan se sentiria se levantasse os olhos e percebesse o anseio nostálgico deslavado na expressão de Sophie; a expressão de "Será que cometi um erro?", mas ele voltou a cutucar seu macarrão distraidamente.

— Então — Sophie diz, olhando diretamente para Ethan.

Parece que ela está enviando mensagens com o poder de sua mente, mas aparentemente elas não estão chegando ao destinatário.

Finalmente, Ethan levanta os olhos com uma expressão vazia forçada.

— Hein?

— Talvez possamos beber algo juntos mais tarde. Nós nos falamos?

Sem dúvida, Sophie está perguntando a ele, no singular, não a nós, no plural. E suponho que Billy também não esteja incluído no convite.

Gostaria de perguntar a ela: "Agora você quer conversar? Você não conversava quando ele era seu!".

Mas eu me contenho. Olho para Billy para ver se ele também sente isso, mas ele tirou o celular do bolso e está olhando o Instagram.

— Eu não… — Ethan olha para mim, com as sobrancelhas retraídas. — Quer dizer, talvez?

Eu o examino com uma expressão do tipo "Você está falando sério?", mas ele não percebe.

— Me manda uma mensagem? — ela pergunta baixinho.

Ethan deixa escapar um som confuso de concordância e eu quero tirar uma foto das expressões dela e dele para mostrar a Ethan mais tarde e fazê-lo explicar o que diabos está acontecendo. Sophie está arrependida de ter terminado com Ethan? Ou ela só está incomodada porque ele está "casado" e não sofrendo por ela?

Essa dinâmica é fascinante… E muito, muito estranha. Não há outra maneira de explicar isso.

Eu me permito imaginar essa pessoa borbulhante diante de mim deixando um bilhete que diz simplesmente: "Acho que não devemos nos casar. Desculpe".

E, na verdade, posso ver isso perfeitamente. Na superfície, ela é doce, mas provavelmente terrível em comunicar emoções negativas. Enquanto isso, sou como uma criança azeda na superfície, mas detalharei com muita alegria todas as maneiras pelas quais acho que o mundo está indo para o inferno.

Depois de hesitar por mais alguns instantes, Sophie puxa o braço de Billy e eles seguem em direção à saída.

Ethan solta um longo suspiro mirando seu prato.

— Sério, por que eles insistem em socializar conosco? — pergunto.

Ethan desconta seus sentimentos irritados em um pedaço de frango, apunhalando-o cruelmente.

— Sei lá. Não faço ideia.

— Acho que beber hoje à noite seria uma má ideia.

Viro-me para observar o traseiro grande e firme em retirada e, em seguida, olho de volta para Ethan.

— Você está bem?

Quer dizer, nós transamos há uma hora. Mesmo com sua ex-namorada onipresente vagando pelo hotel, a resposta correta aqui é "sim", certo?

Ethan concorda e me dá o que já aprendi a identificar como um sorriso falso.

— Estou legal.

— Ótimo, porque eu estava prestes a virar a mesa por causa do jeito que ela estava olhando para você com cara de cachorro triste.

Ethan levanta a cabeça.

— Ela o quê?

Não gosto de como isso o animou imediatamente. Quero ser honesta com ele, mas minhas palavras saem forçadas.

— Ela deu a impressão de querer fazer contato visual com você.

— Nós *fizemos* contato visual. Ela nos chamou para beber juntos mais tarde…

— É… não. Ela quer beber só com *você* mais tarde.

Ethan procura parecer deliberadamente indiferente a respeito disso, mas faz um péssimo trabalho. Ele está lutando contra um sorriso exultante.

E eu entendo. Quem não gostaria de exibir seu novo e reluzente relacionamento na cara da pessoa que o largou? Mesmo os melhores entre nós não estão acima desse tipo de mesquinhez. Mesmo assim, um mal-estar toma conta de mim. Neste momento, não estou apenas desconfiada, mas também me sinto humilhada. Uma trepada de férias muito óbvia. No mínimo, cara, deixe de lado seu tesão por sua ex por seis horas depois de transar com outra garota.

Tenho de me conter.

Isso é exatamente aquilo que faço: suponho o pior. Preciso de uma pausa. Levanto-me e largo o guardanapo na mesa.

— Vou subir e tomar um banho. Acho que quero comprar algumas lembranças nas lojas do hotel.

Ethan também se levanta, mais por surpresa do que por cortesia, eu acho.

— O.k. Eu poderia...

— Não, está tudo bem. Nos vemos mais tarde.

Ele não diz mais nada. Quando olho para trás, perto da saída, sua expressão está escondida: ele voltou a se sentar e está olhando para o prato de comida.

A SHOPPING-TERAPIA É REAL e gloriosa. Posso passar horas nas lojas do hotel e encontro alguns presentes de agradecimento para Ami, algumas lembranças para meus pais e até uma camiseta para Dane. Ele pode ser um babaca, mas nos proporcionou esta viagem ao perder sua lua de mel.

Embora possa me perder no vazio mental de examinar as bugigangas caríssimas da ilha, no fundo, o zumbido baixo de irritação com Ethan permanece, acompanhado pelo estresse latejante da dúvida sobre se foi um erro terrível termos transado. É possível que sim e, nesse caso, acabamos de tornar os cinco dias restantes aqui exponencialmente mais estranhos do que seriam se ainda nos odiássemos.

Hoje foi um dia emocionalmente desgastante: acordar com a lembrança de um beijo, uma briga com Ethan, a descoberta sobre Dane, a reconciliação, o sexo e, então, o previsível encontro diário com Sophie, que trouxe um monte de incertezas entre nós. Este dia já durou quatro anos.

Toda vez que estou chateada, recorro à minha irmã em primeiro lugar. Pego o celular e me concentro nas palmeiras balançando acima pelo reflexo. Quero saber se ela está bem. Quero saber se Dane está por perto, saber o que ele tem feito e com quem. Realmente quero um conselho dela em relação a Ethan, mas sei que não posso falar a respeito de nada disso sem explicar todos os detalhes.

Não posso fazer isso por telefone. Tampouco por mensagem de texto. Assim, precisando de alguma âncora em casa, envio uma mensagem para Diego.

> Quais são as novidades da tundra congelada?

> Tive um encontro ontem à noite.

> Foi bom?

> Bem, o cara estendeu a mão para tirar um resto de comida dos meus dentes sem avisar.

> Então... não?

> Deduzo que você e Ethan ainda não se mataram?

> Quase, mas ainda não.

Agora definitivamente não é o momento de dar a notícia de que Ethan e eu transamos, e Diego definitivamente não é a pessoa indicada para ficar sabendo disso; eu perderia todo o controle sobre a mensagem.

> Bem, tenho certeza de que você está conseguindo sofrer durante as férias dos sonhos.

> Exatamente. É incrível. Mesmo sem poder reclamar. Como está Ami?

> Desnutrida, entediada, casada com um mano.

> E mamãe e papai?

> Dizem que seu pai trouxe flores para ela, que arrancou cada pétala e as usou para soletrar *PUTA* na neve.

> Uau. Só... uau.

> Ou seja, está tudo igual por aqui.

Eu suspiro. Isso é exatamente o que me preocupa.

> O.k. Vejo você em alguns dias.

> Saudade, *mami*.

> Saudade de você também.

Volto para a suíte com as minhas sacolas, supondo — talvez esperando — que Ethan não esteja para que eu possa usar a calma do meu cérebro pós-compras para descobrir como vou lidar com ele.

Mas é claro que ele está na suíte, de banho tomado, vestido e sentado na varanda, lendo um livro. Ele me ouve entrar, levanta-se e vem para o lado de dentro.

— Oi.

Basta olhá-lo para me lembrar do que aconteceu apenas algumas horas atrás: como ele me fitou, seus movimentos desacelerados pouco antes de gozar, os olhos pesados, a boca frouxa de prazer. Largo as sacolas em uma cadeira na sala de estar e me ocupo de vasculhá-las para fazer de conta que estou procurando algo.

— Oi — respondo, falsamente distraída.

— Quer sair para jantar? — ele pergunta.

Meu estômago ronca, mas minto.

— Hum… Não estou com tanta fome.

— Ah. Só estava esperando para ver…

Ele para de falar e coça o queixo, ligeiramente aborrecido.

Minha resposta não tem nenhuma relação com isso, mas é o que meu cérebro decide lançar ao quarto.

— Achei que você poderia estar tomando drinques com Sophie.

Ele tem a coragem de parecer confuso.

— Eu… não?

— Você poderia ter saído para jantar sem mim, sabe — digo. Não tenho nada para fazer com as mãos, então enrolo agressivamente minha sacola de plástico das compras e a enfio mais fundo na cadeira. — Não precisamos fazer todas as refeições juntos.

— E se eu *quisesse* ir com você? — ele pergunta, observando-me, claramente descontente. — Isso quebraria suas novas regras confusas?

— Regras? Que regras? — Rio alto.

— Do que você está falando?

— Você dorme comigo, depois seu cérebro tem uma flatulência emocional quando estamos em frente à sua ex. Eu diria que isso é quebrar uma regra bem grande.

Ele fica imediatamente emburrado.

— Espere. Isso tem a ver com a *Sophie*? É outra má interpretação da situação, tipo a do queijo?

— Não, Ethan, não é. Não dou a mínima para a Sophie. Tem a ver comigo. Você ficou mais focado na reação dela em relação a você do que ficou no que *eu* estava sentindo no momento. Não costumo me colocar em situações em que sou um estepe ou uma distração, então você provavelmente pode entender que também foi estranho para mim vê-la. Mas sua consciência disso foi zero. E, obviamente, é de se esperar, se você não tiver sentimentos por mim, mas... — Murcho feito tonta. — Enfim. Não tem nada a ver com a Sophie.

Ethan pausa, a boca aberta como se quisesse falar, mas sem saber o que dizer.

— O que a faz pensar que não tenho sentimentos por você?

É minha vez de hesitar.

— Você não disse que tem.

— Também não disse que não tenho.

Sinto-me tentada a continuar com essa imbecilidade só para ser birrenta, mas alguém tem de se comportar como adulto aqui.

— Por favor, não finja que não entende por que estou chateada.

— Olive, nós mal tivemos uma conversa depois que fizemos sexo. Que razão você tem para ficar brava?

— Você surtou totalmente durante o almoço!

— Você está surtando agora!

Percebo que Ethan não está negando nada do que eu disse.

— É claro que vou ficar chateada vendo você curtir quietinho o ciúme de Sophie depois de ter acabado de transar comigo.

— "Curtir quietinho"...? — Ele para, balançando a cabeça. Ethan ergue as mãos, em um pedido de cessar-fogo temporário. — Podemos apenas ir jantar? Estou morrendo de fome e não faço ideia do que está acontecendo aqui.

TALVEZ DE FORMA NADA surpreendente, o jantar é tenso e silencioso. Ethan pede uma salada, eu peço uma salada. Claramente, não queremos ter de esperar muito até que nossa comida chegue. Além disso, ambos evitamos o álcool, embora eu sinceramente precisasse de algumas margaritas.

Logo que a garçonete se afasta, pego meu celular e finjo estar incrivelmente ocupada, mas, na verdade, só estou jogando pôquer.

Evidentemente, eu tinha razão: o sexo foi um grande erro, e agora ainda temos mais cinco dias juntos. Devo engolir essa, sacar o cartão de crédito e pegar um quarto só para mim? Seria uma despesa enorme, mas talvez permita que as férias continuem... divertidas. Eu poderia fazer todas as atividades restantes em minha lista; mesmo que seja 30% da diversão de fazê-las com Ethan, ainda será 100% mais divertido do que se tivesse ficado em casa.

— Olive.

Levanto a vista, surpresa, quando ele diz isso, mas então não continua imediatamente.

— Sim?

Ele desdobra o guardanapo, coloca-o no colo e se apoia nos antebraços, encontrando meus olhos.

— Desculpe.

Não sei dizer se é um pedido de desculpas pelo almoço, pelo sexo ou por cerca de uma centena de outras coisas pelas quais provavelmente poderia se desculpar.

— Por...?

— Pelo almoço — ele diz gentilmente. — Eu devia ter me concentrado só em você. — Faz uma pausa e passa o dedo por uma sobrancelha escura. — Eu não estava nem um pouco interessado em beber com Sophie. Se eu me retraí, foi porque estava com fome e cansado de cruzar com ela.

— Ah. — Tudo em minha cabeça parece chegar a um impasse; as palavras estão momentaneamente em falta. Isso foi muito mais fácil do que pegar um novo quarto de hotel. — O.k.

Ethan sorri.

— Não quero que as coisas fiquem estranhas entre nós.

Trombuda, pergunto:

— Espere. Você está se desculpando para poder transar comigo de novo?

Ethan parece não conseguir decidir se quer rir ou jogar o garfo em mim.

— Acho que estou me desculpando porque minhas emoções me dizem que é o que preciso fazer.

— Você tem emoções além da irritação?

Agora ele ri.

— Acho que não percebi que parecia estar curtindo em silêncio o ciúme da Sophie. Não vou mentir e dizer que não é prazeroso que ela esteja com ciúmes, mas isso independe do que sinto por você. Não tive a intenção de parecer preocupado com a Sophie quando tínhamos acabado de ficar juntos.

Caramba. Será que alguma mulher mandou uma mensagem para ele com essa desculpa? Foi fantástica.

— Ela me mandou uma mensagem mais cedo, e eu respondi — ele diz e vira o celular para que eu possa ler. A mensagem informa simplesmente: "Vou dispensar as bebidas. Tenha uma boa viagem". — Antes de você voltar para o quarto. Olhe o horário — ele afirma e aponta, com um sorriso. — Você nem pode dizer que fiz isso porque você estava chateada, porque eu não fazia ideia de que você estava chateada. Finalmente, minha falta de noção vem a calhar.

A garçonete põe as saladas na nossa frente, e, agora que as coisas estão melhores entre nós dois, arrependo-me de não ter pedido um hambúrguer. Espetando com o garfo uma folha de alface, digo:

— O.k. Legal.

— "O.k. Legal" — ele repete lentamente. — É só isso?

Ergo os olhos para ele.

— Falo sério: foi um pedido de desculpas impressionante. Podemos voltar a ser grosseiros um com o outro por diversão agora.

— E se eu quiser que sejamos legais um com o outro por diversão agora? — ele pergunta e, então, acena para a garçonete.

Estreito os olhos para ele.

— Estou tentando imaginá-lo "legal".

— Você foi bem legal comigo mais cedo — diz com um rosnado baixo.

Ao lado da mesa, ouvimos um pigarrear e ambos levantamos a vista para ver que a garçonete estava de volta.

— Ah. Oi. Isso foi oportuno. — Aceno para ela, e Ethan ri.

— Podemos pedir uma garrafa de *pinot* Bergström Cumberland? — ele pede a ela.

A moça se afasta, e ele balança a cabeça para mim.

— Você vai me deixar solta com álcool agora? — pergunto com um riso. — Esse é um dos meus vinhos favoritos.

— Eu sei. — Ele estende o braço sobre a mesa e toma minha mão; sinto minhas entranhas ficarem quentes e ondulantes. — E não, vou deixá-la solta ao me recusar a brigar com você.

— Você não será capaz de resistir.

Curvando-se, ele beija o nó dos meus dedos.

— Quer apostar?

CAPÍTULO 13

*E*nquanto Ethan tagarela facilmente durante toda a refeição e até a sobremesa, eu o contemplo, esforçando-me para não deixar meu queixo cair com muita frequência: acho que nunca o vi sorrir tanto.

Uma parte de mim quer puxar o celular outra vez e tirar uma foto; a mesma parte que quer catalogar cada uma de suas características: as sobrancelhas e os cílios dramáticos, o contraste dos olhos claros; as linhas retas do nariz romano; a boca carnuda e inteligente. Tenho a sensação de estarmos morando em cima de uma nuvem; independentemente do que eu diga à minha cabeça e ao meu coração, receio precisar fazer um pouso forçado quando voarmos de volta para Minnesota em questão de dias. Por mais que lute contra o pensamento, ele fica retornando, sem convite: "Isto não pode durar. É bom demais".

Ele passa um morango pela calda de chocolate ao lado da *cheesecake* que estamos dividindo, e então segura o garfo no alto.

— Estava pensando que poderíamos ir ao Haleakalā amanhã, ao nascer do sol.

— O que é isso? — pergunto e roubo o garfo, comendo o pedaço perfeito que ele preparou. Ele nem fecha a cara — ele *sorri* —, e tento não deixar que isso me desconcerte. Ethan Thomas fica numa boa depois de eu usar seu garfo. A Olive Torres de duas semanas atrás está pasmada.

— É o ponto mais alto da ilha — ele explica. — De acordo com Carly, a garota da recepção, é a melhor vista da região, mas temos que chegar lá bem cedo.

— Carly da recepção, hein?

Ethan ri.

— Tive que encontrar alguém com quem conversar enquanto você fazia compras a tarde toda.

Apenas uma semana atrás, eu teria feito um comentário sarcástico e cortante em resposta a isso, mas em meu cérebro não há nada além de coraçõezinhos e do anseio de beijá-lo.

Então, estendo o braço por sobre a mesa para alcançar sua mão. Ele aceita a minha sem hesitar, como se fosse a coisa mais natural do mundo.

— Então, acho que, se vamos acordar para ver a aurora, provavelmente tenhamos de ir para a cama cedo — digo baixinho.

Seus lábios se entreabrem, e sua vista se fixa em minha boca. Ethan Thomas é ligeiro.

— Acho que você tem razão.

O ALARME DO CELULAR DE ETHAN toca às quatro da manhã. Acordamos assustados, resmungamos na escuridão e rolamos nus pelo emaranhado de lençóis para fora da cama e para nossas camadas de roupa. Embora estejamos em uma ilha tropical, a Carly da Recepção disse a Ethan que a temperatura antes do amanhecer no pico da montanha costuma ser abaixo de congelante.

Apesar de nossa melhor intenção de ir dormir cedo, o homem me manteve acordada por horas com suas mãos, sua boca e um vocabulário assombrosamente grande de palavras sujas. Sinto como se uma densa névoa de sexo pairasse em meu cérebro mesmo quando ele acende as luzes da sala de estar. Com dentes escovados e beijos dados, Ethan prepara um café e eu arrumo uma bolsa com água, frutas e barras de granola.

— Quer ouvir minha história de escalada de montanha? — pergunto.

— Envolve falta de sorte?

— É isso aí.

— Estou ouvindo.

— No verão, depois do segundo ano de faculdade, Ami, Jules, Diego e eu fizemos uma viagem para o Parque Nacional do Yosemite, porque Jules estava em uma pegada de ficar em forma e queria escalar o Half Dome.

— Ai, ai.

— Sim! — cantarolo. — É uma história terrível. Bom, Ami e Jules estavam em ótima forma, mas Diego e eu estávamos, digamos, mais para criaturas que habitavam o sofá em frente à TV do que para corredores. Claro, a trilha em si é insana, e achei que fosse morrer pelo menos cinquenta vezes (o que não tem nada a ver com sorte, apenas com sedentarismo), mas então começamos a última subida vertical até o topo. Ninguém me disse para prestar atenção em onde colocar as mãos. Alcancei uma fenda para me segurar e agarrei uma cascavel.

— O quê?

— Sim, fui picada por uma porra de uma cascavel e caí quase quatro metros.

— O que você fez? — Ethan perguntou, olhando-me, boquiaberto.

— Bem, Diego não ia escalar o último trecho. Assim, ele estava lá de pé, em cima de mim, agindo como se seu plano fosse fazer xixi na minha mão. Felizmente, o guarda-florestal apareceu e tinha soro antiofídico.

— Viu? — Ethan afirma. — Isso é sorte.

— Ser picada? Cair?

Ele ri, incrédulo.

— Sorte que o guarda tinha o soro. Você não morreu no Half Dome.

Desdenhosa, dou de ombros e coloco duas bananas na mochila.

— Entendi o que você quer dizer.

Percebo que ele ainda está me observando.

— Você não acredita mesmo nisso, não é? — ele pergunta e, pela minha feição, acrescenta: — Você acha que tem algum tipo de azar crônico?

— Com certeza. Só para falar dos mais recentes: perdi meu emprego um dia depois que minha colega de quarto se mudou. Em junho, fiz alguns reparos no carro e, logo em seguida, levei uma batida; meu carro novinho em folha foi jogado em um lugar onde era proibido estacionar e fui multada. E, neste verão, uma velha adormeceu em meu ombro no ônibus e só percebi que ela estava morta depois que perdi minha parada.

Ethan arregala os olhos.

— Estou brincando a respeito da velha. Eu nem pego ônibus.

Ele se curva, segurando os joelhos com as mãos.

— Não sei o que eu faria se alguém morresse em cima de mim.

— Acho que a probabilidade é mínima — respondo.

Mesmo meio adormecida, sorrio enquanto despejo o café em dois copos de papel e coloco um diante de Ethan.

— Acho que estou sugerindo que você dá muito poder à ideia de sorte.

— Você quer dizer que positividade gera positividade? Não me diga que acha que é o primeiro a me dizer isso. Entendo que parte disso é ponto de vista, mas, sinceramente, também é sorte.

— O.k. Mas… minha moeda da sorte é apenas uma moeda. Ela não tem nenhum grande poder, não é mágica. Só é algo que encontrei antes de um monte de coisas incríveis acontecerem. Então, agora associo a moeda com essas coisas incríveis — ele diz e projeta o queixo na minha direção. — Estava com minha moeda na noite em que topamos com Sophie. Logicamente, se tudo fosse uma questão de sorte, isso não teria acontecido.

— A menos que meu azar esteja anulando sua boa sorte.

Ethan passa os braços em torno da minha cintura e me puxa para o calor de seu peito. Ainda não estou acostumada com a facilidade do afeto dele, tanto que sinto um calafrio percorrer a espinha.

— Você é um perigo — ele diz no alto da minha cabeça.

— É assim que fui construída — digo. — Ami e eu somos como foto e negativo.

— Não é algo ruim — ele diz, inclina meu queixo e me beija uma vez, lentamente. — Não devemos ser fotocópias de nossos irmãos… Mesmo quando somos exteriormente idênticos.

Penso a respeito de tudo isso enquanto percorremos o corredor. Passei toda a minha vida sendo comparada a Ami; para mim, é legal ter alguém como eu, é normal.

Mas, é claro, essa consciência — de que Ethan gosta de mim do jeito que sou — aciona algo dentro de mim, e quando estamos no elevador nos dirigindo para o saguão, o pensamento irrompe em mim, sem censura.

— Acho que também sou o oposto da Sophie.

Imediatamente, quero recolher as palavras ditas.

— Acho que sim.

Quero que Ethan acrescente "mas não de um jeito ruim" ou "ainda bem", mas ele apenas sorri, esperando que eu vomite mais algumas tolices.

Não vou satisfazê-lo. Ansiosa, mordo meus lábios e olho para ele: Ethan sabe exatamente o que está fazendo. Que monstro.

— Você tem ciúme? — ele pergunta, ainda sorrindo.

— Deveria ter? — pergunto e, então, corrijo imediatamente. — Quer dizer, estamos tendo apenas um namorico de férias, não é?

Lenta e ceticamente, Ethan deixa que a surpresa tome conta de sua expressão.

— É isso que temos?

A maneira que essa pergunta chega até mim mais parece uma pedra rolando por minha espinha. Estamos apenas a dois dias longe do ódio e perto da ternura: é cedo demais para falar sobre isso de uma forma séria.

Ou não? Quer dizer, tecnicamente somos da mesma família agora. Não vamos deixar a ilha para nunca mais nos vermos. Em algum momento, vamos ter de lidar com o que estamos fazendo... E também com as consequências.

Saímos do elevador, passamos pelo saguão e, na escuridão, entramos em um táxi. Ainda não respondi à pergunta dele. É uma pergunta sobre a qual preciso pensar mais um pouco para responder, e Ethan aparentemente não está com pressa, porque não me pergunta de novo.

O que é incrível é que, mesmo às quatro e meia da manhã, há trânsito no parque nacional em direção ao pico da cratera. Há vans com bicicletas, grupos de caminhada e casais como nós — somos uma espécie de casal — planejando estender uma toalha e se aconchegar no frio da manhã.

Levamos uma hora para atravessar o trânsito e chegarmos ao topo, onde escalamos várias rochas até o pico. Ainda que o céu esteja escuro, a vista é de tirar o fôlego. Há grupos de pessoas amontoadas no frio ou sentadas no chão com cobertores, mas está estranhamente silencioso, como se todos fossem respeitosos o suficiente para manter a voz baixa quando estão prestes a testemunhar um nascer do sol de 360 graus.

Ethan estende duas toalhas de praia que pegamos emprestadas do hotel e acena para que eu me abaixe. Ele me orienta a sentar entre suas pernas longas e estendidas e me puxa contra seu peito. Não me parece que esteja muito confortável, mas me sinto no paraíso. Assim, eu cedo e simplesmente baixo a guarda por um longo e silencioso período.

Quem me dera saber o que está acontecendo — tanto entre nós quanto dentro de meu coração. Parece que o próprio órgão ficou maior, como se exigisse ser visto e ouvido, lembrando-me de que sou uma mulher de sangue quente, com desejos e necessidades que vão além do básico. Estar com Ethan parece cada vez mais como mimar a mim mesma com um par de sapatos novos e perfeitos ou com um jantar extravagante. Só não me convenci ainda de que mereço isso diariamente... Ou de que isso possa durar.

É óbvio para mim que ambos caímos em uma reflexão silenciosa a nosso respeito e não me surpreende nada quando ele afirma:

— Eu lhe fiz uma pergunta mais cedo.

— Eu sei.

"Estamos apenas tendo um namorico de férias, não é?"

"É isso que temos?"

Ele volta a ficar em silêncio; é claro que não tem de repetir o que disse. Mas não tenho certeza de onde minha cabeça está nesse assunto específico.

— Eu estou... pensando.

— Pense em voz alta — ele diz. — Comigo.

Meu coração realiza uma manobra difícil e sinuosa por causa da maneira com que Ethan tão facilmente me pede aquilo de que precisa e que sabe que posso lhe dar: transparência.

— Nós nem gostávamos um do outro havia uma semana — eu o lembro.

Sua boca pousa delicadamente ao lado de meu pescoço.

— Acho que devemos atribuir tudo isso a um mal-entendido bobo. Ajudaria se eu tratasse esse seu trauma com uma porção de bolinhas de queijo quando voltássemos para casa?

— Sim.

— Você promete dividi-la comigo? — ele pergunta e volta a me beijar.

— Só se você pedir com muita gentileza.

Neste momento, só posso atribuir meus sentimentos pré-Maui a respeito de Ethan como reacionários e defensivos. Quando uma pessoa não gosta da gente, é natural não gostar dessa pessoa, não é? Mas a lembrança de que Dane disse a Ethan que sou sempre zangada traz à tona algo que ele hesitou em discutir...

Sei que tendo a ser a pessimista enquanto Ami é a otimista, mas não sou zangada. Não sou ríspida. O que *sou* é cautelosa e desconfiada. O fato de que Dane disse isso a Ethan — e que Dane por acaso estava transando com outras mulheres quando disse isso — me deixa especialmente desconfiada de Dane.

— Não acho que podemos ter essa conversa sem também explorar a possibilidade de que Dane queria nos manter longe um do outro — afirmo.

Sinto o jeito como Ethan fica tenso quando digo isso, mas ele não se afasta nem me solta.

— Por que ele faria isso?

— Minha teoria? — pergunto. — Ele deixou Ami acreditar que era monogâmico e você sabia que ele não era. Se você e eu começássemos a conversar, acabaria escapando que ele estava saindo com outras garotas. Assim como aconteceu aqui.

Atrás de mim, Ethan dá de ombros, e eu o conheço bem agora para imaginar a expressão que está fazendo: desconfiado, mas despreocupado.

— Provavelmente Dane achava estranho a ideia do irmão mais velho namorar a irmã gêmea da namorada dele — Ethan diz.

— *Se* eu concordasse em sair com você — acrescento.

— Está me dizendo que não sairia? — ele rebate. — Eu também vi o desejo em seus olhos, Olívia.

— Quer dizer, não é nada ruim ficar olhando para você.

— Nem para você.

Essas palavras são ditas junto à pele sensível atrás da minha orelha. A marca específica de elogios entre Olive e Ethan toma conta de mim, carinhosa e sedutora. A reação de Ethan no casamento em relação a mim não deu nenhuma indicação de que ele pensava outra coisa senão que eu era um pequeno *troll* de cetim verde.

— Ainda estou reprogramando esse lado da nossa vida — digo.

— Sempre achei que minha atração fosse evidente — ele afirma. — Queria traduzir suas caretas e descobrir qual era o seu problema comigo e, aí, curvá-la no encosto do meu sofá.

Todos os meus órgãos internos se transformam em uma substância viscosa com as palavras de Ethan. Esforço-me para me manter ereta, deixando minha cabeça cair para trás na curva do seu pescoço.

— Você ainda não respondeu à minha pergunta — ele me lembra baixinho.

A persistência de Ethan me faz sorrir.

— Se isso é apenas um namorico? — pergunto.

— Sim — ele afirma. — Estou numa boa com um namorico, acho, mas quero saber para que eu possa descobrir como lidar com isso quando estivermos em casa.

— Quer dizer, se você vai ou não contar para o Dane? — pergunto com cuidado.

— Quero dizer, se vou precisar de algum tempo para esquecer você.

Essa tortuosidade faz meu coração doer. Viro a cabeça para poder encontrar seu beijo, enquanto ele se curva para entregá-lo, e deixo a sensação de alívio e fome se apossar de mim. Tento me imaginar vendo Ethan na casa de Ami e Dane, ficando longe dele e não querendo tocá-lo desse jeito.

Não consigo. Mesmo na imaginação é impossível.

— Ainda não cheguei a uma conclusão a respeito do que isto seja — admito.

Ethan enterra os dentes em minha nuca e rosna.

— Então, acho que o que estou dizendo é que... — começo a falar e, em seguida, respiro fundo como se estivesse prestes a saltar de um penhasco em um lago de água escura — ... se você quisesse que continuássemos nos vendo quando estivermos em casa, eu não me oporia.

Ethan move a boca pela minha nuca, sugando. Desliza a mão sob minha jaqueta e camiseta, fazendo uma escala quente sobre meu esterno.

— Sério?

— O que você acha? — pergunto.

— Acho que gosto da ideia — ele responde e me beija desde o queixo até a boca. — Acho que significa que posso fazer isto mesmo depois de nossa lua de mel falsa acabar.

Curvo a palma da mão de Ethan com a minha, forçando-a até que ele segure meu seio. Mas, com um resmungo, ele leva sua mão para o meu ventre.

— Gostaria que tivéssemos tido essa conversa no quarto.

— Eu também — respondo, porque definitivamente não podemos nos divertir agora: o sol ainda não está visível, mas está junto ao horizonte, iluminando o céu com um milhão de tons de laranja, vermelho, roxo e azul.

— Acabamos de tomar uma decisão? — Ethan pergunta.

— Acho que sim — respondo, estreitando os olhos e sorrindo.

— Ótimo, porque sou louco por você.

— Eu também sou louca por você — admito baixinho, prendendo a respiração.

Sei que, se eu virar para trás para olhar seu rosto, Ethan vai estar sorrindo. Sinto isso pela maneira como seus braços me enlaçam com força. Observamos juntos a contínua transformação do céu a cada poucos segundos: uma tela surreal mudando constantemente diante de nós. Volto a me sentir como uma garotinha e, em vez de imaginar um castelo no céu, estou morando nele; na verdade, a única coisa que podemos ver ao nosso redor é um céu dramático e pintado.

O público reunido cai em um silêncio unificado e meu próprio feitiço é quebrado apenas quando o sol já está alto e brilhante e as pessoas começam a se mexer em preparação para ir embora. Eu não quero ir. Quero ficar sentada aqui, encostada em Ethan, por toda a eternidade.

— Com licença — Ethan diz a uma mulher em um grupo de passagem. — Você se importa de tirar uma foto minha com a minha namorada?

O.k... Talvez seja hora de voltar correndo para o quarto do hotel.

CAPÍTULO 14

— Alguém pode me explicar como minha mala pode estar pesando cerca de vinte quilos a mais agora do que quando eu cheguei? Só coloquei nela algumas camisetas e algumas pequenas bijuterias de lembrança.

Ethan vem até meu lado da cama, pressiona a mala com sua mão enorme e me ajuda a fechá-la com esforço.

— Acho que é o peso de sua decisão questionável de comprar uma camiseta para Dane que diz "Fiz a hula em Maui".

— Você não acha que ele vai gostar do meu humor ácido? — pergunto. — Quer dizer, meu dilema é se dou a camiseta a ele antes ou depois de dizermos que estamos transando.

Dando de ombros, ele tira a mala da cama e olha para mim.

— Ele vai rir ou ficar embirrado e lhe dar um gelo.

— Sinceramente, consigo lidar com qualquer uma dessas opções.

Estou enfiando coisas em minha bagagem de mão e, assim, levo alguns instantes para perceber que Ethan não atirou nada em mim imediatamente.

— Estou brincando, Ethan.

— Está?

Consegui apagar essa história dos meus pensamentos durante a maior parte da viagem, mas a realidade está cutucando nossa bolha de férias muito mais cedo do que eu gostaria.

— Dane vai ficar entre nós? — pergunto.

Ethan se senta na beira do colchão e me puxa entre seus joelhos.

— Eu disse isto antes: é óbvio que você não gosta dele, e ele é meu irmão.

— Ethan, ele é gente boa.

— "Gente boa". Ele também é seu cunhado.

Dou um passo para trás, frustrada.

— Meu cunhado que ficou traindo minha irmã durante dois anos.

Ethan fecha os olhos e suspira.

— Não tem como...

— Se ele estava saindo com a Trinity, da manga na bunda, dois anos atrás, então, com certeza, estava traindo Ami.

Ethan inspira fundo e solta o ar lentamente.

— Você não pode chegar como um elefante em uma loja de cristais e jogar isso na cara da Ami assim que estivermos em casa.

— Tenha um pouco de fé na minha capacidade de ser sutil — digo, e, quando ele reprime um sorriso, acrescento: — Não escolhi aquele vestido de madrinha, para que fique claro.

— Mas escolheu o biquíni vermelho.

— Você está reclamando? — pergunto, sorrindo.

— Nem um pouco — ele responde, mas seu sorriso desaparece. — Olha, eu sei que você, Ami e todos da sua família são próximos de um jeito que Dane e eu não somos. Claro, viajamos juntos várias vezes, mas, na verdade, não falamos a respeito dessas coisas. Não sei se cabe a nós falarmos sobre isso. Nem sabemos se é verdade.

— Mas, por hipótese, como você se sentiria se fosse verdade e ele tivesse mentido para Ami durante anos?

Ethan fica de pé e preciso inclinar a cabeça para olhá-lo. Meu primeiro instinto é achar que ele está chateado comigo, mas estou enganada: ele segura meu rosto com as mãos e se curva para me beijar.

— Claro que eu ficaria decepcionado. Só estou achando difícil acreditar que ele faria isso.

Como de costume, meu pavio para essa conversa chegou ao seu fim ardente. Tudo já está agridoce hoje: não quero ir embora do hotel, mas, ao mesmo tempo, estou animada para ver como serão as coisas entre nós quando estivermos em casa, e trazer o estresse que envolve Ami e Dane não está deixando as coisas mais fáceis.

Engancho um dedo no cós da bermuda de Ethan, sentindo a pele quente de sua barriga, puxando-o para ainda mais perto de mim. Com um sorriso de compreensão, sua boca volta a ficar sobre a minha, urgente, como se ambos tivéssemos acabado de tomar consciência do fim brutal de nosso conto de fadas. A maneira como ele me toca com familiaridade me dá uma sensação tão forte no peito quanto seu beijo. Adoro como seus lábios parecem suaves e carnudos. Adoro como esparrama suas mãos quando está me tocando, como se estivesse tentando sentir o máximo da minha pele. Já estamos vestidos e prontos para sair, mas não protesto nem por um segundo quando ele tira rudemente minha camiseta e estende a mão para trás para soltar meu sutiã.

Caímos de volta em cima do colchão. Ele tem o cuidado de não tombar diretamente em cima de mim, mas já fiquei viciada com a sensação de seu peso, seu calor, sua solidez e seu tamanho. As roupas que planejamos usar no avião repousam em uma pilha ao lado da cama e ele me encobre, pairando sobre os braços esticados apoiados perto de meus ombros. Ethan esquadrinha cada centímetro de meu rosto.

— Oi — eu digo.

Ele abre um sorriso largo.

— Oi.

— Veja isto. De alguma forma, acabamos nus de novo.

Ele move os ombros bronzeados para cima e para baixo.

— Posso prever que teremos um problema regular com isso.

— Problema, perfeição. Biscoito, bolacha.

O clarão que é seu sorriso desaparece rapidamente, e a maneira como seus olhos vasculham meu rosto me dá a impressão de que ele vai dizer algo mais. Pergunto-me se Ethan consegue ler meus pensamentos sobre como estou silenciosamente implorando para que não traga à tona Dane ou tudo que poderia estragar isto aqui quando estivermos em casa. Felizmente, ele não faz isso. Apenas descende cuidadosamente sobre mim, gemendo baixinho quando minhas pernas se enroscam em suas costas.

Ele já sabe do que gosto, penso e acaricio suas costas com a mão conforme ele começa a se mexer. *Ele tem prestado atenção esse tempo todo, não é? Quem me dera poder voltar no tempo e vê-lo com estes novos olhos.*

A PECHINCHA A JATO PARECEU ser de um orçamento horripilantemente baixo na vinda para cá, mas, no voo para casa, a acomodação apertada é uma desculpa conveniente para entrelaçar meu braço com o de Ethan e passar diversas horas sentindo o cheiro persistente do oceano em sua pele. Até mesmo ele parece mais calmo neste voo: após ficar tenso e monossilábico na decolagem, ele, uma vez que estamos no ar, envolve minha coxa com a manzorra e adormece apoiando a bochecha no alto de minha cabeça.

Se, duas semanas atrás, alguém tivesse me mostrado uma fotografia nossa neste exato momento, acho que talvez eu teria morrido com o choque.

Será que eu teria acreditado em minha expressão facial: o sorriso espirituoso de saciedade sexual que não pareço conseguir esconder? Teria confiado na maneira serena e amável com que ele me olha? Nunca me senti assim antes: esta felicidade tipo queda livre de tão intensa, e que não carrega consigo nenhum mal-estar ou incerteza acerca de mim e Ethan e do que estamos sentindo. Nunca adorei alguém com tal despreocupação acalorada, e algo me diz que ele também não.

Minha incerteza envolve somente o que nos aguarda em casa; especificamente, que tipo de cisão algum drama entre Dane e Ami vai causar entre todos nós.

Então, tenho de me perguntar: vale a pena dizer alguma coisa para minha irmã? Deveria deixar o passado no passado? Deveria adotar uma abordagem inédita e não partir para a pior conclusão possível, mas, pelo contrário, ter um pouco de fé? Quero dizer, talvez Ami já saiba mesmo de tudo e os dois tenham superado isso. Talvez descobrir que eu sei que Dane não era monógamo a princípio só constrangeria Ami e a deixaria constantemente vexada ou na defensiva quando eu estivesse perto dos dois.

Olho para Ethan, que ainda está dormindo, e me ocorre que, só porque acho que sei o que está acontecendo, não significa que realmente saiba. Este cara bem aqui é o exemplo perfeito. Achei que sabia exatamente quem ele era e estava completamente enganada. É possível que haja facetas de minha gêmea que eu também não conheça? Delicadamente, eu o balanço para que acorde. Ethan toma fôlego e se espreguiça antes de olhar para mim. É como um soco no peito o quanto gosto de seu rosto.

— Ei — diz com a voz rouca. — E aí? Você está bem?

— Gosto do seu rosto — digo-lhe.

— Que bom que você quis me dizer isso neste exato momento.

Sorrio nervosamente.

— E sei que não gostamos deste assunto, mas queria que soubesse que decidi não contar nada à Ami sobre o Dane.

As feições de Ethan relaxam, e ele se inclina para a frente, beijando minha testa.

— O.k. Legal.

— As coisas estão indo tão bem para todos nós agora...

— Quer dizer, sim — ele interpela, com um riso —, exceto pela ciguatera que os fez perder a lua de mel.

— Exceto por isso — abano com a mão, fingindo displicência. — Enfim, as coisas estão indo bem e deveria só deixar o passado no passado.

— Com certeza — ele me beija, reclina-se e sorri com os olhos fechados.

— Só quis contar para você.

— Fico feliz que tenha contado.

— O.k. Volte a dormir.

— Vou, sim.

O PLANO: DEPOIS DE POUSARMOS, pegaremos as bagagens, dividiremos um táxi para Minneapolis, e cada um passará a noite em sua respectiva casa. Já combinamos que o táxi vai me deixar em meu prédio — para que Ethan me veja entrar em segurança —, antes de levá-lo. Estou certa de que será estranho dormir sozinha, mas combinamos de nos encontrar para o café da manhã, momento em que, sem dúvida, vou atacá-lo, em vez de fazer o que planejamos fazer: descobrir como e quando contar a Ami e Dane sobre nós.

Tudo neste final de viagem se destaca por ser totalmente diferente do início. Não nos sentimos pouco à vontade. Estamos de mãos dadas, caminhando pelo terminal do aeroporto, discutindo numa boa a respeito de qual dos dois vai ceder primeiro e aparecer na porta do outro.

Ethan se curva junto à esteira das bagagens, dando um beijo em minha boca.

— Você poderia vir comigo agora e poupar a viagem mais tarde.

— Ou você poderia já ficar em casa.

— Mas minha cama é fantástica — ele argumenta. — É grande e o colchão é firme, mas não duro…

Percebo imediatamente onde residem todos os nossos problemas futuros: somos ambos pessoas caseiras e teimosas.

— Sim, mas quero entrar na minha banheira e usar todos os produtos para banho que tenho e de que senti falta nos últimos dez dias.

Ethan torna a me beijar e recua para dizer algo mais, mas seus olhos esvoaçam por cima do meu ombro e todo o seu comportamento muda.

— Puta merda!

As palavras parecem ecoar, multiplicadas a certa distância. Eu me viro e vejo o motivo pelo qual Ethan está boquiaberto. Fico em estado de choque: Ami e Dane estão a poucos metros, segurando um cartaz que nos saúda com "Sejam bem-vindos da nossa lua de mel!". Agora entendo o que ouvi. Ami e Ethan falaram as mesmas palavras, ao mesmo tempo.

Há um tumulto em meu cérebro: que sorte a minha, puta merda! Fico temporariamente incapaz de decidir o que processar primeiro: o fato de que minha irmã está aqui; de que me viu beijando Ethan; de que Dane me viu beijando Ethan; ou a realidade de que, mesmo onze dias depois de terem sido derrubados por uma toxina, os dois ainda parecem péssimos. Acho que Ami perdeu mais de cinco quilos e Dane ainda mais. O tom acinzentado da pele de Ami ainda não sumiu completamente e suas roupas sobram no corpo.

E aqui estamos nós, Ethan e eu, bronzeados, descansados e namorando na esteira de bagagens.

— O que estou vendo? — Ami diz, baixando sua metade do cartaz, atordoada.

Certamente vou analisar minha reação mais tarde, mas, como não sei se Ami está animada ou brava agora, solto a mão de Ethan e dou um passo para longe dele. Pergunto-me qual é a impressão que minha irmã tem disso. Desfrutei sua lua de mel, não paguei quase nada, não sofri nada e voltei para casa beijando o homem que deveria odiar; e nunca mencionei nada disso para ela nos telefonemas nem nas mensagens de texto.

— Nada, estávamos apenas nos despedindo — digo a ela.

— Vocês estavam se *beijando*? — Ami pergunta, com os olhos castanhos arregalados.

— Sim — Ethan responde, convicto.

— *Não* — eu respondo, ao mesmo tempo, enfática.

Ethan olha para mim, sorrindo maliciosamente diante da facilidade com que essa mentira escapou de mim. Percebo que ele está mais orgulhoso da minha suavidade do que aborrecido com minha resposta.

— O.k., sim — eu corrijo. — Estávamos nos beijando. Mas não sabíamos que vocês estariam aqui. Íamos contar amanhã.

— Contar o quê, exatamente? — Ami pergunta.

Ethan desliza o braço em torno de meu ombro, puxando-me para perto dele.

— Que estamos juntos.

Pela primeira vez, olho bem para Dane. Ele está encarando Ethan, os olhos semicerrados como se estivesse tentando transmitir palavras para o crânio do irmão. Procuro esconder minha reação, sabendo que provavelmente é apenas minha própria leitura da situação, mas o olhar penetrante de Dane parece muito com "O que você contou para ela?".

— O que é legal — Ethan conclui calmamente.

Minha decisão de não me meter na vida dos outros retorna, intensificada por uma potente mistura de adrenalina em meu sangue.

— Tudo é *muito* legal — afirmo, em voz alta, e dou uma piscadela dramática e provavelmente imprudente para Dane. — Superlegal.

Sou uma maníaca.

Dane cai na risada e finalmente quebra o gelo, dando um passo à frente para me abraçar primeiro e depois ao irmão. Ami continua a me encarar em estado de choque e, então, lentamente, arrasta os pés em minha direção. Ela parece um esqueleto em meus braços.

— Cara, vocês dois estão mesmo tendo um lance agora? — Dane pergunta ao irmão.

— Sim — Ethan responde.

— Neste momento, acho que posso consentir nisso — Dane afirma, sorrindo e acenando com a cabeça para cada um de nós como se fosse um chefe benevolente.

— Hum, isso é bom? — digo.

Ami ainda não relaxou nem um pouco.

— Como isso aconteceu?

Encolho os ombros, retraindo-me.

— Eu o odiava até não o odiar mais.

— É realmente um resumo muito preciso — Ethan afirma e volta a deslizar um braço em torno de meus ombros.

Minha irmã balança a cabeça lentamente, olhando boquiaberta para nós dois.

— Não sei se devo ficar feliz ou horrorizada. Isto é o apocalipse? É isso que está acontecendo?

— Poderíamos trocar de gêmeas um dia desses — Dane diz para Ethan e, em seguida, irrompe em uma risada meio cafajeste.

Eu fico séria.

— Isso iria... — paro de falar e faço um gesto negativamente enfático com a cabeça. — Não, obrigada.

— Meu Deus, fique quieto, querido. — Ami ri e bate no ombro do marido. — Você é muito nojento.

Todos riem, exceto eu, e me dou conta de que é tarde demais, então minha risada sai como um brinquedo que fala.

Mas acho que este é meu problema com Dane, em poucas palavras: ele é nojento. E, infelizmente, minha irmã o ama, estou transando com o irmão dele e, há menos de cinco minutos, dei uma piscadela de "tudo em ordem" para Dane. Tomei minha decisão: vou ter de me comportar como uma mulher adulta e lidar com isso.

CAPÍTULO 15

Queria ficar em Maui. Queria ficar na cama com Ethan por semanas e ouvir o mar enquanto adormecesse. Mas, mesmo assim, no momento em que entro em meu apartamento, quero beijar cada peça da mobília e tocar cada coisa de que senti falta nos últimos dez dias. Meu sofá nunca pareceu tão convidativo. Minha televisão é muito melhor do que aquela que tínhamos na suíte. Minha cama é macia e limpa, e mal posso esperar até que fique escuro o suficiente para justificar um salto em meus travesseiros. Sou uma pessoa caseira, da cabeça aos pés, e não há nada como estar em casa.

Essa sensação dura cerca de trinta minutos. Porque, depois de desfazer a mala, abro minha geladeira e percebo que não há nada lá. Então, se quiser comer, ou terei de pedir uma entrega de alguma gororoba, ou terei de pôr a calça e sair de casa.

Esparramo-me no meio da sala de estar sobre meu tapete felpudo de pele artificial e resmungo para o teto. Se eu tivesse ido para o apartamento de Ethan, poderia fazê-lo ir buscar comida para mim.

A campainha toca. Ignoro-a, porque alguém de minha família simplesmente entraria como se fosse dono do lugar e, nove em dez vezes, é Jack, meu vizinho do andar de cima, um cinquentão que presta atenção demais em minhas idas e vindas. Mas, então, a campainha volta a tocar e, depois de alguns instantes, há uma batida na porta. Jack nunca toca a campainha duas vezes e nunca bate na porta.

De pé, espio pelo olho mágico e vejo um queixo com traços bem-definidos e um pescoço longo e musculoso. Senti falta desse pescoço. Ethan! Meu coração reage antes de meu cérebro, não cabendo em mim de tanta felicidade. Assim, quando abro a porta, sorrindo, levo um tempinho para me lembrar de que não estou usando calça.

Ethan sorri para mim e, então, seus olhos descem até minha metade inferior. Ele faz a mesma expressão sedutora que sei que estou dirigindo para a sacola de comida que ele está carregando.

— Você sentiu saudades de mim — digo, pegando a comida chinesa de sua mão.

— Você está descalçada.

Sorrio maliciosamente para ele por cima do meu ombro.

— Você deveria se acostumar com isso. Eu me comportei no hotel, mas, 99% do tempo em que estou em casa, fico só de calcinha.

Ele ergue uma sobrancelha e inclina a cabeça em direção ao corredor que estou certa de que ele adivinhou que leva ao meu quarto. Entendo: em um filme, ricochetearíamos passionalmente nas paredes do corredor em direção à cama, porque sentimos muita falta um do outro depois de ficarmos separados por uma hora, mas, na verdade, aquele encontro no aeroporto foi estressante para caramba, estou morrendo de fome, e esta comida está com um cheiro incrível.

— Primeiro, frango xadrez; depois, sexo.

Fico toda agitada por dentro (e, normalmente, não sou do tipo que se deslumbra) quando ele sorri por causa do jeito que mergulho na comida que ele trouxe. Ele beija minha testa e, em seguida, vira-se, encontra facilmente minha gaveta de talheres e pega *hashis* para os dois. Ficamos na cozinha, comendo o frango diretamente da caixinha. Algo dentro de mim se desprende, porque eu estava feliz por estar em casa, mas agora estou boba. Sinto-me mais eu mesma com ele do que sem ele, e isso aconteceu tão rápido que é estonteante.

— Minha geladeira estava vazia — Ethan diz. — Imaginei que a sua também estivesse, e era só uma questão de tempo até você aparecer à minha porta porque estava muito sozinha.

Enfio um punhado de macarrão na boca e falo através dele.

— É, parece muito com algo que eu faria.

— Tão carente — ele concorda, rindo.

Eu o vejo saborear um pedaço de frango e me dou alguns instantes em silêncio para contemplar o rosto de que senti falta na última hora.

— Gostei que você só apareceu — digo.

— Ótimo. — Ele mastiga e engole. — Tinha quase certeza de que gostaria, mas havia 20% de chance de você reagir com algo do tipo "Caia fora da droga do meu apartamento; preciso tomar um banho caprichado esta noite".

— Ah, eu definitivamente quero tomar um banho caprichado.

— Mas depois da comida e do sexo.

— Certo.

— Vou bisbilhotar seu apartamento enquanto você faz isso. Não sou um cara tão ligado em banhos.

Isso me faz rir.

— Você acha que isto parece tão fácil porque nos odiamos primeiro? — pergunto.

Ethan dá de ombros, desenterrando um pedaço gigante de carne.

— Estamos juntos há uma semana — prossigo. — E eu estou descalça e comendo comida gordurosa na sua frente.

— Quer dizer, eu vi você naquele vestido de madrinha. Todo o resto é um progresso.

— Retiro o que disse. Ainda odeio você.

Ethan se aproxima, se inclina e beija a ponta de meu nariz.

— Claro.

O humor muda. Tantas vezes passei de incomodada a zangada com ele; agora, é de feliz a acalorada. Ethan põe a comida na bancada atrás de mim e segura o meu rosto.

Quando ele está a apenas um centímetro de distância, sussurro:

— Acabo de me dar conta de que você e eu dividimos um recipiente de comida e isso não o enojou.

Ele me beija e revira os olhos, para então mover a boca por minha bochecha, meu queixo e meu pescoço.

— Eu falei para você que não me importo de dividir. É... — e me beija — ... por causa... — e me beija — ... dos bufês. E. Eu. Estava. Certo.

— Bem, sou eternamente grata por você ser tão esquisitão.

Ethan beija meu queixo.

— Foi a melhor lua de mel em que já estive.

Trago sua boca de volta para a minha e, em seguida, pulo nele, aliviada por ele prever que precisará me apanhar, então, projeto meu queixo na direção do quarto.

— Por ali.

UMA VEZ QUE ETHAN E eu descobrimos que moramos a apenas três quilômetros de distância um do outro, seria de se imaginar que encontraríamos uma maneira de alternar entre os apartamentos à noite. Errado. Claramente, sou péssima em fazer concessões, porque, desde quarta-feira à noite, quando voltamos de Maui, até segunda-feira de manhã, quando começo a trabalhar em meu novo emprego, Ethan passa todas as noites em meu apartamento.

Ele não deixa nada aqui (exceto uma escova de dentes), mas, com efeito, aprende que tenho de apertar meu despertador quatro vezes antes de sair da cama para ir à academia, que não uso minha colher favorita para algo tão banal quanto mexer o café, que minha família pode e vai aparecer no momento mais inoportuno, e que exijo que ele ligue a televisão ou coloque alguma música sempre que uso o banheiro.

Porque sou uma dama, obviamente.

Porém, com essa familiaridade vem a consciência de como tudo está caminhando rápido. Na altura em que chegamos perto de duas semanas juntos — o que, no grande curso da vida, não é *nada* —, sinto como se Ethan fosse meu namorado desde o momento em que o conheci na feira estadual, anos atrás.

Tudo é fácil, divertido e sem esforço. Não é como inícios de relacionamentos supostamente são: estressantes, exaustivos e incertos.

A manhã do dia em que vou trabalhar na Hamilton Biosciences pela primeira vez não é o momento para uma crise existencial a respeito de estar avançando rápido demais com meu novo namorado, mas meu cérebro não recebeu o lembrete.

Com um terninho novo, um salto gracioso, mas confortável, e o cabelo arrumado com secador até se tornar uma folha de seda nas costas, olho para Ethan sentado à minha pequena mesa de jantar.

— Você não disse nada sobre como estou esta manhã.

— Eu disse com os olhos quando você saiu do quarto; você só não estava olhando. — Ele dá uma mordida na torrada e fala através dela. — Você está linda, profissional e inteligente. — Pausa para engolir e acrescenta: — Mas também gosto da sua versão desmazelada da ilha.

Passo um pouco de manteiga em minha torrada e, em seguida, pouso a faca com estrépito.

— Você acha que estamos indo rápido demais?

Ethan beberica seu café, os olhos azuis agora focados nas notícias que passam pela tela de seu celular. Ele nem se abala com minha pergunta.

— Provavelmente.

— Isso o preocupa?

— Não.

— Nem um pouco?

Ele torna a erguer a vista para mim.

— Você quer que eu fique na minha casa hoje à noite?

— Deus, não — solto, em um reflexo completamente automático. Ele sorri, metido, e baixa os olhos mais uma vez. — Mas talvez? — digo. — Você devesse?

— Não acho que haja regras para isso.

Dou uma golada em meu café escaldante e urro de dor. Encaro-o — plácido como sempre, o nariz enfiado novamente no aplicativo do *Washington Post*.

— Por que você não está surtando um pouco?

— Porque não estou começando em um emprego novo hoje e procurando por motivos que expliquem meu estresse a respeito desse fato. — Ele pousa o celular e cruza os braços sobre a mesa. — Você vai ser ótima; sabe disso.

Resmungo, não convencida. Ethan é mais intuitivo do que eu pensei que fosse.

— Talvez devêssemos nos encontrar com Ami e Dane para tomar uns drinques mais tarde — ele sugere. — Sabe, para digerir seu primeiro dia, para nos certificarmos de que ninguém está chateado com essa situação atual. Sinto que estive monopolizando você.

— Pare com isso.

— Parar com o quê?

— De ser tão emocionalmente equilibrado!

Ele pausa, depois um sorriso lentamente toma conta de seu rosto.

— O.k.?

Apanho meu casaco e minha bolsa, e dirijo-me até a porta, contendo um sorriso porque sei que ele está rindo atrás de mim. E estou totalmente bem com isso.

SOU LEMBRADA DE COMO A Hamilton Biosciences é pequena quando adentro a recepção, onde uma mulher chamada Pam trabalha há 33 anos. Kasey, a representante do RH com quem fiz a entrevista há alguns meses, me cumprimenta e me pede para segui-la. Se virássemos à esquerda, acabaríamos no conjunto de escritórios da equipe jurídica de três pessoas. Mas viramos à direita, no final do corredor que nos leva a um conjunto de escritórios que espelha o anterior e que abriga o departamento de recursos humanos constituído por duas pessoas.

— Pesquisa fica logo ali, do outro lado do pátio — Kasey informa. — Mas todo o pessoal de assuntos médicos (se você se lembrar!) fica no andar de cima deste prédio.

— É verdade! — adoto seu tom alto-astral e a acompanho escritório adentro.

— Temos só alguns formulários para você dar a partida. Aí você pode subir para se reunir ao resto da sua equipe.

Meu coração dispara quando a realidade se manifesta. Estive em uma abençoada terra de fantasia nas últimas duas semanas, mas a vida real está de volta, na primeira fila. Por enquanto, terei apenas um subordinado trabalhando comigo, mas, pelo que Kasey e o senhor Hamilton me disseram quando estive aqui pela última vez, deve haver muitas oportunidades de crescimento.

— Você passará por um treinamento — Kasey diz, contornando sua mesa. — Acredito que será na próxima quinta-feira. Vai lhe dar um pouco de tempo para entrar e se instalar.

— Ótimo.

Aliso minha saia com as mãos e tento controlar meus nervos enquanto Kasey abre alguns arquivos em seu computador, abaixa-se para pegar uma pasta de um armário e tira dela alguns formulários. Vejo meu nome no alto de todos eles e, lentamente, a ansiedade vai dando lugar à emoção.

Eu tenho um emprego! Um emprego que é sólido e seguro, e — sejamos sinceras — provavelmente será enfadonho às vezes, mas pagará as contas! Foi para isso que estudei. É perfeito.

O júbilo enche meu peito, fazendo com que me sinta alegre.

Kasey organiza uma pilha de papéis para mim, e começo a assinar. É o de costume: não vender segredos da empresa, não cometer nenhuma forma de assédio, não usar álcool nem drogas no local, não mentir, trapacear nem roubar.

Estou quase no fim da pilha de papéis quando o próprio senhor Hamilton espreita o escritório de Kasey da porta.

— Vejo que nossa Olive está de volta ao continente!

— Olá, senhor Hamilton.

— Como vai o Ethan? — ele pergunta e dá uma piscadela.

Olho rapidamente para Kasey e volto para ele.

— Ah, ele está ótimo.

— Olive acabou de se casar! — ele informa. — Nós nos encontramos na lua de mel dela em Maui.

Kasey dá uma engasgada.

— Nossa, achei que você estivesse com um parente doente. Ainda bem que entendi mal!

Sinto o estômago revirar. Havia me esquecido completamente que tinha contado essa mentira estúpida para Kasey na sala de embarque do aeroporto, mas ela não parece notar nada.

— Deveríamos fazer uma festa! — ela dispara.

— Ah, não, por favor — digo e dou uma risada estranha. — Estamos todos exaustos de festas.

— Mas, com certeza, vocês vão se juntar ao grupo de casais! — E acena vigorosamente para o senhor Hamilton.

Eu sei que a senhora Hamilton criou o grupo, mas, meu Deus, Kasey, se acalme um pouco.

O senhor Hamilton pisca para mim.

— Eu sei que Molly fez uma venda agressiva, mas *é* um grupo divertido.

Isso já está indo longe demais. Sou tão ruim em mentir que esqueci as mentiras que já contei. Ethan e eu não seremos capazes de manter isso por muito tempo em uma empresa tão pequena e unida. Fico com o coração apertado, mas sinto uma pontada de alívio sabendo que vou colocar um ponto-final nessa história.

— Tenho certeza de que o grupo de casais é incrível — digo.

Faço uma pausa e sei que poderia deixar por isso mesmo, mas acabei de assinar todos os formulários e quero muito começar do zero aqui.

— Na verdade, Ethan e eu não somos casados. É uma história engraçada, senhor Hamilton, e espero que tudo bem se eu o procurar mais tarde para contá-la.

Eu queria simplificar, mas posso dizer que deveria ter elaborado minha versão um pouco mais. Isso simplesmente soou muito mal.

Por um instante, ele processa isso antes de olhar para Kasey, depois de volta para mim, e dizer baixinho:

— Bem, seja como for… Seja bem-vinda à Hamilton.

Em seguida, ele desaparece.

Quero baixar a cabeça e, então, batê-la (repetidamente) na mesa. Quero soltar uma longa sequência de palavrões. Quero ficar de pé e segui-lo pelo corredor. Será que ele vai entender a situação assim que eu lhe contar a história?

Olho de volta para Kasey, que está me observando com uma mistura de compaixão e confusão. Acho que ela está começando a perceber que não entendeu mal o que eu disse a respeito de um parente doente. Está se dando conta de que também menti a respeito disso.

Não é exatamente a melhor maneira de começar o primeiro dia em um novo emprego.

DUAS HORAS MAIS TARDE, depois de assinar todos os formulários, de conhecer o grupo que vai ser minha equipe de assuntos médicos (e de realmente gostar de todo mundo), Joyce, a assistente do senhor Hamilton, me chama para ir ao escritório dele.

— Apenas para lhe dar as boas-vindas, suponho! — Tom, meu novo gerente, diz animadamente.

Mas sei que não é isso.

— Pode entrar — o senhor Hamilton diz baixinho depois que bato na porta.

Seu sorriso se enfraquece ligeiramente quando me vê.

— Olive.

— Olá — digo, com a voz trêmula.

Ele não diz nada de imediato, confirmando minha suposição de que esta reunião é uma oportunidade para que eu me explique.

— Olhe, senhor Hamilton, a respeito de Maui... — digo, não me atrevendo a chamá-lo de Charlie aqui.

Comporte-se como uma mulher adulta e lide com isto, Olive.

O senhor Hamilton larga a caneta, tira os óculos e se recosta na cadeira. Neste momento, ele parece muito diferente do homem com quem jantei, que morria de tanto rir sempre que Ethan me provocava. Com certeza, ele também está pensando naquele jantar e em quanto Molly gostou de Ethan, em como ela o convidou para seu grupo de casais e em como eles se sentiram tão verdadeiramente felizes por nós, enquanto estávamos sentados lá, mentindo na cara deles.

Aponto para a cadeira, perguntando em silêncio se posso me sentar, e ele acena para que eu avance, deslizando a haste de seus óculos entre os dentes.

— Minha irmã gêmea, Ami, se casou há duas semanas — eu conto a ele. — Ela se casou com o irmão de Ethan, Dane. Eles organizaram um bufê de frutos do mar e todos os convidados da festa de casamento, exceto eu e Ethan, sofreram uma intoxicação alimentar — digo. — Ciguatera, uma toxina — acrescento, porque ele é um cientista e talvez tenha conhecimento dessas coisas.

Ele parece ter, porque, com ar de espanto, ergue as sobrancelhas.

— Ai — ele deixa escapar, baixinho.

— Minha irmã, Ami... Ela ganha todo tipo de coisa: loterias, sorteios, concursos — explico, sorrindo secamente. — Até mesmo concurso de colorir.

O bigode do senhor Hamilton se contorce sobre um sorriso largo.

— Ela também ganhou a lua de mel, mas as regras eram bastante rígidas. A lua de mel era intransferível e não restituível, e foi marcada com datas fixas.

— Entendo.

— Assim, Ethan e eu fomos no lugar deles — explico e dou um sorriso vacilante. — Antes dessa viagem, nós nos odiávamos. Ou eu o odiava porque achava que ele me odiava — afirmo. — Seja como for, sou péssima com mentiras e realmente detesto fazer isso. Quando a massagista me chamou de senhora Thomas, e o senhor me perguntou se tinha me casado, entrei em pânico porque não queria admitir que não era a Ami.

Manuseio nervosamente um porta-clipes magnético sobre a mesa, incapaz de olhar para ele.

— Mas eu também não queria mentir para o senhor. Então, ou admitia que tinha mentido e dizia ao senhor que estava cometendo uma fraude para tirar férias, ou mentia e dizia ao senhor que era casada.

— Fingir ser sua irmã para conseguir umas férias não parece uma mentira tão terrível, Olive.

— Em retrospecto (e quero dizer em retrospecto *imediato*), eu também sabia disso. Não acho que a massagista teria me denunciado nem nada do tipo, mas eu realmente não queria ser mandada para casa. Entrei em pânico. — Finalmente levanto os olhos para fitá-lo. Sinto o peso do pedido de desculpas até o meu esterno. — Realmente sinto muito por ter mentido para o senhor. Eu o admiro imensamente, admiro a premissa desta empresa e tenho me sentido mal com isso nas últimas semanas. — Após uma pausa, prossigo. — Se serve de algo, e correndo o risco de não ser profissional, acho que aquele jantar com o senhor e sua mulher foi o motivo pelo qual me apaixonei por Ethan naquela viagem.

O senhor Hamilton se inclina para a frente para apoiar os cotovelos na mesa.

— Bem, acho que estou reconfortado pelo fato de que mentir incomodou você — ele diz. — E estimo sua coragem para me contar.

— Claro.

Ele sorri. Solto o ar pelo que parece ser a primeira vez no dia. Isso estava pesando em mim, embrulhando meu estômago há horas.

— A verdade é... — ele fala, deslizando os óculos de volta para a ponte do nariz, olhando-me por cima dos aros — ... que gostamos daquele jantar. A Molly realmente amou sua companhia e adorou o Ethan.

Sorrio.

— Tivemos uma ótima...

— Mas você se sentou na mesa conosco e, durante todo o jantar, mentiu para mim.

O assombro deixa a superfície de minha pele gelada.

— Eu sei. Eu...

— Não acho que você seja uma má pessoa, Olive, e, sinceramente, em qualquer outra circunstância, acho que gostaria bastante de você. — Ele toma fôlego lentamente, balançando a cabeça. — Mas esta é uma situação esquisita para mim. De pensar que estivemos juntos durante horas e você estava nos enganando. Isso é esquisito.

Não tenho ideia do que dizer. Meu estômago parece um bloco de concreto agora, afundando dentro de mim.

O senhor Hamilton puxa uma pasta para perto de si e a abre. Minha pasta do RH.

— Você assinou uma cláusula de moralidade no contrato de trabalho — ele diz, observando os papéis antes de levantar os olhos para mim novamente. — E eu realmente sinto muito, Olive, mas, dada a estranheza desta situação e meu desconforto geral com desonestidade, terei de dispensar você.

Apoio minha cabeça no balcão do bar e resmungo.

— Isto está mesmo acontecendo?

Ethan esfrega minhas costas e, sensatamente, fica quieto. Não há realmente nada que possa mudar este dia, nem mesmo os melhores coquetéis nem o melhor discurso de motivação de um novo namorado.

— Eu deveria ir para casa — digo. — Com a minha sorte, o bar vai pegar fogo e cair em um buraco negro.

— Pare. — Ele empurra o pequeno cesto com amendoins e meu martíni para mais perto de mim sorrindo. — Fique. Ver a Ami vai fazer você se sentir melhor.

Ele tem razão. Depois de deixar a Hamilton com o rabo entre as pernas, metade de mim quis ir para casa e se enterrar na cama por uma semana, e a outra metade quis puxar Ethan de um lado e Ami do outro para fazê-los me apoiar pelo resto da noite.

E, agora que estou aqui, *preciso* mesmo ver a fúria indignada de minha irmã por eu ter sido demitida em meu primeiro dia; mesmo que não seja inteiramente justificada, e que grande parte de mim não culpe o senhor Hamilton. Mas vai me fazer sentir um milhão de vezes melhor.

Endireitando-se ao meu lado, Ethan olha para a porta e eu sigo seu movimento. Dane acabou de chegar, mas Ami não está com ele, o que é estranho, já que eles costumam tomar o transporte juntos.

— E aí, festeiros? — Ele irrompe pelo salão. Algumas cabeças se viram, o que é exatamente do jeito que Dane gosta.

Credo. Contenho a voz sardônica em minha cabeça.

Ethan fica de pé para cumprimentá-lo com um abraço de mano. Eu simplesmente aceno para ele sem energia. Dane se joga sobre uma banqueta, grita por uma cerveja, depois se vira para nós, sorrindo.

— Cara, vocês estão tão bronzeados. Estou tentando não odiar vocês.

Ethan olha para os braços como se fossem novos.

— É, eu acho.

— Bem, se isto fizer você se sentir melhor — digo e completo com uma afetação de sotaque estrangeiro e pomposo —, fui demitida.

A boca de Dane se contrai no que aparenta ser uma estranha cara de bunda, e ele solta, com condolência:

— Ô, que merda.

Ele não está fazendo nenhuma canalhice agora, mas juro que sua barba perfeitamente bem cuidada, seus óculos falsos (dos quais ele nem precisa) e sua camisa formal cor-de-rosa me dão vontade de jogar meu martíni em sua cara.

Mas esta reação é tão... Olive, não é? Estou de volta à cidade há apenas alguns dias e já estou com um humor daqueles? Senhor.

— Estou tão enfezada — digo em voz alta, e Dane ri, como quem diz "Eu sei, não é?", mas Ethan se inclina para mim.

— Para sermos justos, você, de fato, acabou de perder o emprego — ele diz baixinho, enquanto eu lhe sorrio desanimada. — É claro que você está enfezada.

Dane nos encara.

— Vai ser difícil me acostumar a ver vocês juntos.

— Aposto que sim — digo com propósito semi-intencional, e encontro seus olhos.

— Tenho certeza de que vocês tiveram muito que conversar na ilha.

— Ele pisca para mim. Então, acrescenta, despreocupadamente: — Já que se odiavam tanto anteriormente.

Pergunto-me se Ethan está tendo o mesmo pensamento que eu: que isso é algo estranho à beça de se dizer, mas exatamente o que alguém que teme ser pego diria.

— Tínhamos mesmo — Ethan afirma. — Mas está tudo bem.

— Você não precisava dizer ao Ethan que sou zangada o tempo todo — digo, incapaz de me conter.

— Ah, com você é um palpite seguro. Você odeia todo mundo. — Dane abana com uma mão displicentemente.

Isso tomba dentro de mim, soando falso. Juro por minha vida que não consigo me lembrar de uma pessoa sequer que odeie no momento. Exceto, talvez, eu mesma, por mentir ao senhor Hamilton e acabar aqui, sem saber se conseguirei pagar meu aluguel daqui a um mês... outra vez.

Ethan coloca a mão sobre a minha, com um silencioso "Deixe isso para lá". E, realmente, com Dane — agora ou em qualquer outro momento — discutir dificilmente parece valer a pena.

— Onde está Ami? — pergunto, e Dane dá de ombros, espiando em direção à porta. Ela está quinze minutos atrasada. Isso é estranho. Minha irmã é a pontual; Dane é o atrasado. Ele já está pedindo uma segunda cerveja à garçonete.

— Então, foi essa a oferta de emprego que você recebeu no aeroporto? — Dane pergunta.

Faço que sim com a cabeça.

— Era, tipo, o emprego dos seus sonhos?

— Não — respondo. — Mas sabia que me daria bem nele — prossigo, levanto o palito e giro a azeitona em minha taça de martíni. — A melhor parte? Quer saber? Fui demitida porque encontrei meu novo patrão em Maui; Ethan e eu mentimos para ele, dizendo que éramos casados.

Dane solta uma risada antes de conseguir contê-la. Ele parece perceber que estou sendo sincera.

— Espere. É sério?

— Sim, e a mulher dele, Molly, gostou de Ethan de verdade; convidou-o para o grupo de casais e tudo o mais. Acho que o senhor Hamilton se sentiu incomodado por ter confiado em mim e descoberto que menti durante todo o jantar com ele e a mulher. Não posso culpá-lo.

Dane parece que tem mais risadas guardadas, mas sensatamente as mantém contidas.

— Por que você simplesmente não disse a ele que estava tirando férias

193

no lugar da sua irmã?

— Essa é a questão do momento, Dane.

Ele solta um assobio baixo e longo.

— Aliás, por favor, podemos falar a respeito de qualquer outra coisa? — peço.

Com habilidade, Dane muda o assunto para si mesmo, seu dia de trabalho, como ele se sente muito melhor. Como está usando um número menor de calça. Ele tem algumas histórias bastante divertidas a respeito de diarreias explosivas em banheiros públicos, mas, de maneira geral, é apenas o Show de Dane.

No momento em que ele faz uma pausa para pegar alguns amendoins, Ethan pede licença para usar o banheiro masculino. Em seguida, Dane chama uma terceira cerveja. Depois que a garçonete se afasta, ele se vira para mim.

— É incrível como você e Ami se parecem — diz.

— Idênticas, dizem — afirmo e pego uma embalagem de canudo e a enrolo em uma espiral apertada, sentindo-me estranhamente desconfortável de estar sentada aqui só com Dane. O que é estranho é como eu costumava ver a semelhança familiar em Ethan e Dane, mas, neste momento, eles não se parecem em nada. Será que é porque conheço Ethan intimamente agora, ou é porque ele é uma pessoa boa e seu irmão parece podre por dentro?

É especialmente desconfortável porque Dane ainda está olhando para mim. Mesmo não encontrando seus olhos, posso sentir seu foco na lateral do meu rosto.

— Aposto que Ethan contou todo tipo de histórias para você.

Minha mente zumbe imediatamente. Ele está falando do que acho que está falando?

— A respeito dele? — pergunto, esquivando-me.

— A respeito de todos nós, de *toda a família.*

Os pais de Dane e Ethan são duas das pessoas mais mansas que já conheci em minha vida: o exemplo típico da Minnesota acolhedora, mas também extremamente sem graça. Então, acho que Dane e eu sabemos que Ethan não compartilharia muitas aventuras a respeito de toda a família. Será que é meu eterno filtro cético que me faz pensar que ele está falando a respeito de as viagens com Ethan serem ideias suas e, é claro, a respeito de todas as suas namoradas antes do noivado?

Olho-o por cima da borda da taça. Estou muito dividida. Disse a Ethan

— e a mim mesma — que deixaria isso para lá. Que Ami é uma mulher inteligente e sabe no que está se metendo. Que eu sempre sou a pessimista desmancha-prazeres.

Dane ganha a última abonada, e pronto.

— Todos nós temos histórias, Dane — digo, calmamente. — Você e Ethan têm as suas. Ami e eu temos as nossas. Todos nós temos.

Dane pega mais alguns amendoins e sorri para mim enquanto mastiga, de boca aberta, como se tivesse acabado de me passar a perna. Por mais irritante que ele seja, posso dizer que está genuinamente aliviado. Se fosse qualquer outra pessoa sorrindo para mim desse jeito, eu me sentiria honrada por ser tão claramente acolhida no círculo íntimo com apenas uma mudança de expressão. Porém, com Dane, isso me faz sentir nojenta, como se eu não estivesse apoiando minha irmã ao apoiar seu marido; como se eu a estivesse traindo.

— Então, você gosta do meu irmão mais velho, hein? — ele pergunta.

A tranquilidade áspera da voz de Dane me deixa inquieta.

— Acho que ele é um cara legal — brinco.

— Ele é fantástico — diz e, então, acrescenta: — Mesmo não sendo eu.

— E quem é? Não é verdade? — digo, forçando um sorriso idiota.

Dane agradece à garçonete quando ela entrega outra cerveja e, em seguida, toma um gole espumoso, ainda me estudando.

— Se algum dia você quiser variar, avise-me.

Imediatamente, eu o fuzilo em pensamento, sentindo meu sangue ferver.

— Desculpe. O que disse?

— Apenas uma noite de diversão — ele fala, despreocupadamente, como se não estivesse propondo trair sua mulher com a irmã gêmea dela.

Bato de leve no queixo com um dedo, sentindo o calor do pescoço e o rosto ficando vermelho. Esforço-me para manter a voz serena.

— Sabe, acho que vou rejeitar enfaticamente transar com meu cunhado.

Dane dá de ombros, como se não fizesse diferença para ele — e, silenciosamente, confirmando que suas palavras vagas significavam exatamente o que pensei —, mas então seus olhos se fixam em algo por cima do meu ombro. Suponho que Ethan esteja voltando, porque Dane sorri, projetando o queixo.

— Sim — ele diz enquanto Ethan se aproxima. — Acho que ele é um cara legal.

Fico boquiaberta como ele retorna à nossa conversa anterior tão naturalmente.

— Vocês estavam falando de mim? — Ethan pergunta, sentando-se na banqueta ao meu lado e pressionando seus lábios sorridentes em meu rosto.

— Estávamos — Dane responde.

Olho para ele. Não há sequer um alerta em sua expressão, nem mesmo algum receio de que eu conte algo a Ethan a respeito do que acabou de acontecer. Será que, ao dizer a Dane que todos nós temos histórias e sugerir que não vou pressioná-lo a respeito de seu passado, demonstrei que não me importo de ser eternamente sua cúmplice?

Dane espia seu celular quando o aparelho vibra sobre o balcão.

— Ah, Ami está cerca de uma hora atrasada.

Levanto-me abrupta e roboticamente.

— Sabe, tudo bem. Não sou a melhor companhia esta noite. Fica para a próxima, pessoal.

Dane concorda sem problema, mas Ethan parece preocupado, estendendo a mão para me deter.

— Ei, ei, você está bem?

— Sim — respondo e passo uma mão trêmula pelo cabelo, olhando além de Ethan. Sinto-me nervosa e nojenta, de alguma forma, como se tivesse cometido uma deslealdade contra ele e minha irmã. Preciso ficar longe de Dane e tomar um pouco de ar. — Acho que só quero ir para casa e remoer um pouco. Você me conhece.

Ethan aquiesce como se me conhecesse; solta-me e dá um sorriso simpático.

Mas, de repente, sinto que não sei nada. Pareço fulminada por um raio.

Isso não é totalmente verdade. Eu sei de algumas coisas. Por exemplo, sei que perdi meu emprego hoje. E sei que o marido de minha irmã a traiu antes e, aparentemente, está bem tranquilo quanto a traí-la novamente. Com sua irmã gêmea. Preciso ter alguma clareza e descobrir como vou contar a Ami a respeito de tudo isso.

CAPÍTULO 16

A caminho do carro, ouço a voz de Ethan me chamar do outro lado do estacionamento. Eu me viro e o observo vindo cuidadosamente através da neve derretida e do gelo, até parar diante de mim.

Ele não se preocupou em vestir o casaco antes de sair do bar, então está tremendo de frio.

— Você tem certeza de que está tudo bem? — ele pergunta.

— Na verdade, não estou ótima, mas vou ficar bem — respondo.

Eu acho.

— Quer que eu a acompanhe até sua casa?

— Não!

Eu me retraio, esperando que Ethan saiba que minha resposta saiu mais abrupta do que eu pretendia. Procurando esconder minha raiva, respiro fundo e sorrio de maneira vacilante — não é culpa dele. Preciso falar com Ami. Preciso pensar e entender como Dane teve a coragem de me dizer o que disse com seu irmão a poucos metros de distância. Preciso descobrir o que vou fazer para conseguir um emprego, imediatamente. Raspo o bico da bota em um pedaço de gelo.

— Acho que preciso ir para casa e surtar um pouco sozinha.

Ethan inclina a cabeça para baixo, com o olhar percorrendo meu rosto deliberadamente.

— O.k., mas, se precisar de mim, é só me enviar uma mensagem, tudo bem? — ele diz.

— Tudo bem — respondo, resistindo ao impulso de dizer a ele para que venha comigo e seja meu ouvinte. Mas sei que isso não vai funcionar. — Vou ser uma péssima companhia esta noite, mas será estranho dormir sozinha na minha cama. Você me acostumou mal.

Percebo que Ethan gosta disso. Ele dá um passo à frente e se inclina para me dar um beijo, aprofundando-o delicadamente. Depois que Ethan recua, ele passa o dedo em minha testa. Ele é tão *gentil*. Está começando a nevar novamente e os flocos flutuam e pousam em seus ombros, no dorso de sua mão, na ponta de seus cílios.

— Você decidiu ir embora de repente — Ethan afirma, e não me surpreende que não tenha conseguido deixar isso passar. Estou agindo como uma doida. — O que aconteceu quando eu estava no banheiro?

Respiro fundo e solto o ar lentamente.

— Dane falou merda para mim.

Ethan se afasta um pouquinho. É um gesto tão sutil que me pergunto se ele percebeu que o fez.

— O que ele disse?

— Por que não falamos a respeito disso outra hora? — pergunto. — Está frio demais.

— Você não pode dizer algo assim e depois deixar para outra hora — Ethan diz e pega minha mão, mas não a aperta na dele. — O que aconteceu? — ele insiste.

Enfio o queixo no casaco, desejando poder desaparecer completamente nele, como se fosse uma Capa da Invisibilidade.

— Ele deu em cima de mim.

Uma rajada de vento cruza a frente do prédio, desmanchando o cabelo de Ethan. Ele está olhando para mim com tanta atenção que nem treme mais de frio.

— O que você quer dizer, tipo… — ele para de falar e franze a testa em desaprovação — … tipo, tocou em você?

— Não — respondo, fazendo um gesto negativo com a cabeça. — Ele sugeriu que Ami e eu trocássemos de irmãos em busca de um pouco de diversão.

Tenho vontade de rir, porque dizer isso em voz alta soa completamente ridículo. Quem diabos faz isso? Quem dá em cima da namorada do irmão, que também é a irmã da sua mulher? Como Ethan permanece em silêncio, volto a falar, mais devagar.

— Dane disse para que eu falasse com ele se algum dia quiséssemos *variar*, Ethan.

Um instante de silêncio.

Dois.

E, então, a expressão de Ethan se torna interrogativa.

— "Variar" não quer dizer necessariamente, tipo, trocar de parceiros.

Mantenha a calma, Olive. Olho significativamente para ele e conto até dez em minha cabeça.

— Quer dizer isso, sim.

E a expressão de Ethan volta a se endireitar, com um toque de proteção fraternal se insinuando em sua voz.

— O.k., considerando que o senso de humor de Dane nem sempre é o mais apropriado, não acho que ele...

— Sei que isso é chocante em vários níveis, mas eu sei identificar quando alguém está me cantando.

Ele dá um passo para trás, claramente frustrado. *Comigo.*

— Sei que Dane às vezes é imaturo e meio egocêntrico, mas ele não faria isso.

— Assim como não mentiria para a Ami sabe-se lá por quanto tempo enquanto fica trepando com quem ele quer?

Mesmo com a iluminação fraca, dá para ver que o rosto de Ethan ficou muito vermelho.

— Pensei que tivéssemos concordado que nós não sabemos a situação deles. É possível que Ami já saiba.

— Você perguntou ao Dane?

— Por que eu iria perguntar isso? — Ethan diz, agitando as mãos à sua frente como se o que eu estivesse sugerindo não apenas fosse desnecessário como também absurdo. — Olive, nós concordamos em deixar isso para lá.

— Isso foi antes de ele me passar uma cantada enquanto você estava no banheiro. — Eu o encaro, querendo algum tipo de reação sua, mas ele permanece com uma expressão impassível. — Você já pensou na possibilidade de ter colocado seu irmão em um tipo de pedestal, embora eu sinceramente não consiga entender por quê, e é incapaz de perceber que ele é um cara totalmente desprezível?

Ethan se retrai e agora eu me sinto mal. Dane é seu *irmão*. Meu instinto diz para pedir desculpas, mas as palavras ficam presas em minha garganta, pelo enorme alívio de finalmente dizer o que penso.

— Você já pensou que está vendo só o que quer ver?

Eu me aprumo.

— O que isso quer dizer? Que eu *quero* que Dane dê em cima de mim?

Ethan está tremendo e não sei se é de frio ou raiva.

— Isso significa que talvez você esteja chateada por ter perdido seu emprego e tenha o hábito de ser amarga com relação a tudo o que Ami tem e você não, e não está sendo objetiva a respeito de nada disso.

Parece um soco em meu estômago, e dou um passo instintivo para trás. Em arrependimento, os ombros de Ethan caem imediatamente.

— Droga. Eu não tive a intenção....

— Sim, você teve — digo, dou as costas a ele e começo a caminhar em direção ao carro. Ouço os passos dele pelo asfalto coberto de sal.

— Olive, espere. Qual é? Não vá embora.

Pego as chaves do carro e abro a porta com tanta força que as dobradiças guincham em protesto

— Olive! Por favor...

Fecho a porta e, com as mãos trêmulas e os dedos dormentes, coloco a chave na ignição. As palavras de Ethan são abafadas pelo som do motor enquanto tento dar a partida. Finalmente, o motor pega e dou marcha à ré para sair. Ethan caminha ao lado do carro, com as mãos no teto, implorando por minha atenção, mas não ouço nada. Meus ouvidos estão cheios de estática.

Ethan observa minha partida e, pelo espelho retrovisor, vejo-o ficar cada vez menor. Nunca estivemos tão longe do topo daquela montanha em Maui.

A VOLTA PARA CASA É UM borrão. Meu estado emocional se alterna entre a raiva de mim mesma por tudo isso, o medo de meu dinheiro acabar, a fúria com Dane, a tristeza e o desapontamento com Ethan e o total pesar por Ami. Não basta nutrir esperanças de que Dane mude de vida agora que está casado: ele é uma má pessoa e minha irmã não faz a menor ideia.

Tento não ser dramática pensando demais no que Ethan disse. Tento dar a ele o benefício da dúvida e imaginar como me sentiria se alguém acusasse Ami de fazer isso. Eu nem preciso pensar nisso: faria qualquer coisa por minha irmã. E é neste momento que me toco de algo. Lembro-me do rosto sorridente de Dane no aeroporto e de meu espanto hoje por ele ter dado em cima de mim com o próprio irmão a apenas alguns metros de distância. A confiança de Dane, em ambos os casos, não teve a ver comigo ou com minha capacidade de manter seu segredo. Teve a ver com Ethan e sua incapacidade de acreditar que Dane faria algo ruim intencionalmente. Ethan será leal até o fim ao irmão.

Cogito em ir até a casa de Ami, mas, se ela estava planejando nos encontrar no bar, não estará lá. Ela e Dane também vão voltar para casa juntos mais tarde. Com certeza, não quero estar presente quando Dane aparecer.

Não achei que fosse possível, mas meu humor piora ainda mais quando entro no estacionamento. Não só o carro de minha mãe está ali (e estacionado em minha vaga coberta) como também o de Diego e da prima Natalia, o que significa que tia María provavelmente também está aqui.

Com o carro estacionado do outro lado do condomínio, arrasto-me pela neve derretida e subo as escadas para o apartamento. Já consigo ouvir a risada estridente de tia María; ela é a irmã de minha mãe com a idade mais próxima da dela, mas as duas não poderiam ser mais diferentes: mamãe é polida e exigente; tia María é informal e ri constantemente. E, enquanto mamãe teve apenas a mim e à Ami (porque, ao que tudo indica, ter tido gêmeas foi o suficiente para ela), tia María teve sete filhos, cada um com dezoito meses de intervalo do outro. Só quando eu estava na quinta série me dei conta de que nem todo mundo tem dezenove primos de primeiro grau.

Embora nosso núcleo familiar seja relativamente pequeno em comparação ao do resto da turma dos Torres e Gonzales, um estranho nunca saberia que só quatro de nós morávamos em nossa casa quando eu era criança, porque pelo menos duas outras pessoas sempre estavam lá. Os aniversários eram eventos enormes, os jantares de domingo costumavam ter trinta pessoas à mesa e nunca havia lugar para ficar de mau humor sozinho. Ao que tudo indica, não mudou muita coisa.

— Tenho quase certeza de que ela é lésbica — tia María está dizendo quando fecho a porta atrás de mim. Ela levanta os olhos ao ouvir o som e aponta para Natalia. — Diga a ela, Olive.

Desenrolo o cachecol do pescoço e piso forte para tirar a neve das botas. Depois da caminhada pelo estacionamento, minha paciência já está no limite.

— De quem estamos falando?

Tia María está parada junto à bancada da cozinha, cortando tomate.

— Ximena.

Ximena, a filha mais nova de tio Omar, o irmão mais velho de mamãe e tia María.

— Ela não é lésbica — digo. — Ela está namorando aquele cara. Como é mesmo o nome dele?

Olho para Natalia.

— Boston — ela responde.

— Isso mesmo. Meu Deus, que nome horrível.

— É o nome que se dá ao cachorro, e não ao filho — Natalia concorda.

Tiro o casaco e o jogo no espaldar do sofá. Imediatamente, minha mãe se afasta da massa que está enrolando e atravessa a sala para pendurá-lo. Parando diante de mim, ela tira meu cabelo úmido da testa.

— Você está horrível, *mija* — ela diz e vira meu rosto de um lado para o outro. — Coma alguma coisa — ela pede, beija minha bochecha e volta para a cozinha.

Eu obedeço e sorrio agradecida quando Natalia coloca uma xícara de chá na minha frente. Por mais que eu reclame que minha família está sempre pegando no meu pé, é muito bom tê-la aqui por perto. Mas isso também significa que não posso deixar de contar a minha mãe que fui demitida.

— Um corte de cabelo não significa que alguém seja gay, mãe — Natalia afirma.

Incrédula, tia María olha para ela.

— Você viu? É bem curto nas laterais e azul no alto. Ela fez isso logo depois… — tia María baixa a voz até quase sussurrar — … *do casamento*.

Mamãe e tia María fazem o sinal da cruz.

— E qual é o problema se Ximena for gay? — Natalia pergunta e aponta para Diego, que está sentado em meu sofá vendo TV. — Diego é gay, e você não se importa com isso.

Ao ouvir seu nome, ele se vira para nos encarar.

— Diego já saiu gay do ventre — tia María diz e, então, olha para ele. — Aposto que você tinha uma coleção de revistas *Vogue* debaixo do colchão, em vez de revistas de sacanagem.

— Ninguém mais vê pornografia em revistas, mãe — Natalia afirma.

Tia María a ignora.

— Eu não ligo se ela é gay. Só acho que todos nós devemos saber para podermos encontrar uma garota legal para ela.

— Ela não é gay! — Diego exclama.

— Então por que achei um vibrador na gaveta de meias dela? — tia María pergunta.

Diego resmunga e cobre o rosto com um travesseiro.

— Aqui vamos nós.

Natalia se curva para encarar a mãe.

— Ximena tem 33 anos. O que você estava futricando na gaveta de meias dela?

Com desdém, tia María dá de ombros como se essa informação fosse irrelevante para a história.

— Organizando. Era roxo e enorme, com uma coisinha que balançava em um dos lados — ela diz, movendo o dedo na frente dela para indicar o que ela quer dizer.

Natalia tapa a boca para reprimir uma risada e eu tomo um gole de chá. Tem gosto de tristeza e água quente.

Minha mãe para de cortar a massa e larga a faca.

— Por que isso significaria que ela é lésbica?

Tia María pisca para ela.

— Porque as lésbicas usam esses acessórios.

— Mãe, pare — Natalia pede. — Muitas mulheres usam vibradores. Eu tenho uma caixa cheia deles — prossegue e acena em minha direção. — Você deveria ver a coleção de Olive.

— Obrigada, Nat.

Minha mãe pega uma taça de vinho e toma um grande gole.

— Parece inteligente ser lésbica agora. Os homens são terríveis.

Ela não está errada.

Apoio o quadril contra a bancada.

— Então, por que vocês estão cozinhando no meu apartamento? — pergunto. — E quando vocês vão para casa?

Natalia desliga o fogão e transfere a panela para uma boca vazia.

— Seu pai precisava de algumas coisas de casa — ela informa.

E é isso, essa é toda resposta que terei, e, nesta família, é suficiente: meu pai raramente vai para casa — ele mora sozinho em um apartamento perto do Lago Harriet —, mas, quando ele faz uma visita, minha mãe evacua o local imediatamente. Nas raras vezes em que ela se sente corajosa o suficiente para ficar por perto, ela pratica algumas sabotagens bem mesquinhas. Uma vez, pegou a coleção de discos de vinil dele e os usou como descanso de panela e base para copos. Outra vez, quando ele deu uma passada antes de uma viagem de negócios de uma semana, ela colocou uma truta fresca inteira embaixo de um dos assentos do carro dele, que não a encontrou até voltar para casa. Foi em agosto.

— Gostaria de ter nascido lésbica — minha mãe diz.

— Então você não me teria — replico.

Ela me dá um tapinha no rosto.

— Tudo bem.

Olho nos olhos de Natalia por cima da borda da xícara e contenho a risada que está borbulhando dentro de mim. Temo que, se escapar, possa se transformar em uma gargalhada histérica, que imediatamente se converteria em soluços sufocados.

— O que há com você? — tia María pergunta, e levo um momento para perceber que ela está falando comigo.

— Provavelmente, o novo namorado a está deixando bem cansada — Natalia fofoca e faz uma dancinha *sexy* de volta ao fogão. — Fiquei surpresa por ele não estar com você. Nós só entramos porque o carro dele não estava parado lá fora. Só Deus sabe o que poderíamos ver.

Todos se descontrolam falando de mim e de Ethan por alguns minutos. "Finalmente! *¡Se te va el tren!*"; "Que engraçado! Eles se odiavam!"; "Gêmeas namorando irmãos: isso não é ilegal?".

Espero até que todos se acalmem.

Diego entra na cozinha e se queima tentando tirar algo da frigideira.

— Não tenho certeza se ainda somos um casal — eu os alerto. — Talvez sejamos. Tivemos uma briga. Então não faço ideia.

Todos se sobressaltam e uma pequena parte dissociada de mim quer rir. Não é que Ethan e eu estivéssemos juntos há anos. Mas minha família logo se apega e, novamente, eu também.

Não consigo pensar que as coisas entre nós terminaram. Sinto uma pontada de dor.

E, nossa, o baixo-astral tomou conta do ambiente. Penso durante alguns segundos se vou me dar ao trabalho de contar a eles que também perdi meu emprego, mas sei que vou. Se Dane contar a Ami, e em seguida Ami contar a um de meus primos, e mamãe descobrir que fui demitida e não lhe contei, ela vai ligar para todos os seus irmãos e irmãs, e, antes que me dê conta, terei quarenta mensagens de texto de tias e tios exigindo que eu ligue para minha mãe imediatamente. Encarar isso agora vai ser terrível, mas ainda é infinitamente mais fácil do que qualquer outra alternativa.

— Além disso, perdi meu emprego — digo, retraindo-me.

O silêncio engole todos nós. Devagar, muito devagar, mamãe larga a taça de vinho e tia María a pega.

— Você perdeu seu emprego? — minha mãe pergunta, com um alívio cauteloso tomando conta de sua expressão quando ela continua. — Você quer dizer o emprego na Butake.

— Não, *mami*, o que eu comecei hoje.

Todos se sobressaltam, e Diego se aproxima, passando os braços em torno de mim.

— *No* — ele sussurra. — Sério?

— Sério — aceno com a cabeça.

Tia María toma minha mão e, em seguida, mira mamãe e Natalia com os olhos arregalados. Sua expressão grita: "Estou dando tudo de mim para não ligar para todos da família neste exato momento".

Mas o foco de mamãe em mim permanece intenso; é uma expressão protetora de mamãe urso que me diz que ela está pronta para a batalha.

— Quem despediu minha filha no primeiro dia de trabalho?

— Na verdade, o fundador da empresa.

E, antes que ela possa disparar um discurso acerca da grave injustiça de tudo isso, conto o que aconteceu. Ela se senta em uma banqueta e balança a cabeça.

— Isso não é justo. Você estava em uma situação impossível — minha mãe diz.

Levanto os ombros.

— Quer dizer, na verdade, é totalmente justo. Consegui férias grátis. Eu não tinha de mentir a respeito disso. Foi só meu azar que o senhor Hamilton tenha aparecido e que eu tenha sido pega.

Natalia contorna a bancada para me abraçar, e engulo repetidas vezes para não chorar, porque a última coisa que quero é que mamãe se preocupe comigo, quando — embora ela não saiba — vai precisar economizar toda a sua compaixão maternal em favor de Ami.

— Ligue para o seu pai — minha mãe pede. — Faça com que ele lhe dê algum dinheiro.

— *Mami*, não vou pedir dinheiro ao papai.

Contudo, mamãe já está olhando para Natalia, que pega seu celular para mandar uma mensagem para meu pai por mim.

— Deixe-me falar com David — tia María diz, referindo-se ao primogênito de tio Omar e tia Sylvia, dono de dois restaurantes populares em Twin Cities. — Aposto que ele tem um cargo para você.

Há alguns benefícios em ter uma família enorme: você nunca está sozinho para resolver um problema. Nem ligo se David me deixar lavando pratos: a perspectiva de um emprego é um alívio tão imenso que sinto como se fosse derreter.

— Obrigada, tia.

Mamãe lança um olhar para a irmã.

— Olive tem doutorado em *biologia*. Você quer que ela seja garçonete?

Tia María joga as mãos para o alto.

— Você vai menosprezar um emprego? De onde virá o dinheiro para o aluguel dela?

— Ninguém nesta família é bom demais para qualquer trabalho que nos ajude a pagar as contas — coloco-me entre elas, beijando o rosto de tia María e depois o de minha mãe. — Agradeço qualquer ajuda que conseguir.

Candidatei-me a todos os empregos para os quais sou qualificada, e só a Hamilton me ofereceu um cargo. Neste momento, estou tão exausta que não me sinto exigente.

— Diga ao David que vou ligar para ele amanhã, o.k.? — informo.

Nesta altura do dia, sinto-me esgotada. Com pelo menos um estresse resolvido — a perspectiva de um emprego —, meu corpo se descomprime e, de repente, sinto que poderia dormir em pé. Embora a comida em preparo tenha um cheiro incrível, sei que terei a geladeira cheia dela amanhã e não estou com fome agora. Murmuro um boa-noite a todos, e ninguém tenta me deter quando me arrasto pelo corredor para o quarto.

Depois de cair na cama, confiro meu celular. Há algumas mensagens de Ethan, as quais lerei amanhã, mas abro as de Ami. Ela me enviou uma há cerca de uma hora.

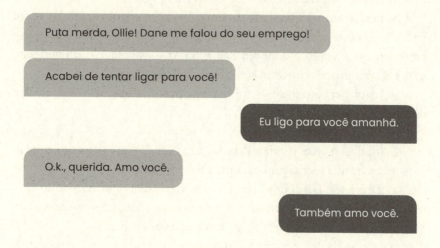

Temendo a conversa que terei amanhã com minha irmã, deixo o celular na mesa de cabeceira e puxo o edredom sobre a cabeça, sem me preocupar em tirar a roupa. Fecho os olhos e caio em um sono agitado ao som da minha família no cômodo ao lado.

CAPÍTULO 17

Como Deus ajuda a quem madruga — ou algo assim —, Ami está à minha porta antes mesmo de o sol nascer totalmente. Ela já malhou e está com o cabelo preso em um rabo balançante e com a pele úmida. Ela põe uma bolsa com um conjunto de batas cirúrgicas limpas no recosto do sofá, o que indica que vai para o hospital direto daqui. Se a vivacidade de sua passada é indicativa de alguma coisa, Dane não lhe disse uma palavra a respeito de ontem à noite.

Em comparação — e não somos nada se não consistentes com nossas marcas registradas —, estou cansada, ainda não cafeinada, e tenho certeza de que isso é visível. Quase não dormi, preocupada com o pagamento do aluguel, com o que preciso dizer a Ami e com o que acontecerá com Ethan quando finalmente falarmos a respeito de tudo isso. Não tenho planos para hoje nem para amanhã, o que é bom, considerando que preciso ligar para David e implorar por um emprego.

Assim que abri as mensagens de Ethan da noite passada, vi que eram apenas duas, que diziam simplesmente: "Me liga" e "Indo para a cama, mas vamos conversar amanhã". Parte de mim agradece o fato de ele não ter se dado ao trabalho de tentar se desculpar por mensagens, porque não sou muito de mensagens, e outra parte está brava por ele nem ter tentado. Sei que preciso de um pouco de distância até falar com Ami, mas também me acostumei a ter um contato quase constante com Ethan e sinto falta dele. Quero que ele corra atrás de mim um pouco, já que não fui eu quem bagunçou o coreto.

Ami entra, abraça-me com força e vai até a cozinha pegar um copo de água.

— Você está, tipo, surtando totalmente?

Com certeza, ela está se referindo à situação do emprego. Então, quando respondo afirmativamente, ela realmente não faz ideia do tamanho de minha ansiedade neste momento. Vejo-a beber metade do copo em um longo gole.

Tomando fôlego, ela diz:

— Mamãe disse que David vai contratá-la para trabalhar em um dos restaurantes dele; é verdade? Isso é incrível! Ah, meu Deus, Ollie, posso aparecer nas noites de pouco movimento, e será como quando éramos crianças. Posso ajudar na procura de emprego, ou no seu currículo; o que for.

— Seria ótimo. Ainda não tive tempo de ligar para ele. Mas vou ligar — afirmo, encolhendo os ombros.

Ami me lança um olhar meio divertido, meio perplexo por eu ter me esquecido de como nossa família funciona.

— A tia María ligou para o tio Omar, e tio Omar entrou em contato com David. Já está tudo certo para você.

Dou uma risada.

— Meu Deus!

— Aparentemente, ele tem uma vaga de garçonete no Camélia para você.

Ó. O restaurante mais bacana dele. Adoro minha família.

— Legal.

Isso faz Ami rir do seu jeito incrédulo de "ah, Olive".

— "Legal"?

— Desculpe — digo. — Juro, estou tão devastada emocionalmente que não consigo ficar animada agora. Prometo fazer melhor quando falar com David mais tarde.

Ami pousa o copo.

— Minha pobre Ollie. Seu estômago está melhor?

— *Meu* estômago?

— Dane disse que você não estava se sentindo bem.

Ah, aposto que disse. E — curioso —, assim que ela menciona Dane, meu estômago de fato começa a se revirar.

— Certo. É, estou bem.

Ami inclina a cabeça, indicando para que eu a siga enquanto ela carrega sua água para a sala e se senta no sofá, cruzando as pernas diante de si.

— Ethan também acabou saindo mais cedo. — Ela deve ter notado a surpresa em meu rosto, porque ergue uma sobrancelha. — Você não sabia?

— Não falei com ele desde que fui embora — digo e me abaixo ao seu lado.

— Tipo, nada mesmo?

Tomo fôlego.

— Queria falar com você primeiro.

Confusa, Ami contrai o rosto.

— Comigo? É a respeito de como ele estava estranho?

— Não, eu... O que você quer dizer?

— Ele só ficou muito quieto e, cerca de vinte minutos depois de eu ter chegado lá, disse que ia sair fora. Dane disse que ele provavelmente estava com a mesma virose que você.

Cerro os punhos e, então, imagino como seria meter um deles na face empafiada de Dane.

— Na verdade, queria falar com você sobre o Dane.

— Dane?

— É. Ele...

Faço uma pausa, tentando descobrir por onde começar. Já pensei nessa conversa mil vezes, mas ainda não tenho as palavras certas.

— Você se lembra quando Ethan e eu nos conhecemos?

Ami contrai os lábios enquanto pensa.

— Em algum piquenique ou algo assim?

— Na feira estadual. Logo depois que você e Dane começaram a namorar. Aparentemente, Ethan me achou bonita, e, quando mencionou ao Dane que queria me chamar para sair, Dane lhe disse para não se dar ao trabalho.

— Espere, Ethan queria chamá-la para sair? E como ele passou disso para odiar o seu ser, tudo em um só dia?

— Sabe, eu achava que era porque ele tinha me visto comendo as bolinhas de queijo.

Santo Deus. Dizer isso em voz alta agora é de matar; soa tão estúpido. Sei que Ami sempre entendeu por que achei isso: ambas sempre lutamos contra nossos genes curvilíneos e, objetivamente, o mundo trata mulheres magras de maneira diferente, mas agora sei que esse é meu botão vermelho.

— Acho que ele ficou distante porque estava tentando não me paquerar, porque Dane falou para ele não fazer isso — prossigo.

Ami ri como se isso fosse uma piada boba.

— Dane não diria isso, querida. Ele sempre detestou que vocês dois não conseguissem se dar bem. Ele ficou genuinamente feliz quando viu vocês no aeroporto.

— Sério? — pergunto. — Ou ele só diz isso porque é o que todos queremos ouvir?

Levanto-me do sofá e me sento na mesa de centro diante dela. Tomo sua mão na minha. São semelhantes sob vários aspectos, mas a de Ami tem um diamante cintilante no dedo anelar.

— Acho que… — digo, ainda concentrada em nossos dedos entrelaçados. Isso é muito difícil de dizer, mesmo para a pessoa que mais conheço em todo o mundo. — Acho que Dane quis manter Ethan e eu separados porque não queria que Ethan deixasse escapar que Dane estava saindo com outras mulheres quando vocês começaram a ficar juntos.

Ami afasta sua mão com um puxão, como se tivesse sido eletrocutada.

— Olive, isso não tem graça. Por que me diria uma coisa dessas?

— Escute. Não sei as datas exatas, mas Ethan falou algo em Maui a respeito de você e Dane não serem exclusivos um do outro até pouco antes do noivado.

— Ethan disse isso? Por que ele…?

— Ele assumiu que você soubesse. Mas você e Dane eram exclusivos desde o início, não é?

— Claro que sim!

Eu já sabia disso; contudo, sinto uma pontada de justiça. *Conheço* minha irmã.

Ela se levanta e caminha até o outro lado da sala. Ami não é mais a saltitante e eufórica pós-malhação na academia. Minha irmã fica irrequieta quando está ansiosa e, neste momento, está repuxando seu anel, girando-o distraidamente em torno do dedo.

Ser uma gêmea significa se sentir frequentemente responsável pelo bem-estar emocional da outra, e, agora, tudo o que quero é retirar tudo que disse, fingir que estou brincando e viajar para um tempo em que não sabia de nada disso. Mas não posso. Talvez eu nunca saiba como é um relacionamento ideal para mim, mas sei que Ami merece ser o que basta a alguém, ser amada completamente. Tenho de continuar.

— Todas as viagens que eles fizeram juntos? Dane a deixou pensar que foram ideia do Ethan, que Ethan as tinha planejado…

— *Foram* ideia do Ethan. Tipo, objetivamente — ela diz. — Dane não planejaria esse tipo de coisa sem falar comigo antes. Ethan planejou essas coisas para superar a Sophie, e, porque ele é solteiro, ou *era*… — ela deixa escapar um ronco estranho e surpreso — … ele só achou que Dane também estivesse livre em todos os feriados.

— A maioria dessas viagens foram antes da Sophie ou durante o namoro. — Vendo-a procurar por mais razões para explicar tudo isso, continuo:

— Olhe, eu entendo por que era isso que Dane queria que você pensasse. — Espero até ela encontrar meu olhar, na expectativa de que perceba que estou sendo sincera. — Pegaria melhor para ele se fosse Ethan quem o arrastasse constantemente ao redor do mundo naquelas aventuras malucas. Mas, Ami, Ethan odeia voar. Você devia tê-lo visto no avião para Maui. Ele mal conseguia se controlar. Ele também fica enjoado no mar. E, sério, ele é tão caseiro quanto eu. Sinceramente, não consigo imaginar o Ethan planejando uma viagem para surfar na Nicarágua. Tipo, a ideia já me faz rir. Dane estava usando o Ethan como desculpa para ir fazer coisas e sair com outras mulheres. Há pelo menos uma outra mulher que Ethan mencionou.

— Você é demente? — Ami rosna. — Devo acreditar que meu marido é tão manipulador? Que ele está me traindo há... o quê? Três anos? Você realmente o odeia tanto assim?

— Eu não o odeio, Ami... Pelo menos, não o odiava.

— Você faz ideia de como tudo isso soa ridículo? Você tem a palavra de alguém além da de Ethan?

— Tenho... Porque Dane deu em cima de mim ontem à noite. No bar.

Ami pisca diversas vezes.

— Desculpe, *o quê*?

Explico o que aconteceu a respeito da ida de Ethan ao banheiro e da sugestão de Dane de que todos poderíamos fazer um *swing*, dependendo do astral. Assisto ao rosto de minha irmã, tão parecido com o meu, ir da confusão para a mágoa e para algo beirando a raiva.

— Puta merda, Olive — ela brada, boquiaberta. — Por que você é assim? Por que você é tão cínica a respeito de *tudo*? — Ela pega o copo e anda até a pia. Sua expressão está tão tensa e sombria que ela parece doente de novo, e meu estômago se contorce de culpa. — Por que você sempre quer ver o pior nas pessoas?

Eu nem sei o que dizer. Fico completamente emudecida. Em silêncio, Ami abre a torneira com um puxão e começa a lavar o copo.

— Tipo, você está falando sério agora? O Dane não daria em cima de você. Não precisa gostar dele, mas também não pode sempre assumir que as intenções dele são terríveis.

Sigo-a até a cozinha e observo enquanto Ami enxágua o copo antes de ensaboá-lo todo e lavá-lo mais uma vez.

— Querida, juro para você que não quero pensar o pior dele...

Ela fecha a torneira com um tranco e gira para me encarar.

— Você contou alguma coisa para o Ethan?

Mexo lentamente a cabeça.

— Pouco antes de ir embora. Ele me seguiu até o lado de fora.

— E?

— E...

Sua expressão muda.

— É por isso que vocês não se falaram mais?

— Ele quer acreditar que o irmão é um cara legal.

— É. Sei como ele se sente.

Os segundos passam, e não sei o que mais posso dizer para convencê-la.

— Sinto muito, Ami. Não sei mais o que dizer para fazer você acreditar em mim. Eu nunca quis...

— Nunca quis o quê? Ferrar com as coisas entre mim e Dane? Entre você e Ethan? Isso durou o quê? — Ela ri com escárnio. — Duas semanas inteiras? Você sempre fica tão feliz em acreditar que tudo simplesmente *acontece* com você. "Minha vida ficou desse jeito porque sou muito azarada" — ela me imitando com uma voz dramaticamente melosa. — "Coisas ruins acontecem com a pobre Olive, e coisas boas acontecem com a Ami porque ela tem *sorte*, não porque ela as mereceu."

As palavras de Ami trazem o vago eco das de Ethan, e fico repentinamente com raiva.

— Nossa. — E dou um passo para trás. — Você acha que eu queria que isso acontecesse?

— Acho que é mais fácil para você acreditar que, se as coisas não acontecem do jeito que você espera, não é por causa de algo que você fez, mas porque você é um peão em algum jogo cósmico de azar. Porém, notícia de última hora, Olive: você acaba desempregada e sozinha por causa das escolhas que faz. Você sempre foi assim. — Ela me olha, claramente exasperada. — Por que tentar quando o universo já decidiu que você vai falhar? Para que qualquer empenho nos relacionamentos quando já sabe que não tem sorte no amor e que eles acabarão em desastre? De novo e de novo, como um disco riscado. Você nunca *tenta* de verdade.

Meu rosto está quente. Fico ali, piscando, a boca aberta e pronta para responder, mas absolutamente nada sai. Às vezes, Ami e eu discutimos — é simplesmente o que irmãos fazem —, mas é isso o que ela realmente pensa de mim? Acha que não *tento*? Acha que vou acabar desempregada e sozinha, e essa visão de mim só está aparecendo agora?

Ami pega suas coisas e caminha em direção à porta.

— Tenho de ir trabalhar — ela diz, ajeitando a alça da bolsa no ombro. — Pelo menos uma de nós tem algo para fazer.

Ai. Dou um passo à frente, estendendo a mão para detê-la.

— Ami, sério. Não me deixe simplesmente aqui, no meio disto.

— Não posso ficar aqui. Tenho que pensar e não consigo fazer isso com você por perto. Nem consigo olhar para você agora.

Ela passa por mim. A porta se abre e se fecha novamente com um baque, e, pela primeira vez desde que tudo isso começou, eu choro.

CAPÍTULO 18

A pior coisa em relação a crises é que não é possível ignorá-las. Não posso simplesmente voltar para a cama, enfiar-me debaixo das cobertas e dormir pelo próximo mês. Às oito da manhã, apenas uma hora depois da partida de Ami, tia María me manda uma mensagem avisando que tenho de ir até o Camélia e conversar com David sobre o emprego de garçonete.

David é dez anos mais velho que eu, mas tem um rosto jovial e um sorriso brincalhão, o que ajuda a me distrair do impulso palpitante de arrancar todos os cabelos e me estrebuchar no chão. Já estive no Camélia cerca de cem vezes, mas enxergá-lo sob a perspectiva de funcionária é surreal. Ele mostra meu uniforme, depois onde a escala de trabalho está pendurada, como é o fluxo de trabalho na cozinha e onde a equipe de funcionários se reúne para jantar antes de o restaurante abrir todas as noites.

Tenho anos de trabalho como garçonete em meu currículo — todas nós temos, muitos dos quais em um dos restaurantes do primo David —, mas nunca em um lugar tão chique. Vou precisar usar calça preta e uma camisa branca engomada, com um avental branco simples em volta da cintura. Também vou precisar memorizar o cardápio, em constante mudança, e de um treinamento com o *sommelier* e o *chef* confeiteiro.

Confesso que estou muito ansiosa em relação a essas duas últimas coisas.

David me apresenta aos demais garçons — certificando-se de deixar de fora a informação de que sou sua priminha — e aos *chefs*, aos sub-*chefs* e ao *barman*, que por acaso está ali fazendo o inventário. Meu cérebro está tentando guardar todos os nomes e informações. Assim, fico grata quando David me diz para estar no restaurante amanhã para a reunião e o treinamento da equipe que começará às quatro da tarde. Vou acompanhar um garçom chamado Peter, e, quando David pisca como que querendo dizer que "Peter é lindo", meu estômago embrulha porque quero estar com *meu* homem lindo, aquele que me conquistou com sua sagacidade, sua risada e, sim, seus bíceps e clavículas. Porém, estou chateada com ele, e talvez ele esteja chateado comigo; sinceramente não faço ideia de como isso vai acabar.

David deve ter percebido alguma reação em mim, porque ele beija o alto da minha cabeça e diz:

— Estou com você, querida.

Quase desabo em seus braços, porque não sei se é sorte ou as nossas gerações garantindo isso, mas tenho uma família realmente incrível.

É só meio-dia quando volto para casa, e é deprimente registrar que deveria estar na metade de meu segundo dia de trabalho na Hamilton, conhecendo novos colegas e abrindo contas. Porém, reconheço que há um pequeno vislumbre no fundo de meus pensamentos; não é alívio, não exatamente, mas também não é totalmente diferente de alívio. É que eu aceitei o que aconteceu — eu errei e fui demitida por causa disso — e, na verdade, sinto-me bem com isso. Graças à minha família, tenho um emprego que pode me sustentar pelo tempo que eu precisar e, pela primeira vez na vida, posso me dedicar a descobrir o que quero fazer.

Assim que terminei a faculdade, fiz uma pós-graduação e imediatamente ingressei na indústria farmacêutica, trabalhando na intermediação entre os cientistas pesquisadores e os médicos. Gostei muito de ser capaz de traduzir a ciência para uma linguagem mais clínica, mas também nunca tive um trabalho que me fizesse sentir realizada. Ao conversar com Ethan a respeito de seu trabalho, senti-me como o Dilbert. Por que eu deveria passar a vida inteira fazendo algo que não me excita?

Resmungo com essa nova lembrança de Ethan e, embora eu saiba que ele está no trabalho, pego o celular e envio-lhe uma mensagem curta.

> Vou estar em casa hoje à noite, se você quiser vir aqui.

Ele responde em poucos minutos.

> Passo aí por volta das sete.

Sei que Ethan não é o cara mais efusivo emocionalmente, mas o tom de suas três últimas mensagens me coloca em uma espiral de pânico, como se fosse preciso mais do que uma conversa para consertar o que está acontecendo entre nós, mesmo que eu não tenha feito nada de errado. Não faço ideia do que ele está pensando a respeito de tudo isso. Claro que espero que ele acredite em mim e que peça desculpas por ontem à noite, mas sinto um peso tremendo no estômago que me adverte de que talvez as coisas não aconteçam como espero.

Olhando para o relógio, vejo que tenho sete horas até que Ethan passe por aqui. Faço uma limpeza, vou ao supermercado, cochilo, memorizo o cardápio do Camélia, cozinho sob estresse... E tudo isso só consome cinco horas.

O tempo está passando lentamente. Este dia vai durar uma década.

Não posso ligar para Ami e divagar a respeito disso, porque com certeza ela ainda não vai querer falar comigo. Por quanto tempo manterá esse distanciamento? Será que vai acreditar em Dane indefinidamente e terei de engolir minhas palavras, embora — mais uma vez — eu não tenha feito nada de errado?

Largo o cardápio na mesa de centro e me esparramo no tapete. A possibilidade de que esse rompimento entre mim e Ami se torne permanente me deixa zonza. Provavelmente seria uma boa ideia sair com alguém para me distrair, mas Diego, Natalia e Jules estão todos trabalhando, minha mãe só iria se preocupar se soubesse o que está acontecendo, e ligar para mais alguém da família vai apenas resultar em quinze pessoas dando as caras junto à minha porta para um jantar de condolências, quando Ethan e eu estivermos tentando discutir nossa relação.

Felizmente, Ethan não me faz esperar. Ele chega pontualmente às sete, segurando um saco com comida tibetana que tem um cheiro muito mais atraente do que a pizza que pedi para dividirmos.

— Oi — ele diz e dá um sorrisinho.

Ele se inclina, como se fosse beijar minha boca, mas então muda de direção no último momento e beija meu rosto.

Fico de coração partido.

Recuo um passo, deixando-o entrar, e de repente a temperatura do meu apartamento parece subir muitos graus; tudo parece muito pequeno. Olho em todas as direções, menos para ele, porque sei que, se o fizer e tiver a sensação de que as coisas entre nós realmente não estão bem, não vou conseguir me controlar para a conversa que precisamos ter.

É muito estranho. Ethan me segue até a cozinha, fazemos nosso prato e, em seguida, nos sentamos no chão da sala, em lados opostos da mesa de centro. O silêncio parece uma enorme bolha ao meu redor. Na semana passada, Ethan praticamente morou aqui. Agora somos como estranhos de novo.

Ele empurra seu arroz.

— Você mal olhou para mim desde que cheguei.

A resposta fica presa em minha garganta. "Porque você me deu um beijo no rosto quando chegou. Você não me puxou contra seu corpo, nem se perdeu em um longo beijo comigo. Sinto que mal tive você, e agora você já se foi."

Então, em vez de responder em voz alta, olho para ele pela primeira vez e tento sorrir. Ele registra o esforço fracassado, e isso claramente o deixa triste. Uma dor surge e cresce em minha garganta, e não sei se vou conseguir falar sobre isso. Detesto essa dinâmica sombria mais do que detesto o fato de que estamos brigando.

— Isto é muito estranho. Seria muito mais fácil sermos sarcásticos um com o outro.

— Não tenho energia para ser sarcástico — ele diz, cutucando sua comida.

— Eu também não.

Só quero mesmo rastejar pelo chão, sentar no colo de Ethan e fazê-lo me provocar quanto ao tamanho minúsculo de meu sutiã ou quanto a não conseguir ficar longe dele o tempo necessário para terminar o jantar, mas é como se Dane e sua expressão infantiloide estivessem estacionados entre nós, impedindo-nos de ser normais.

— Falei com Dane ontem à noite — ele diz logo em seguida. — Tarde. Fui até lá muito tarde.

Ami não mencionou isso. Será que ela sabia que Ethan passou por lá ontem à noite?

— E? — pergunto baixinho. Estou sem apetite e só empurro um pedaço de carne pelo prato.

— Ficou bastante surpreso em saber como você interpretou o que ele disse — Ethan afirma.

— Que surpresa — digo, sentindo um gosto amargo na boca.

Ethan larga o garfo e se inclina para trás, apoiando-se nas duas mãos, olhando para mim.

— O que eu deveria fazer? Minha namorada acha que meu irmão deu em cima dela, e ele diz que não. É importante quem está certo neste caso? Vocês dois estão se sentindo ofendidos.

Fico perplexa.

— Você deveria acreditar em mim. E é absolutamente importante quem está certo neste caso.

— Olive, estamos juntos há cerca de duas semanas — ele afirma, impotente.

Demoro alguns instantes para conseguir decifrar a pilha de palavras que caem em meus pensamentos.

— Estou mentindo porque nosso relacionamento é novo?

Suspirando, ele estende o braço e passa uma mão pelo rosto.

— Ethan, eu sei o que ouvi — digo baixinho. — Dane me passou uma cantada. Não posso fazer de conta que não aconteceu.

— Só não acho que ele quis dizer o que você acha que ele disse. Acredito que você tem uma predisposição para pensar o pior a respeito dele.

Seria tão fácil decidir fazer as pazes com Ethan e Ami e dizer "Quer saber? Vocês provavelmente têm razão", e simplesmente deixar rolar, porque, depois de tudo isso, claro que tenho a predisposição para pensar o pior sobre Dane, e poderia facilmente mantê-lo a distância pelo resto da vida. Mas não sou capaz de fazer isso. Há muitos sinais de alerta: por que sou a única que consegue vê-los? Não é porque sou pessimista ou busco o pior nas pessoas; sei que isso não é verdade a meu respeito, não mais. Afinal, eu me apaixonei por Ethan naquela ilha. Estou animada com o emprego no Camélia, porque agora tenho tempo para realmente pensar sobre o que quero fazer da minha vida. Estou tentando consertar tudo em mim que não está funcionando, porque *sei que tenho a escolha e posso decidir como viver a minha vida* — que nem tudo é sorte —, mas, logo que tento ser proativa, é como se ninguém quisesse me *deixar* ser.

E por que Dane não está aqui com Ethan, tentando acertar as coisas comigo? Na verdade, sei o motivo: ele tem tanta certeza de que ninguém vai acreditar em mim que todos vão pensar "Ah, Olive só está sendo Olive. Simplesmente acreditando no pior a respeito de todo mundo". Minhas opiniões são tão irrelevantes porque, aos olhos deles, sempre vou ser a pessimista.

— Você já falou com Ami? — Ethan pergunta.

Sinto como o calor sobe por meu pescoço e meu rosto. Neste caso, o fato de minha irmã gêmea estar do lado de Ethan e Dane está acabando comigo. Nem consigo admitir isso em voz alta, então, apenas respondo afirmativamente com a cabeça.

— Você contou a ela sobre Dane sair com outras garotas antes de eles serem exclusivos um do outro? — ele pergunta.

Concordo novamente.

— E a respeito de ontem?

— Sim.

— Achei que você não fosse dizer nada para Ami — ele diz, exasperado.

Fico boquiaberta.

— E eu achei que Dane não iria dar em cima da irmã da mulher dele. Acho que nós dois desapontamos você.

Ethan me encara longamente.

— Como Ami reagiu?

Meu silêncio dá uma dica a ele de que Ami também não acreditou em mim.

— Ela não sabia a respeito das outras mulheres, Ethan. Ami acha que Dane estava comprometido com o relacionamento deles desde o primeiro dia.

Ele olha para mim com uma expressão de dó, e isso me dá vontade de gritar.

— Então, você não vai ser capaz de superar isto?

Fico de queixo caído.

— Qual parte? O marido da minha irmã a trair antes do casamento deles? Seu irmão me cantar? Ou meu namorado não acreditar em mim?

Ethan volta a me olhar. Ele parece compungido, mas resoluto.

— De novo: não acredito que a intenção dele tenha sido a que você acha que foi. Não acho que ele daria em cima de você.

Eu o deixo ouvir o espanto em minha voz.

— Então você tem razão — digo. — Vai ser difícil superar isso.

Quando Ethan se inclina para a frente, acho que vai examinar seu prato, mas ele toma impulso para se levantar.

— Gosto muito de você — ele diz baixinho, fecha os olhos e passa a mão pelo cabelo. — Na verdade, sou louco por você.

Meu coração palpita, dolorosamente.

— Então, dê um passo atrás e analise esta situação de um ângulo diferente — imploro. — O que eu tenho a ganhar mentindo a esse respeito?

Tivemos muitos desentendimentos, e todos parecem comicamente menores em retrospecto. As bolinhas de queijo, o avião, os Hamilton, Sophie, o vestido verde do casamento. Eu percebo agora: todas essas foram oportunidades para termos contato um com o outro. Mas esta é a primeira vez em que estivemos em um verdadeiro impasse, e sei o que ele vai dizer antes mesmo de pronunciar as palavras.

— Acho que deveríamos terminar, Olive. Sinto muito.

CAPÍTULO 19

Está silencioso antes de a correria da hora do jantar começar, e estou fazendo a verificação final da minha seção. Natalia é o quarto membro da família a passar pelo Camélia exatamente às quatro horas nesta semana. Ela disse que queria cumprimentar David porque não o via fazia séculos, mas sei que isso era mentira, porque Diego — que passou ontem para me incomodar, apelando para uma história igualmente frágil — disse que David e Natalia visitaram tia María há menos de uma semana.

Por mais que o tamanho e a presença de minha família possam parecer opressivos, trata-se do maior apoio que tenho agora. Mesmo que faça de conta que estou aborrecida com o fato de estarem me vigiando constantemente, todos percebem que é fingimento. Porque, se fosse qualquer um deles enfrentando dificuldades — e foi o caso, muitas vezes —, eu também encontraria um motivo para dar uma passada às quatro horas onde quer que trabalhasse.

— *Mama*, quando estamos tristes, nós comemos — Natalia afirma, seguindo-me com um prato de comida enquanto ajusto o posicionamento de duas taças de vinho em uma mesa.

— Eu sei — digo a ela. — Mas, juro, não consigo mais comer.

— Você está começando a parecer uma boneca cabeçuda da Selena Gomes — ela diz e aperta minha cintura. — Não gosto disso.

A família sabe que Ethan terminou comigo, e que Ami e eu estamos "discutindo" (embora não haja nada claro a esse respeito; eu liguei para ela algumas vezes após nosso grande arranca-rabo, e, duas semanas depois, ela ainda não retornou nenhuma de minhas chamadas). Nos últimos dez dias, fui bombardeada com mensagens bem-intencionadas, e minha geladeira está cheia da comida que minha mãe traz diariamente da casa de tio Omar, Ximena, Natalia, Cami, Miguel, tio Hugo, Stephanie, Tina... Quase como se tivessem feito um calendário da alimentação da Olive. Minha família alimenta as pessoas. É o que eles fazem. Ao que tudo indica, minha ausência no jantar dominical por duas semanas consecutivas — por causa do trabalho — deixou todo mundo em alerta máximo e louco por não saber o que está acontecendo.

Não posso culpá-los. Se Jules, Natalia ou Diego se escondessem, eu ficaria louca de preocupação. Mas não quero compartilhar minha história. Não saberia como contar o que está acontecendo e, segundo tio Hugo, que passou ontem pelo restaurante para "... hum... pegar um cartão de visitas de um corretor de seguros com o David", Ami também não quer falar a respeito.

— Vi a Ami ontem. — Natalia faz uma pausa longa até que eu pare de me preocupar com os preparativos da mesa e olhe para ela.

— Como ela está? — pergunto e não consigo evitar a aflição. Sinto falta de minha irmã e estou devastada pelo fato de ela não estar falando comigo. É como perder um membro. Todos os dias, chego muito perto de ceder e dizer: "Você provavelmente tem razão. Dane não fez nada de errado", mas as palavras simplesmente não saem, mesmo quando testo a mentira diante do espelho. Elas grudam em minha garganta, e sinto que vou chorar. Nada tão terrível aconteceu comigo — além de perder o emprego, minha irmã e meu namorado em um período de 24 horas —, mas ainda sinto uma espécie de raiva ardente de Dane, como se ele tivesse me estapeado com a própria mão.

Natalia dá de ombros e tira um fiapo de minha gola.

— Ela pareceu estressada e me perguntou a respeito de uma garota chamada Trinity.

— Trinity? — repito, buscando em minha memória por que esse nome me soa familiar.

— Aparentemente, o Dane recebeu algumas mensagens dela e a Ami as viu no celular dele.

— Tipo, mensagens *sexy*?

Isso me deixa tão arrasada quanto esperançosa se for verdade: quero que Ami acredite em mim, mas prefiro estar enganada a respeito de tudo isso a vê-la sofrer.

— Acho que ela só perguntou se ele queria sair, e Dane escreveu "Não, estou ocupado", mas Ami ficou emputecida por ele estar mandando mensagens para uma mulher.

— Meu Deus, acho que Trinity era a garota com a tatuagem de manga na bunda.

Natalia sorri maliciosamente.

— Acho que já li esse livro.

— Ethan mencionou alguém chamada Trinity. Ela...

Paro de falar. Não disse a ninguém da família o que Ethan me contou. Eu poderia tentar destruir toda a história de Dane se quisesse, mas de que adiantaria? Não tenho provas de que ele estava saindo com outras mulheres antes do casamento com Ami. Não tenho provas de que ele deu em cima de mim no bar. Só o que tenho é minha reputação de pessimista, e não quero que toda a família me veja como Ethan me viu quando disse que até minha irmã gêmea acha que estou inventando tudo isso.

— Ela o quê? — Natalia me pressiona depois que parei de falar.

— Esquece.

— O.k. — ela diz, mas agora motivada com o desafio. — O que está acontecendo? Você e sua irmã estão muito estranhas ultimamente, e...

Balanço a cabeça, sentindo as lágrimas querendo rolar pelo rosto. Não posso fazer isso pouco antes do meu turno de trabalho.

— Não sei, Nat. Só preciso que você esteja lá quando a Ami precisar, está bem?

Sem hesitação, ela acena que sim.

— Não sei quem é Trinity — digo e respiro fundo. — Mas não confio mais em Dane.

Depois da meia-noite, tiro minha bolsa do armário na sala dos fundos e a penduro no ombro. Nem me incomodo em olhar para o celular: Ami não está me mandando mensagens, Ethan não está me ligando e não há nada que eu possa dizer em resposta às quarenta outras mensagens presentes em minha tela.

Porém, na metade do caminho para o carro, o celular toca. É um breve estardalhaço de sinos, rotores e moedas caindo: o som de tirar a sorte grande em uma máquina caça-níqueis. É o toque de mensagem de texto de Ami.

Está fazendo 23 graus negativos, e estou só com uma saia preta e uma camisa branca, mas paro onde estou e tiro o celular da bolsa. Ami me enviou uma captura de tela da lista de mensagens de Dane e há os suspeitos de sempre — Ami, Ethan e alguns amigos de Dane —, mas também há nomes como Cassie, Trinity e Julia. A mensagem de Ami diz:

> Era disto que você estava falando?

Não sei como responder. Claro que meu instinto me diz que essas são as mulheres com quem Dane transou, mas como eu poderia saber? Podem ser colegas de trabalho. Mordo o lábio, digitando com os dedos congelados:

> Não sei quem são elas.

> Não tenho uma lista de nomes. Se eu tivesse, teria mostrado a você.

Espero que Ami comece a digitar de novo, mas ela não o faz e estou congelando. Assim, entro no carro e ligo o aquecedor na temperatura máxima. Porém, a cerca de três quarteirões de casa, o celular volta a se manifestar, e encosto o carro virando o volante com força.

> Dane esqueceu o celular em casa ontem.

> Passei duas horas tentando adivinhar a senha. E é "1111". Porra!

Contenho uma risada e encaro a tela avidamente: Ami ainda está digitando.

> Enviei para mim mesma todas as capturas de tela.

> Todas as mensagens dessas mulheres perguntavam a mesma coisa: se Dane não queria dar uma volta. Esse é o código para uma rapidinha?

Arregalo os olhos. Ela está falando sério?

> Ami, você já sabe o que penso.

> Ollie, e se você tiver razão? E se ele estiver me traindo? E se ele esteve me traindo esse tempo todo?

Meu coração se parte bem ao meio. Metade dele fica com minha irmã, sofrendo pelo que ela está prestes a enfrentar; mas a outra metade sempre vai continuar batendo por mim mesma, mesmo quando ninguém mais estiver lá por mim.

> Sinto muito, Ami. Gostaria de saber o que dizer.

> Eu deveria responder a uma das mensagens?

Fico olhando para a tela por um instante.

> Pelo celular dele?

> Como se fosse o Dane?

> É.

> Você poderia.

> Se achar que ele não vai lhe contar a verdade.

Eu espero. Estou nervosa, e meu coração, disparado.

> Estou com medo.

> Não quero que isso seja verdade.

> Eu sei, querida.

> Se serve de consolo, eu também não quero.

> Vou fazer isso hoje à noite.

Respiro fundo, fecho os olhos e solto o ar lentamente. Por alguma razão, o fato de ela finalmente ter acreditado em mim não me traz o alívio que eu esperava.

> Estou aqui para o que você precisar.

Embora tenha ficado desempregada durante dois meses, passei grande parte do tempo procurando emprego ou ajudando Ami a preparar o casamento. Então, agora, manter-me ocupada durante o dia tornou-se muito importante. Do contrário, passaria esse tempo pensando em Ethan. Ou em Ami.

Durante todo o dia seguinte, não recebo notícias de Ami, e há um nó em meu estômago do tamanho do Texas. Quero saber o que aconteceu com ela e Dane na noite anterior. Quero saber se ela respondeu às mensagens ou se falou com ele. Sinto que devo proteger minha irmã e estou preocupada com ela, mas não há realmente nada que eu possa fazer. Também não posso ligar para Ethan, porque todos nós sabemos que ele está do lado de Dane até o fim dos tempos.

Já que estou de folga esta noite, sair do apartamento — e da minha cabeça — é uma prioridade. Detesto ir à academia, mas, sempre que estou diante do saco de pancada, fico impressionada com quanto meu humor melhora. Comecei a passear com cães de uma ONG de proteção de animais e tenho um novo companheiro, um *golden retriever* chamado Skipper, que estou pensando em adotar para dar de presente a minha mãe como surpresa; se seria uma surpresa boa ou ruim, não tenho certeza, motivo pelo qual ainda estou avaliando a possibilidade. Ajudo alguns de meus vizinhos a remover a neve das calçadas, vou a uma palestra a respeito de arte e medicina e encontro Diego para um almoço tardio.

Ele também não teve notícias de Ami hoje.

É estranho constatar que, assim que saí da esteira ergométrica, minha vida começou de repente a parecer minha de novo. Sinto que posso erguer os olhos pela primeira vez em uma década. Posso respirar. Há um motivo pelo qual Ethan não sabia muito a respeito do meu trabalho: nunca falei sobre ele. Era o que eu fazia, e não quem eu era. E, ainda que eu sinta uma dor no peito às vezes — porque sinto muito a falta de Ethan —, não ter o peso de um cargo em uma empresa sobre os ombros é um alívio inacreditável. Nunca soube quem eu era. Sinto-me mais eu mesma do que nunca.

Ami me liga às cinco, quando estou entrando em casa e indo direto pegar o rolo removedor de pelos; Skipper está trocando a pelagem.

Não tenho notícias dela há duas semanas e posso ouvir meu próprio tremor quando atendo o celular.

— Alô?

— Oi, Ollie.

Faço uma pausa longa e silenciosa.

— Oi, Ami.

A voz dela sai grave e sufocada.

— Desculpe, de verdade.

Preciso engolir em seco algumas vezes para superar a obstrução de emoções em minha garganta.

— Você está bem?

— Não — ela responde. — Mas, sim. Você quer passar aqui? Eu fiz lasanha.

Pensativa, mordo o lábio por alguns instantes.

— Dane vai estar em casa?

— Ele vai chegar mais tarde — ela admite. — Por favor, Ollie? Quero muito que você passe aqui.

Há algo na maneira como ela diz isso que me faz sentir que é mais do que apenas um momento de reconexão entre irmãs.

— Tudo bem. Chego aí em vinte minutos.

EU ME OLHO NO ESPELHO todos os dias e, por esse motivo, não deveria ser tão chocante ver Ami parada em sua varanda esperando por mim, mas é. Nunca ficamos duas semanas sem nos ver; mesmo na época da faculdade.

Estudávamos em universidades diferentes, mas, mesmo nas semanas mais atarefadas, ainda nos víamos nos jantares de domingo.

Abraço-a o mais forte possível e a aperto ainda mais forte quando percebo que ela está chorando.

— Senti muita saudade de você — ela diz, soluçando em meu ombro.

— Eu também.

— É uma droga.

— Eu sei — digo, recuo e enxugo o rosto de Ami. — Como você está?

— Eu estou...

Ami para de falar e, então, ficamos paradas ali, sorrindo uma para a outra por meio de telepatia, porque a resposta é óbvia: "Uma intoxicação alimentar arruinou minha festa de casamento, perdi minha lua de mel e agora meu marido pode estar me traindo".

— Eu estou viva — Ami completa.

— Ele está em casa?

— No trabalho — ela responde, apruma-se e respira fundo, recompondo-se. — Vai chegar por volta das sete.

Ami se vira e me leva para dentro. Eu adoro a casa deles: é com o conceito aberto e também bem iluminada. Sou grata pela forte habilidade de Ami com decoração, porque suponho que, se fosse deixada a cargo de Dane, incluiria um monte de roxo, que é a cor dos Minnesota Vikings, alvos de dardos e talvez alguns sofás de couro moderninhos e um carrinho de bebidas que ele nunca usaria.

Ami vai até a cozinha e serve vinho para nós em duas grandes taças.

Dou uma risada quando ela entrega a minha.

— Ah, então é esse tipo de noite.

Ela sorri, embora eu possa dizer que não há nenhuma felicidade ali.

— Você não faz ideia.

Ainda sinto que tenho de pisar em ovos em relação ao assunto, mas não posso deixar de perguntar.

— Você pegou o celular dele ontem à noite? Quais são as novidades?

— Peguei — Ami responde e toma um longo gole. Em seguida, olha para mim por cima da borda da taça. — Eu lhe conto tudo mais tarde — prossegue, inclina a cabeça, indicando que devo segui-la até a sala de estar, onde ela já deixou nossos pratos de lasanha em duas bandejas de colo.

— Bem, parece saborosa — digo.

Ela agradece com uma reverência, joga-se no sofá e coloca *Doentes de Amor* para assistirmos. Nós o perdemos enquanto estava em cartaz, mas pretendíamos vê-lo um dia, então sinto uma doce pontada de emotividade na garganta ao saber que Ami me esperou para isso.

A lasanha está perfeita, o filme é maravilhoso e quase me esqueço de que Dane mora aqui. Contudo, depois de uma hora de filme, a porta da frente se abre. Ami muda todo o seu comportamento. Ela se senta com a coluna reta, as mãos nas coxas e respira fundo.

— Você está bem? — pergunto baixinho.

Estou aqui para dar apoio moral enquanto Ami confronta o marido? Não consigo decidir se será fantástico, doloroso ou as duas coisas.

Ouço Dane deixar suas chaves na bancada, folhear a correspondência e, em seguida, gritar:

— Oi, bebê.

— Oi, querido — Ami responde, viva e falsamente.

Isso parece bastante incompatível com o jeito sombrio com que ela me olha.

Sinto o estômago revirar em um surto de estresse antecipado. Então, Dane surge junto à porta. Ele parece surpreso e insatisfeito.

— Ah, oi, Olive.

Não me dou ao trabalho de me virar.

— Vá para o inferno, Dane.

Ami engasga com o vinho e olha para mim, seus olhos brilhando de diversão e tensão.

— Querido, tem lasanha no micro-ondas, se você quiser.

Posso senti-lo ainda olhando para a parte de trás de minha cabeça, ele permanece ali por mais alguns segundos e diz baixinho:

— O.k., vou pegar um pouco de lasanha e deixar vocês duas à vontade.

— Obrigada, querido! — Ami diz em voz alta.

Ela olha para o relógio e, em seguida, pega o controle remoto, abaixando o volume.

— Estou muito nervosa. Estou enjoada.

— Ami, o que está acontecendo? — pergunto, inclinando-me para ela.

— Eu mandei mensagens para elas — ela diz, e fico de queixo caído. — Estou me remoendo de raiva.

Eu vejo isso — a tensão em torno de seus olhos, o esforço que faz para segurar as lágrimas.

— Tive de fazer desse jeito — Ami afirma.

— Fazer o que exatamente? — pergunto.

Mas, antes que Ami possa responder, a campainha toca.

Ela desvia a atenção para a porta que leva à cozinha e ouvimos Dane atravessar a passagem ladrilhada da entrada para atender. Lentamente, tão lentamente que posso ver que está tremendo, Ami se levanta.

— Venha — ela me diz baixinho, depois chama Dane com uma clareza tão calma que é inacreditável. — Quem está na porta?

Sigo minha irmã no exato momento em que Dane está tentando freneticamente conduzir uma mulher de volta para fora. Sinto minha pressão cair.

Será que Ami mandou mensagens para as mulheres, passando-se por Dane, e as convidou para vir aqui?

Meu Deus!

— Quem é, querido? — Ami pergunta, inocentemente.

— Quem é ela? — a mulher pergunta, esquivando-se de Dane.

— Sou a mulher dele, Ami — ela responde, estendendo a mão. — Qual delas é você?

— *Qual delas* sou eu? — a mulher indaga, estupefata demais para retribuir o aperto de mão de Ami. Ela olha para Dane e seu rosto também empalidece. — Sou a Cassie.

Dane se vira, lívido, e encara minha irmã.

— Bebê.

Pela primeira vez, vejo Ami crispar o queixo por causa desse apelido carinhoso!

— Com licença, Dane — Ami diz docemente. — Estou tentando me apresentar a uma de suas namoradas.

Vejo o pânico nos olhos de Dane.

— Bebê, não é o que você está pensando — ele diz.

— O que você acha que estou pensando, *bebê*? — Ami pergunta, com os olhos arregalados em falsa curiosidade.

Outro carro estaciona na entrada da garagem e uma mulher desembarca lentamente, assimilando a cena diante dela. Parece que ela acabou de sair do trabalho: está usando um uniforme de enfermeira e seu cabelo preso em um coque. Ocorre-me que não é assim que alguém se veste para tentar impressionar o outro; é como se veste quando conhece a pessoa há muito tempo e se sente à vontade com ela.

Não consigo evitar de olhar para Dane. Que traste completo.

Ami me olha por cima do ombro e diz:

— Deve ser a Trinity.

Meu Deus. Minha irmã está detonando o jogo de Dane, e nem precisa de uma lista de tarefas para fazer isso. É uma bomba de nível nuclear.

Dane puxa Ami para seu lado, inclinando-se para olhá-la nos olhos.

— Ei, o que você está fazendo, querida?

— Achei que deveria conhecê-las — Ami responde, com o queixo tremendo. É triste de ver. — Eu vi as mensagens em seu celular.

— Eu não... — Dane começa a falar.

— Sim — Cassie diz baixinho. — Você mandou, sim. Na semana passada — ela prossegue e olha para Ami e depois para mim. — Juro que não sabia que ele era casado.

Cassie se vira e volta para seu carro, passando pela outra mulher, que está parada a alguns metros de distância. Percebo pela expressão de Trinity que ela já entendeu o que está acontecendo aqui.

— Você é casado — ela diz sem rodeios, a distância.

— Ele é casado — Ami confirma.

Trinity olha para Dane quando ele se senta no degrau da porta e cobre o rosto com as mãos.

— Dane, isso é foda, hein? — ela diz.

Ele concorda com a cabeça.

— Sinto muito.

Em sua defesa, Trinity olha diretamente para Ami.

— Já não estamos juntos há algum tempo, se isso ajuda.

— O que significa "há algum tempo"? — Ami pergunta.

— Mais ou menos uns cinco meses — Trinity responde.

Ami faz que sim, sua respiração está acelerada, e ela está se esforçando para não chorar.

— Ami, vá para dentro — digo. — Deite-se. Vejo você daqui a pouquinho.

Ela se esquiva da mão estendida de Dane ao passar. Na rua, alguém fecha a porta de um carro e meu coração fica aos pulos: quantas mulheres mais vão aparecer esta noite?

Mas não é outra mulher. É Ethan. Ele está vindo do trabalho, usando calça cinza justa e camisa social azul, bonito o suficiente para que eu queira correr para cima dele. Estou em estado de choque com o que se passa e tento me controlar para ser forte para Ami, mas ainda sinto que perdi o foco ao vê-lo.

— Ah — Ami diz junto à porta, alto o suficiente para todos ouvirem. — Eu também convidei o Ethan, Ollie. Acho que ele deve a você um pedido de desculpas.

Em seguida, fecha a porta calmamente atrás de si.

Trinity me olha nos olhos e dá um sorriso amarelo.

— Boa sorte com isso — ela diz e desvia o olhar para Dane. — Achei estranho você ter me enviado uma mensagem depois de desaparecer por meses. — Trinity morde o lábio, parecendo mais enojada do que chateada. — Espero que ela deixe você.

Instantes depois, ela entra no carro e o põe em movimento, afastando-se da entrada da garagem.

Ethan parou a poucos metros de distância para observar essa interação, com as sobrancelhas franzidas. Ele volta sua atenção para mim.

— Olive? O que está acontecendo aqui?

— Acho que você sabe muito bem o que está acontecendo aqui.

Dane levanta os olhos, que estão vermelhos e inchados. Ao que tudo indica, estava chorando.

— Ami as convidou para vir aqui, eu acho — ele diz e levanta as mãos, derrotado. — Puta merda, é inacreditável o que acabou de acontecer.

Ethan volta a olhar para mim e depois de volta para o irmão.

— Espere. Então você realmente estava…?

— Só duas vezes com a Cassie — Dane responde.

— E com Trinity, cerca de cinco meses atrás — acrescento solicitamente.

Este momento não é sobre mim e Ethan, mas não posso deixar de olhar para ele com minha melhor expressão de "Eu disse".

Dane resmunga.

— Eu sou um idiota.

Posso perceber quando Ethan se dá conta do que está ouvindo. É como se um punho invisível o socasse no peito. Ele dá um passo para trás antes de olhar para mim com a clareza que deveria ter tido há duas semanas.

Caramba, isso deveria ser gratificante, mas não é. Nada nessa história é prazeroso ou parece bom.

— Olive — Ethan diz baixinho, com a voz grave e penitente.

— Não — digo. Tenho uma irmã lá dentro que precisa de mim e não tenho tempo para ele ou para seu irmão desprezível. — Leve Dane com você quando for embora.

Virando-me, caminho de volta para dentro e nem sequer olho para Ethan enquanto fecho a porta atrás de mim.

CAPÍTULO 20

Algumas horas depois, recebo — e ignoro — uma ligação de Ethan. Só posso supor que esteve ocupado lidando com Dane, mas eu também estou lidando com Dane, só que indiretamente: estou embalando todas as suas roupas. E posso sentir a intensidade do desejo de Ami de tirá-lo de casa, porque, talvez pela primeira vez em sua vida, nem sequer lhe ocorreu procurar um cupom de brinde antes de me mandar comprar uma pilha enorme de caixas de papelão.

Não quis deixar minha irmã sozinha enquanto saía correndo, então liguei para mamãe, que trouxe Natalia, Jules, Diego e Stephanie, que, ao que tudo indica, mandaram uma mensagem de texto para tio Omar e para sua filha, Tina, para que trouxessem mais garrafas de vinho. Tina e tio Omar também trouxeram biscoitos, junto com um monte de primos. Então, mais rápido do que alguém possa dizer "Já vai tarde, canalha", somos vinte e dois trabalhando para recolher cada vestígio pessoal de Dane Thomas e colocar em caixas na garagem.

Exaustos, mas com a missão cumprida, todos nos ajeitamos em qualquer superfície plana e vazia que encontramos na sala de estar, e já parece que temos novas tarefas: a minha é aconchegar Ami, a de Natalia é manter a taça de vinho dela cheia, a de mamãe é massagear os pés dela, a de tio Omar é renovar o prato de biscoitos de tempos em tempos, a de Jules e Diego é cuidar da música, a de Tina é andar de um lado para o outro da sala enquanto detalha precisamente como vai castrar Dane, e a de todos os outros é cozinhar comida suficiente para o próximo mês.

— Você vai se divorciar dele? — Steph pergunta, com cuidado, e todos esperam pelo sobressalto de mamãe... Mas ele não vem.

Ami faz que sim com a cabeça, com o rosto junto à taça de vinho.

E mamãe eleva a voz.

— É claro que Ami vai se divorciar dele.

Todos nós olhamos para ela, espantados, e finalmente ela dá um suspiro exasperado.

— *¡Ya basta!* Vocês acham que minha filha é tão burra quanto os pais dela para se envolver no mesmo jogo idiota que eles vêm jogando há duas décadas?

Ami e eu nos entreolhamos e, então, desatamos a rir. Após um instante de silêncio pesado, toda a sala, incrédula, começa a rir e, finalmente, até mamãe está rindo.

Em meu bolso, o celular volta a tocar. Dou uma espiada, mas não o escondo rápido o suficiente e Ami consegue ver a foto de Ethan na tela antes que eu consiga recusar a ligação.

Já ligeiramente embriagada, Ami se inclina para mim.

— Ah, é uma boa foto dele. Onde você a tirou?

Sinceramente, é um pouco doloroso lembrar aquele dia, quando Ethan e eu alugamos o Mustang e passeamos ao longo da costa de Maui. Foi naquele dia que nos tornamos amigos. E ele me beijou naquela noite.

— Foi na fenda d'água de Nakalele.

— É bonita?

— É — respondo baixinho. — Na verdade, incrível. Toda a viagem foi. A propósito, obrigada.

Ami fecha os olhos com força.

— Ainda bem que Dane e eu não fomos.

— Sério? — pergunto, encarando-a.

— Sim! Porque eu me arrependeria de ter perdido isso agora. Teríamos tido mais boas memórias arruinadas. Eu deveria ter percebido que foi um mau presságio quando todos, exceto você e Ethan, ficaram doentes no casamento. Foi um sinal do universo... — Ami diz.

— *Dios* — mamãe se intromete na conversa.

— ... Você e Ethan deveriam ficar juntos — Ami fala gaguejando. — Não eu e Dane.

— Concordo — mamãe afirma.

— Eu também — tio Omar grita da cozinha.

Levanto as mãos para detê-los.

— Acho que não vai rolar mais nada entre mim e Ethan, pessoal.

Meu celular volta a tocar e Ami me encara com os olhos subitamente límpidos.

— Ele sempre foi o bom irmão, não é?

— Ele tem sido o bom irmão — respondo, concordando. — Mas não é o melhor namorado ou o melhor cunhado — prossigo, inclinando-me para a frente e beijando a ponta do nariz de Ami. — Você, por outro lado, é a melhor esposa, irmã e filha. E você é muito amada.

— Concordo — mamãe diz novamente.

— Eu também — Diego afirma, deitando-se sobre o nosso colo.

— Nós também — um coro grita da cozinha.

Nos DIAS SEGUINTES, o bom irmão continua me ligando algumas vezes por dia e, em seguida, passa a enviar mensagens de texto que dizem simplesmente:

> Desculpe.

> Olive, por favor, ligue para mim.

> Eu me sinto um imbecil completo.

Como não respondo a nenhuma delas, Ethan parece se tocar e para de tentar entrar em contato comigo, mas não sei se é melhor ou pior. Pelo menos quando ele ficava ligando ou mandando mensagens, eu sabia que estava pensando em mim. Agora, talvez esteja focado em seguir em frente e eu estou bastante confusa a respeito de como isso me faz sentir.

Por um lado, Ethan que se lixe por não me dar apoio, por deixar que o irmão fosse um péssimo namorado e marido, por ser cabeça-dura em relação a um traidor em série. Por outro lado, porém, o que eu faria na mesma situação para proteger Ami? Seria difícil vê-la como suspeita da mesma maneira que foi difícil para Ethan enxergar isso em Dane?

Além disso, Ethan era bastante perfeito em todos os outros aspectos: espirituoso, divertido, apaixonado e fora de série na cama. Sinceramente, é uma pena perder meu namorado porque discordamos em uma briga que não nos envolvia.

E nosso final parece muito irregular e incompleto.

Cerca de uma semana após a partida de Dane, mudei de meu apartamento para a casa de Ami. Ela não quer ficar sozinha, e isso também é bom para mim: gosto da ideia de economizar o dinheiro do aluguel para poder comprar uma casa própria ou para ter algum valor extra no banco para uma aventura assim que descobrir que tipo de aventura quero ter. Vejo todas as opções se desenrolando diante de mim — carreira, viagens, amigos. E, apesar de as coisas estarem insanas, difíceis e confusas, acho que nunca gostei mais de mim do que agora. É uma sensação muito estranha sentir-me orgulhosa simplesmente por estar cuidando de mim e dos meus. É isso que é crescer?

Minha irmã é tão extraordinária e constitucionalmente sólida que, assim que Dane pega suas coisas na garagem e se muda formalmente, ela parece muito bem. É quase como se o fato de saber que ele é um lixo fosse suficiente para esquecê-lo. Não parece ser um bom momento para o divórcio, mas Ami se dedica à sua Lista de Tarefas do Divórcio com a mesma determinação tranquila com que enviou mil inscrições para sorteios para ganhar a lua de mel.

— Vou jantar com Ethan amanhã — ela diz, do nada, enquanto faço panquecas para o jantar.

— Por que você faria isso?

— Porque ele me convidou — ela responde, como se fosse óbvio. — E dá para perceber que ele não está bem. Não quero puni-lo pelos pecados do Dane.

Faço uma careta.

— É muita generosidade sua, mas, sabe, você ainda pode punir o Ethan pelos pecados do Ethan.

— Ele não me magoou — ela diz e se levanta para tornar a encher seu copo com água. — Ele magoou você e, com certeza, sabe disso; quer se desculpar, mas isso é entre vocês dois, só que você precisa atender às ligações dele primeiro.

— Não tenho de fazer nada em relação a Ethan Thomas.

O silêncio de Ami deixa minhas palavras ecoando na cabeça e percebo como elas soam. Bastante implacáveis, mas familiares. Há muito tempo que não vejo essa versão de mim mesma; não gosto dela.

— Bem, depois você me conta como foi o jantar — eu emendo. — E decidirei se ele merece um telefonema.

Pelo que posso dizer, Ami e Ethan se divertiram muito no jantar. Ele mostrou a ela as fotos de nossa viagem a Maui, arcou com uma quantidade suficiente de culpa pelo comportamento de Dane e a deixou encantada de modo geral.

— Sim, ele é muito bom em ser encantador durante o jantar — digo, esvaziando agressivamente a máquina de lavar louça. — Lembra-se dos Hamilton em Maui?

— Ele me falou a respeito — Ami diz e dá uma risada. — Algo sobre ser convidado para um grupo em que algumas mulheres olham para a vagina com espelhos de mão — ela prossegue e toma um gole de vinho. — Não pedi esclarecimentos. Ele sente sua falta.

Tento fingir que isso não me emociona em absoluto, mas com certeza minha irmã percebe que não é verdade.

— Você sente falta dele? — Ami pergunta.

— Sim — respondo, pois não faz nenhum sentido mentir. — Muita. Mas eu abri meu coração para ele, e Ethan me sacaneou — continuo, fecho a lava-louças e me apoio contra a bancada para encará-la. — Não sei se sou o tipo de pessoa que consegue se abrir novamente.

— Acho que é.

— Mas, se não for, então acho que isso significa que sou inteligente, não é?

Ami sorri para mim, mas é seu novo sorriso contido, e isso me frustra um pouco. Dane matou algo nela, alguma luz otimista e inocente, e isso me dá vontade de gritar. E então a ironia me atinge: não quero deixar que Ethan me torne cínica de novo. Gosto de minha nova luz otimista e inocente.

— Quero que você saiba que estou orgulhosa de você — Ami diz. — Vejo todas as mudanças que está fazendo.

Minha vida parece minha de novo, mas não sabia que precisava que Ami reconhecesse isso. Pego sua mão e a aperto um pouco.

— Obrigada.

— Nós duas estamos crescendo. Responsabilizando algumas pessoas por suas escolhas, permitindo a outras que se redimam pelas delas...

Minha irmã deixa a frase morrer e me dá um sorrisinho. Muito sutil, Ami.

— Não seria estranho para você se Ethan e eu reatássemos?

Ami balança a cabeça e toma rapidamente outro gole de vinho.

— Não. Na verdade, me faria sentir como se tudo o que aconteceu nos últimos três anos tivesse acontecido por uma razão — ela diz e controla o choro, quase como se não quisesse admitir a parte que se segue, mas não consegue evitar. — Sempre vou querer encontrar uma razão para isso.

Agora sei que é uma perda de tempo procurar razões, destino ou sorte. Porém, sem dúvida, passei a abraçar novas opções no último mês, e vou ter de descobrir qual vou abraçar no que diz respeito a Ethan: eu o perdoo ou caio fora?

NA NOITE EM QUE UMA ESCOLHA é posta diretamente diante de mim, o inesperado e o terrível acontecem: estou feliz trabalhando no turno do jantar quando Charlie e Molly Hamilton se sentam na minha seção.

Não posso culpar a anfitriã, Shellie, porque ela não teria como saber que esse talvez fosse o trabalho mais constrangedor como garçonete que ela poderia me oferecer. No momento em que me aproximo da mesa e os Hamilton me veem, um silêncio sepulcral nos envolve.

— Ah, olá — eu digo.

O senhor Hamilton dá uma segunda olhada por cima do cardápio.

— Olive?

Gosto de ser garçonete muito mais do que esperava, mas admito que não gosto do tremor que percebo no ombro do senhor Hamilton quando ele registra que não estou apenas vindo até sua mesa para cumprimentá-lo, mas que estou aqui para servir seu jantar. Isto vai ser constrangedor para todos nós.

— Senhor e senhora Hamilton, que bom vê-los — digo e sorrio. Por dentro, estou gritando como uma mulher sendo perseguida por uma serra elétrica em um filme de terror. — Deveria servi-los esta noite, mas acredito que nos sentiríamos mais à vontade se outro garçom ou garçonete os atendesse, não é mesmo?

— Para mim tudo bem ser atendido por você, se para você estiver tudo bem também, Olive — o senhor Hamilton responde e me dá um sorriso generoso.

Ah, mas há um probleminha: para mim, não está tudo bem.

— Acho que ela está tentando dizer que ficaria mais à vontade se não tivesse de servir o homem que a demitiu em seu *primeiro dia de trabalho* — Molly afirma.

Fico com os olhos arregalados. Nesse caso, Molly Hamilton é time Olive? Sorrio de novo para ela, depois para ele, esforçando-me para manter um pouco de distância profissional.

— Só vai levar um momento para reacomodá-los. Temos uma ótima mesa bem ao lado da janela para vocês.

Sinto alfinetadas em todo o meu pescoço.

— Você está satisfeito consigo mesmo agora, Charles? Você ainda está tentando preencher aquele vaga! — Molly afirma, sibilando.

A fala da senhora Hamilton ecoa em meu ouvido. Corro até Shellie, explico-lhe a situação e ela rapidamente reordena algumas reservas.

Os Hamilton são reacomodados, ganham um aperitivo, e eu solto o ar com força. Escapei de uma boa!

Mas então volto para a minha seção e descubro que Ethan Thomas está sentado à mesa no lugar antes ocupado pelos Hamilton.

Ele está sozinho e usando uma camisa havaiana espalhafatosa e um colar havaiano de plástico. Ao me aproximar da mesa, boquiaberta, percebo que ele trouxe um copo de coquetel de plástico canelado com um adesivo de 1,99 pregado nele.

— Santo Deus, o que estou vendo? — pergunto, sabendo que pelo menos metade dos clientes e grande parte dos funcionários do restaurante estão nos observando.

É quase como se todos soubessem que Ethan estaria aqui.

— Oi, Olive — ele diz em voz baixa. — Eu, bem... — Ele para de falar e sorri.

Vê-lo nervoso provoca sensações confusas e protetoras em mim.

— Estava me perguntando se vocês servem *mai tais* aqui — ele pergunta.

— Você está bêbado? — digo a primeira coisa que me vem à mente.

— Estou tentando fazer um grande gesto. Desta vez, para a pessoa certa. Lembra quando bebemos *mai tais* deliciosos? — Ethan diz e indica o copo.

— Claro que me lembro.

— Naquele dia, acho que foi quando me apaixonei por você.

Eu me viro e fuzilo Shellie com os olhos, mas ela não cruza o olhar com o meu. As pessoas da cozinha correm de volta para seus afazeres. David finge estar entretido com algo em um iPad perto dos jarros de água e, se não fosse impossível, acho que foi um lampejo do cabelo escuro de Ami que vi, correndo pelo corredor até o banheiro.

— Você se apaixonou por mim? — sussurro, entregando-lhe um cardápio em uma tentativa patética de fazer parecer que não há nada para se ver aqui.

— Sim — ele confirma. — E sinto muito a sua falta. Queria dizer a você o quanto estou arrependido.

— Aqui? — pergunto.

— Aqui.

— Enquanto estou trabalhando.

— Enquanto você está trabalhando.

— Você vai repetir tudo o que eu digo?

Ethan tenta manter seu sorriso sob controle, mas posso perceber como este diálogo o ilumina por dentro.

Tento fingir que isso não me afeta. Ethan está *aqui*. Ethan Thomas está fazendo um grande gesto, usando uma camisa horrível e segurando um copo de *mai tai* falso. Meu cérebro está demorando um pouco para alcançar meu coração, que, no momento, está aos pulos, batendo tão forte que faz minha voz tremer.

— Você combinou com os Hamilton para obter efeito máximo?

— Os Hamilton? — ele pergunta e se vira para seguir meus olhos até a mesa deles. — Caramba! — ele exclama, abaixa-se e olha para mim, com os olhos comicamente arregalados.

Como se existisse alguma forma de se esconder com essa camisa. Ah, Ethan.

— Nossa! — ele murmura. — Eles estão aqui? Isto é uma coincidência. E é bem embaraçoso.

— A presença deles é embaraçosa? Você acha? — pergunto e olho significativamente para sua camisa chamativa e seu copo verde fluorescente no meio do salão elegante e silencioso do Camélia.

Mas, em vez de parecer constrangido, Ethan se endireita e murmura:

— Ah, você está pronta para algo realmente embaraçoso?

Então ele estende a mão e começa a desabotoar a camisa.

— O que você está fazendo? — sibilo. — Ethan! Não faça isso.

Ele dá de ombros, sorrindo, e as palavras imediatamente desaparecem. Porque, por baixo da camisa havaiana, Ethan está usando uma camiseta regata verde brilhante que me lembra muito…

— Não me diga que isso é do… — reprimo uma risada, que é tão grande que não sei se tenho tamanho suficiente para contê-la.

— Era o de Julieta — Ethan confirma e olha para seu peito. — Usamos um pedaço do vestido dela para fazer a camiseta. Provavelmente, o seu ainda está intacto no armário.

— Eu queimei o meu — digo e Ethan parece que vai protestar veementemente contra essa decisão. — O.k., eu não queimei. Planejava fazer isso — prossigo e não consigo evitar de estender a mão e tocar no cetim escorregadio. — Não me dei conta de que você era apegado a isso.

— Claro que sou. A única coisa melhor do que você naquele vestido era você sem ele — Ethan diz, fica de pé, e agora todos estão realmente olhando. Ele é alto, atraente e está usando uma camiseta regata verde brilhante que não deixa nada para a imaginação. Ele está em ótima forma, mas, ainda assim...

— É realmente uma cor horrível — digo.

— Eu sei — ele ri, eufórico.

— Tipo, é tão berrante que mesmo alguém tão fofo quanto você não consegue ficar bem nela.

Vejo o sorriso de Ethan se converter em algo quente e sedutor.

— Você me acha fofo?

— De um jeito muito nojento.

Ele ri disso, e sinto uma pontada aguda no peito me mostrando o quanto gosto desse sorriso nesse rosto.

— Fofo de um jeito muito nojento. Tudo bem.

— Você é o pior — resmungo, mas fico sorrindo e não me afasto quando ele desliza a mão para meu quadril.

— Talvez sim — ele concorda. — Mas você se lembra do que eu disse a respeito da minha moeda de um centavo? Que não é a moeda em si que me dá sorte, mas que ela me lembra das vezes em que coisas boas aconteceram? — Ele aponta para a camiseta. — Eu quero você de volta, Olívia.

— Ethan — sussurro e olho ao redor, sentindo a pressão da atenção de todos ainda em nós. Este momento está começando a parecer uma reconciliação, e, por mais que meu coração, pulmões e partes íntimas estejam de acordo com isso, não quero passar para a questão mais profunda aqui, que é o que ele fez. Não foi legal que tenha ignorado minha verdade. — Você realmente me magoou. Tínhamos essa honestidade rara e incrível, e, então, quando você achou que eu estava mentindo, foi muito difícil.

— Eu sei — ele diz e se inclina para que sua boca fique bem perto de meu ouvido. — Eu devia ter escutado você. Devia ter escutado minha intuição. Vou me sentir péssimo por causa disso por muito tempo.

Há duas respostas em mim: uma é um alegre "O.k., então, vamos nessa!"; a outra, um terrível "Ah, nem pensar". A primeira parece prazerosa e leve; a segunda, reconfortante, familiar e segura. Por melhor que seja ser cuidadosa e preferir o risco de sentir tédio e solidão a ter um desgosto, não quero mais o reconfortante e o seguro.

— Acho que você merece outra chance — digo, a apenas alguns centímetros de distância do beijo de Ethan. — Você faz uma massagem incrível.

Seu sorriso vem descansar no meu, e todo o restaurante entra em erupção. Ao nosso redor, as pessoas se levantam das cadeiras e eu ergo os olhos, percebendo que os homens no canto eram papai e Diego de peruca, e, na mesa de mulheres nos fundos, estavam mamãe, tia María, Ximena, Jules e Natalia. A mulher no corredor para o banheiro era mesmo Ami, e o restaurante está todo ocupado por minha família, que está de pé e batendo palmas como se eu fosse a mulher mais sortuda do mundo. E talvez eu seja.

Olhando mais adiante, vejo os Hamilton ao lado da janela, também de pé e aplaudindo. Suspeito que a presença deles aqui esta noite não tenha sido por acaso: Ami os trouxe para que pudessem ver que o que aconteceu em Maui resultou em algo duradouro entre Ethan e eu, mas, no final, isso não importa.

Acho que nunca imaginei uma felicidade assim.

Sorte, destino, determinação: seja o que for, eu aceito. Puxo Ethan para mim, sentindo o deslizar escorregadio de sua camiseta regata sob minhas mãos e minha risada ecoar em nosso beijo.

EPÍLOGO

Dois anos depois
ETHAN

— Cara, ele *apagou*.
— Ele está babando?
— Ele é um dorminhoco fofinho. Mas está em sono profundo, caramba. Aposto que as pessoas desenharam no rosto dele na faculdade.
— Normalmente o sono dele não é tão profundo.
Uma pausa. Tento abrir os olhos, mas a névoa do sono ainda é muito pesada.
— Estou com vontade de lamber o rosto dele para acordá-lo. Seria uma maldade?
— Sim.
Muitos disseram que minha namorada e sua irmã são tão parecidas que até suas vozes soam iguais, mas, depois de dois anos com ela, consigo distinguir facilmente a de Olive. Ambas as vozes são delicadas, com um sotaque quase imperceptível, mas a de Olive é mais rouca, um pouco estridente, como se ela não a usasse muito. Sempre a ouvinte no meio de muitas pessoas; a espectadora.
— Lucas?
É a voz de Ami de novo, ondulante e lenta, como se viesse através da água.
— Você consegue carregá-lo para fora do avião se for preciso?

— É improvável.

Sou empurrado. Uma mão chega ao meu ombro, deslizando do meu pescoço até o rosto.

— Ethannnnn, aqui é o seu pai. Estamos pousando.

Na verdade, não é o meu pai; é Olive, falando através de seu punho diretamente no meu ouvido. Eu me arrasto para fora do sono com muito esforço, piscando. O assento à minha frente entra em um foco embaçado; a superfície dos meus olhos parece gelatinosa.

— Ele está vivo! — Olive exclama, inclina-se sobre meu campo de visão e sorri. — Oi.

— Oi — respondo, levanto uma mão pesada e esfrego meu rosto, procurando limpar a névoa.

— Estamos quase pousando — Olive diz.

— Juro que acabei de adormecer.

— Oito horas atrás — ela me informa. — O que o doutor Lucas te deu funcionou bem.

Inclino-me para a frente, olhando para além de Olive, que está no assento do meio, Ami está no assento do corredor, e o novo namorado dela — e meu amigo de longa data e médico, Lucas Khalif — está sentado na poltrona do outro lado do corredor.

— Acho que você me deu uma dose para cavalo.

Ele projeta o queixo e diz:

— Você é um peso leve.

Caio para trás contra o assento, preparando-me para voltar a fechar os olhos, mas Olive estende a mão e vira meu rosto para a janela, para que eu veja. A visão é de tirar o fôlego; a intensidade da cor é como um tapa. Eu perdi isso na primeira vez que viemos a Maui, já que passei o voo inteiro fingindo não olhar para os seios de Olive através de minha névoa de ansiedade, mas, abaixo de nós, o Oceano Pacífico é uma safira repousando no horizonte. O céu está tão azul que é quase neon; apenas um punhado de nuvens delicadas são corajosas o suficiente para bloquear a visão.

— Puta merda! — exclamo.

— Falei para você — Olive diz, inclina-se e beija meu rosto. — Você está bem?

— Grogue.

Olive estende a mão e puxa minha orelha.

— Perfeito, porque a primeira parada será um mergulho no mar. Isso vai acordar você.

Ami dança em sua cadeira, e eu olho para minha namorada enquanto ela capta a reação de sua irmã. A empolgação de Ami é contagiante, mas a de Olive é quase ofuscante. Por um longo tempo, depois que ela perdeu o emprego, as coisas ficaram difíceis, mas também lhe deu uma objetividade que ela nunca teve antes. Olive se deu conta de que, embora amasse a ciência, não amava o que fazia. Enquanto servia mesas no Camélia, ela atendeu uma mulher que dirigia uma ONG de defesa da saúde. Após uma longa refeição pontuada com conversas intensas e empolgadas enquanto Olive trabalhava em um turno de jantar agitado, Ruth a contratou como sua coordenadora de educação comunitária, encarregada por falar em escolas, grupos religiosos, comunidades de aposentados e empresas a respeito da ciência por trás das vacinas. Olive agora vai começar a palestrar sobre a vacina contra a gripe em toda a região do Meio-Oeste.

Quando Olive descobriu onde seria a conferência de inverno da Conscientização da Comunidade Nacional sobre a Saúde — Maui —, sabíamos que era o destino: nós devíamos à Ami uma viagem à ilha.

Quando o comandante abaixa o trem de pouso, o avião passa pela linha costeira e sobrevoa a paisagem exuberante da ilha. Vejo que Ami estendeu o braço através do corredor para segurar a mão de Lucas. É bacana que a primeira vez dela em Maui seja com alguém que a adora com tanta devoção quanto meu amigo.

E é bacana que, desta vez que Olive e eu estamos indo para Maui, eu leve uma aliança de casamento de verdade no bolso.

No SEGUNDO DIA, FOI preciso convencer Ami a praticar tirolesa. Para começar, não era de graça. Depois, a tirolesa exige basicamente pular de uma plataforma, confiar na corda e se deslocar pelo ar esperando que realmente haja uma plataforma do outro lado. Para alguém como Ami, que gosta de controlar todas as variáveis possíveis em qualquer momento, a tirolesa não é a atividade ideal.

Porém, é uma das poucas coisas que Olive e eu não fizemos em nossa primeira viagem, e minha namorada não aceitaria nenhuma discordância. Ela fez uma pesquisa a respeito da melhor localização, comprou os ingressos e agora nos conduz até a plataforma para nosso primeiro salto.

— Dê um passo à frente — ela diz.

Ami espia pela beirada da plataforma e imediatamente dá um passo para trás.

— Uau! É alto.

— Isso é bom — Olive afirma, tranquilizando a irmã. — Seria muito menos divertido fazer isso a partir do chão.

Ami olha fixamente para Olive.

— Veja o Lucas — Olive diz. — Ele não está com medo.

Lucas se torna objeto de toda a nossa atenção enquanto está ajustando o arnês. Em seguida, acena para Ami, enquanto eu inclino a cabeça para Olive.

— Provavelmente, Lucas não está com medo porque pratica regularmente paraquedismo — digo.

— Você deveria estar no meu time — Olive murmura. — O time Ouça a Olive Porque Isso Será Divertido.

— Estou sempre nesse time — digo, faço uma pausa e dou um sorriso vencedor. — Mas é um bom momento para sugerir um nome melhor para o time, ou não?

Olive me encara e reprimo um sorriso, porque, se eu dissesse agora que, com sua bermudinha azul e a regata branca, e o arnês azul e o capacete amarelo que lhe deram, ela se parece com Bob, o Construtor, ela me mataria com as próprias mãos.

— Olhe, Ami, eu vou primeiro — Olive diz e dá um sorriso encantador.

A primeira queda é de quinze metros acima de um barranco com uma plataforma a cinquenta metros de distância. Dois anos atrás, Olive teria esperado até que todos estivessem a salvo do outro lado antes de saltar, certa de que sua falta de sorte romperia a corda ou quebraria a plataforma e acabaria com todos nós caídos no chão da floresta. Mas, agora, eu observo enquanto Olive fica atrás do portão, seguindo as instruções e esperando até que sua guia seja amarrada às polias. Então, ela sai para a plataforma e hesita por apenas um momento antes de dar um pulo correndo e voar (gritando) por cima da copa das árvores.

Ami observa enquanto Olive se afasta ao longe.

— Ela é *muito* corajosa.

Ela não diz isso como se fosse uma epifania; ela diz como se fosse um fato, algo que todos nós sempre soubemos a respeito de Olive: uma qualidade fundamental. E é verdade, mas essas pequenas verdades, finalmente ditas em voz alta, são revelações minúsculas e perfeitas, soltas como joias na palma da mão de Olive.

Então, mesmo que Olive não tenha ouvido, ainda é incrível vislumbrar Ami olhando maravilhada para a irmã gêmea, como se ela ainda estivesse descobrindo coisas a respeito dessa pessoa a quem conhece tão bem quanto conhece seu próprio coração.

A ÚLTIMA TIROLESA DO DIA é uma das maiores do Havaí: quase novecentos metros de plataforma a plataforma. O melhor de tudo é que existem duas linhas paralelas e, assim, podemos percorrê-las em dupla. Enquanto seguimos para o topo, eu digo para Olive onde manter as mãos e angular os pulsos na direção oposta de onde ela quer virar.

— E, lembre-se, embora estejamos começando lado a lado, provavelmente chegarei mais rápido porque peso mais.

Olive para e olha para mim.

— O.k., *sir* Isaac Newton, eu não preciso de uma aula.

— Uma o quê? Eu não estava dando uma aula.

— Como um bom machista, você estava explicando como a gravidade funciona.

Vou discutir, mas as sobrancelhas dela se erguem como se dissessem "Pense antes de falar". Isso me faz rir. Olive tem razão.

Inclinando-me, dou um beijo no alto de seu capacete amarelo.

— Desculpe.

Ela torce o nariz e meus olhos seguem o movimento. As sardas foram a primeira coisa que notei nela. Ami tem algumas, mas Olive tem doze, espalhadas no alto do nariz e no rosto. Eu tinha uma ideia de como ela era antes de nos conhecermos — evidentemente eu sabia que era irmã gêmea da namorada de Dane —, mas não estava preparado para as sardas e como elas se mexiam com seu sorriso, ou para a maneira com que a adrenalina se apossou de mim quando ela sorriu para mim e se apresentou.

Olive não voltou a sorrir assim para mim por anos.

Seu cabelo está ondulado por causa da umidade e se soltando do rabo de cavalo. Mesmo trajada como Bob, o Construtor, ela ainda é a coisa mais linda que eu já vi.

Linda, mas também muito desconfiada.

— Esse seu pedido de desculpas foi mais fácil de conseguir do que eu esperava.

Percorro uma mecha de seu cabelo rebelde com meu polegar e a afasto de seu rosto. Olive não faz ideia de meu bom estado de espírito neste momento. Estou me esforçando para encontrar o momento certo para pedi-la em casamento, mas estou aproveitando cada segundo mais do que o anterior. Assim, fica difícil decidir como e quando fazer isso.

— Desculpe desapontá-la — digo. — Você e sua mania de discutir.

Impaciente, Olive olha em volta e se vira para o grupo.

— Fique quieto.

Contenho meu sorriso.

— Pare de fazer essa cara que parece um *emoji*.

Dou uma risada.

— Como você sabe disso? Você nem está olhando para mim.

— Não preciso olhar para você para saber que está fazendo aquele *emoji* de cara sorridente com coração nos olhos.

Curvo-me para sussurrar no ouvido de Olive.

— Talvez eu esteja fazendo essa cara porque amo você e gosto de quando fica briguenta. Posso mostrar o quanto gosto quando voltarmos para o hotel.

— Calma, gente — Ami diz e compartilha um olhar de comiseração com Lucas, que está sendo amarrado na polia.

Mas então Ami se vira e encontra o olhar de Olive no outro lado da plataforma. Não preciso entender a telepatia secreta das gêmeas para saber que Ami está feliz pela irmã.

Ami não é a única que acredita que Olive merece cada pedacinho de felicidade que este mundo tem a oferecer. Ver aquela garota rir, se enternecer ou se iluminar como uma constelação me dá vida. Agora só preciso fazer com que ela aceite se casar comigo.

No QUARTO DIA, ACHO que encontrei meu momento enquanto vemos um pôr do sol que é tão surreal que parece gerado por computador. O céu parece um *parfait* em camadas de tons pastel. O sol parece relutante em desaparecer completamente. É uma dessas progressões perfeitas, em que podemos observá-lo diminuir de tamanho lentamente, até se converter em um minúsculo ponto de luz e então — puf! — se foi.

É nesse momento que tiro uma selfie de nós dois na praia com o celular. O céu está com uma cor azul-púrpura relaxante. O cabelo ao vento cobre parcialmente o rosto de Olive. Nós dois estamos um pouco embriagados. Nossos pés estão descalços, os dedos estão cavando a areia quente e a felicidade em nosso rosto é palpável. A foto sai incrível.

Fico olhando para a foto, sentindo certa vertigem. Estou tão acostumado a ver nosso rosto colado, tão acostumado a como Olive se apoia em meu ombro. Adoro seus olhos, sua pele e seu sorriso. Adoro nossos momentos selvagens e nossos momentos tranquilos. Adoro discutir, transar e rir com ela. Adoro quão naturais parecemos lado a lado. Passei os últimos dias angustiado a respeito de quando pedi-la em casamento, mas acaba de me ocorrer que é agora, neste espaço silencioso, onde estamos só nós, tendo uma noite perfeita. Ami e Lucas estão longe, caminhando na praia, no rasinho. Então parece que temos essa pequena faixa de areia inteiramente para nós.

Eu me viro para Olive, sentindo o coração aos pulos.

— Ei, você!

Ela sorri para o celular e o pega da minha mão.

— Esta ficou ótima.

— Ficou — digo, respiro fundo e me aprumo.

— Legende esta foto — Olive pede, alheia ao meu caos interior, à minha preparação mental para um dos maiores momentos de minha vida.

— Bem... — digo, um pouco confuso, mas pensando enquanto tento fingir que concordo.

E então Olive desata a rir.

— Eis uma boa legenda: "Ela disse sim!" — diz e se inclina para mim, continuando a rir. — Meu Deus, essa é uma boa foto nossa, mas é exatamente o tipo de foto de férias que as pessoas de Minnesota colocam sobre o consolo da lareira em molduras incrustadas de conchas para se lembrar do sol quando chega o auge do inverno — Olive prossegue e devolve o celular para mim. — Quantos moradores de Minnesota você acha que ficam noivos na praia? Oitenta por cento? Noventa? — ela pergunta, balança a cabeça e sorri para mim. — Mas que total...

Ela para de falar e olha pra mim. Parece que um chumaço de algodão se alojou em minha garganta. Olive cobre sua boca com a mão quando a compreensão arregala seus olhos comicamente.

— Que droga! Puta merda, Ethan! Que droga! — ela exclama.

— Não faz mal. Está tudo bem.

— Você não estava, estava? Sou assim tão idiota?

— Eu... Não. Eu não... Não é. Não se preocupe.

Com os olhos ainda arregalados, mas agora de pânico, Olive fica boquiaberta quando se torna claro que seu sarcasmo não estava tão fora da realidade.

— Sou muito babaca.

Não sei se me divirto com essa tentativa frustrada de pedido de casamento ou se fico chateado. Parecia o momento perfeito; senti que estávamos em sintonia e então... Não. Nem um pouco.

— Ethan, estou tão...

— Ollie, não tem problema. Você não sabe o que eu ia dizer. Você acha que sabe, mas não sabe — digo e, com base em seu olhar inseguro, acrescento: — Confie em mim. Está tudo bem.

Eu me inclino e a beijo, tentando fazer com que Olive fique mais solta com uma mordida de leve em seu lábio inferior. Ela resmunga, reduz a resistência e abre a boca para me deixar senti-la. Isso se intensifica até que ficamos ambos um pouco sem fôlego, querendo levar isso para algo além, onde as roupas caem e os corpos se unem. Mas, embora esteja escurecendo, não está tão escuro ou tão vazio aqui na praia.

Quando recuo e sorrio para Olive como se tudo estivesse bem, posso sentir o ceticismo persistente em sua postura, a maneira como ela se controla, como se não quisesse fazer um movimento errado. Mesmo que Olive ache que eu iria pedi-la em casamento, ela ainda não disse nada do tipo "Eu diria sim" ou "Eu estava esperando você pedir". Então, talvez tenha sido bom eu não ter conseguido pronunciar as palavras. Sei que sua visão de casamento foi prejudicada pelos exemplos de seus pais e de Ami e Dane, mas também gosto de pensar que eu mudei sua visão a respeito do compromisso de longo prazo. Eu a amo loucamente. Eu quero isso — quero me casar com ela —, mas tenho de aceitar a realidade de que não é o que ela quer e que podemos viver felizes juntos para sempre sem essa cerimônia nos unindo.

Santo Deus, de repente meu cérebro parece um liquidificador.

Olive se deita na areia, puxando-me delicadamente para trás, para que possa apoiar sua cabeça em meu peito.

— Eu amo você — ela diz, simplesmente.

— Eu também.

— O que quer que você fosse dizer...

— Querida, deixe para lá...

Olive ri e beija meu pescoço.

— O.k. *Tudo bem.*

Precisamos de um novo assunto, algo que nos ajude a nos afastar dessa colisão.

— Você gosta mesmo do Lucas, não é? — pergunto.

Demorou quase um ano para Ami voltar a namorar depois do divórcio. Dane manteve a esperança de que ela o aceitaria de volta e que eles poderiam resolver as coisas, mas eu não a culpei por não querer tentar. Meu irmão não só perdeu a confiança de Ami com tudo isso, mas também perdeu a minha. As coisas entre nós melhoraram lentamente, mas ainda temos um longo caminho a percorrer.

— Gosto. Lucas é bom para minha irmã. Ainda bem que você os apresentou.

Não achei que Olive algum dia acolheria outro cara na vida da irmã. No início, ela foi protetora, mas, no jantar, uma noite, Lucas — médico, atraído por aventuras, viúvo e pai da criança de quatro anos mais adorável que já vi — a conquistou.

— Ethan? — Olive diz em voz baixa, dando beijinhos em meu pescoço e em meu queixo.

— Sim?

Ela prende a respiração e, em seguida, deixa escapar um suspiro trêmulo.

— Outro dia, vi um vestido muito feio.

Espero que ela continue, evidentemente confuso, mas finalmente tenho de estimulá-la.

— Acredite, estou fascinado. Fale-me mais.

Ela ri, beliscando minha cintura.

— Era um vestido cor de laranja. Medonho. Meio felpudo. Tipo veludo, mas não. Algo entre veludo e feltro.

— Esta história está cada vez melhor.

Rindo de novo, Olive mostra os dentes junto ao meu queixo.

— Estava pensando que poderíamos comprá-lo para Ami. Como retribuição.

De perto, só consigo ver os traços do rosto de Olive: olhos castanhos enormes, boca carnuda e vermelha, maçãs do rosto salientes, nariz suavemente inclinado.

— O quê?

Impaciente, Olive olha em volta. Quando ela fala, percebo sua coragem; é a mesma Olive que pulou às cegas de uma plataforma para voar por cima da floresta.

— Estou dizendo... Talvez, se nos casássemos, ela teria de usar esse vestido medonho.

Estupidificado, tudo o que consigo dizer é:

— Você quer se casar?

De repente, insegura, Olive recua.

— Você não quer?

— Claro que quero. Totalmente. Absolutamente — digo de supetão. A seguir, tropeço nas palavras e puxo-a de volta para perto de mim. — Não achei que... Por causa do que aconteceu agora há pouco... Achei que você não...

Com o queixo projetado, Olive olha diretamente para mim.

— Eu quero.

Olive desliza sobre mim, segurando meu rosto.

— Acho que minha piada de agora há pouco foi totalmente freudiana. Pensei que talvez você fosse me pedir em casamento. Mas estamos aqui há alguns dias e você ainda não pediu. E então eu pensei: por que eu não faço isso? Não existe um manual que diga que tem de ser o homem.

Enfio a mão no bolso e retiro um pequeno estojo.

— É verdade, não tem de ser eu, e você pode mesmo se ajoelhar para me pedir em casamento, mas, só para você saber, acho que esta aliança não serviria em mim.

Olive grita e pega o estojo.

— Para mim?

— Só se você quiser. Posso ir perguntar a outra pessoa se você não...

Olive me empurra, rindo. Se não estou enganado, os olhos dela estão um pouco enevoados. Ela abre o estojo e cobre a boca com uma mão quando vê o anel cravejado com um halo de diamantes, tendo uma esmeralda lapidada aninhada no centro. Tenho de admitir, é uma aliança incrível.

— Você está chorando? — pergunto, sorrindo.

Conseguir extrair emoções intensamente positivas dessa mulher me faz sentir divino.

Mas é claro que Olive nunca admitiria estar chorando de alegria.

— Não.

Atento, olho para ela com os olhos semicerrados.

— Tem certeza?

— Sim — ela responde, esforçando-se bravamente para clarear os olhos.

— Parece que talvez você esteja... — digo, inclinando-me para olhar mais de perto.

— Fique quieto.

Delicadamente, beijo o canto da boca de Olive.

— Você quer se casar comigo, Oscar Olívia Torres?

Ela fecha os olhos e uma lágrima rola por seu rosto.

— Sim.

Sorrindo, beijo o outro lado de sua boca e, em seguida, deslizo o anel por seu dedo. Ao mesmo tempo, nós dois olhamos para baixo.

— Você gosta? — pergunto.

— Sim — ela responde com a voz trêmula.

— Em geral, você é melhor em conversas que não sejam comigo?

Olive ri, abraçando-me. A areia ainda está quente sob minhas costas, e este pequeno feixe de fogo está em brasa na minha frente. Também começo a rir. Que pedido de casamento ridículo, bobo e cheio de erros era aquele?

Foi absolutamente perfeito.